뤼팽 대 홈즈

아르센 뤼팽 걸작선 2
뤼팽 대 홈즈

지은이 모리스 르블랑
옮긴이 붉은 여우
펴낸이 안용백
펴낸곳 (주)넥서스

초판 1쇄 발행 2012년 5월 30일
초판 2쇄 발행 2012년 6월 5일

출판신고 1992년 4월 3일 제311-2002-2호
121-840 서울시 마포구 서교동 394-2
Tel (02)330-5500 Fax (02)330-5555

ISBN 978-89-5994-412-5 14860

저자와 출판사의 허락 없이 내용의 일부를
인용하거나 발췌하는 것을 금합니다.

가격은 뒤표지에 있습니다.
잘못 만들어진 책은 구입처에서 바꾸어 드립니다.

www.nexusbook.com
지식의 숲은 (주)넥서스의 인문교양 브랜드입니다.

아르센 뤼팽 걸작선
2

ARSÈNE LUPIN

뤼팽 대 홈즈

모리스 르블랑 지음 | 붉은 여우 옮김

지식의숲

| 작품을 읽기 전에 |

아르센 뤼팽 & 모리스 르블랑

　추리소설이 영국과 미국에서 크게 발전한 것은 단편의 창시자 에드거 앨런 포, 장편을 발전시킨 윌키 콜린스와 찰스 디킨스, 그리고 이 장르의 완성자 아서 코난 도일, 계승자 G. K. 체스터턴, 에드먼드 벤틀리 등의 위대한 작가들이 있었기 때문이다.
　장편 추리소설을 최초로 썼다는 영예를 걸머진 프랑스의 에밀 가보리오는 명탐정 르콕을 만들어내긴 했으나 그의 소설은 '선정소설' 굴레에서 벗어나지 못하고 말았다.
　그는 당시 프랑스의 대중 통속작가였으므로 신문에 연재하는 가정소설 속에 탐정 장면을 부분적으로 삽입한 격이 되었지만 그의 소설은 결국은 선정적인 통속소설에 불과했다.
　그래서 프랑스의 추리소설은 에밀 가보리오의 전통을 지키느라 영미의 추리소설에 비하면 무척 격이 떨어졌다.

　시대적으로나 기술적으로 가보리오에 가까운 작가는 포르튀네 뒤 보아고베(Fortune du Boisgobey, 1821-1891)였다.
　뒤 보아고베는 가보리오의 충실한 제자였으며 그의 대표작

《르콕의 만년》(La Vieillesse de M. Lecoq, 1876)을 써서 스승이 창조한 르콕 탐정을 재등장시키고 있으나 그에게는 분석 능력과 수사의 흥미가 결여되어 있어서 그도 한낱 선정적 미스터리 작가가 되고 말했다.

프랑스가 세계적으로 이름을 떨치게 되는 미스터리 작가를 낳기 위해서는 20세기에 들어설 때까지 기다려야 했다. 그동안 영국의 추리소설 특히 코난 도일의 셜록 홈즈 모험담이 프랑스 작가들을 자극했을 것이다. 가장 두드러진 두 작가는 모리스 르블랑과 가스통 르루이다.

보알로 나르스자크의 《추리소설》(Roman Policier, 1964)을 보면 "가보리오는 코난 도일에게 영감을 주었다. 그리고 코난 도일은 모리스 르블랑에게 특수한 의미에서 그러했다. 아르센 뤼팽을 창조함에 있어서 모리스 르블랑은 결국 셜록 홈즈와는 모든 점에서 대조적인 주인공을 내세웠다."는 부분이 있다.

모리스 르블랑(Maurice Leblanc, 1864-1941)이 대중잡지 〈Je Sais Tout〉에 괴도신사 아르센 뤼팽을 주인공으로 범죄 모험소설을 쓰기 시작한 것은 1906년이다.

첫 단편 〈체포된 뤼팽〉(L'arrestation d'Arsène Lupin)이 독자의 호평을 받자 이어서 〈감옥의 아르센 뤼팽〉 등 여덟 편을 추가해 《괴도신사 뤼팽》(Arsène Lupin, Gentleman-Cambrioleur)이라는 제목으로 1907년에 출판되었다.

르블랑은 코난 도일에게 대항하여 셜록 홈즈와 맞서는 아르센 뤼팽을 내세웠을 텐데 이러한 대항의식은 마지막 단편 〈한 발 늦은 셜록 홈즈〉(Sherlock Holmes arrive trop tard)에 노골적으로 나타나 있다. 장 폴 사르트르는 《말》(Mots, 1986)에서 "나는 아르센 뤼팽을 숭배한다. 헤라클레스와 같은 완력, 교활한 용기, 프랑스적 지성이……" 하고 말하는 것을 보면 오늘날 셜록 홈즈가 영미의 아니 전 세계 독자들에게 주는 이미지와 같은 이미지를 뤼팽은 당시의 프랑스 독자에게 그리고 전 세계 독자에게 주었을 것이다.

셜록 홈즈가 추리의 천재, 진실의 사도, 정의의 화신이라고 한다면 뤼팽은 강도이며, 멋쟁이 신사이며, 협객이며 경찰관이며 탐정이기도 하다. 홈즈가 이상적 영국인이라면 뤼팽은 전형적인 프랑스인이다.

《괴도신사 뤼팽》의 마지막 단편 〈한 발 늦은 셜록 홈즈〉에서 뤼팽은 홈즈의 시계를 훔쳤다가 돌려준다. 뤼팽은 소매치기의 명수이기도 하지만 신사강도로서는 좀 장난꾸러기 같은 인물이다. 그리고 드반이 폭소를 터뜨리는 것도 일부러 초대한 명탐정에 대한 에티켓으로는 조금 야비(?)하다.

코난 도일이 그가 창조한 명탐정이 아르센 뤼팽과 같은 신사강도에게 조롱당하는 것을 참지 못하여 모리스 르블랑에게 항의를 했다고 한다.

르블랑은 셜록 홈즈를 흐록 숌즈(Herlock Sholmes)로, 왓슨(Watson)을 윌슨(Wilson)으로 바꾸고 있을 뿐이다. 그래서 두 번째 단편집도 《아르센 뤼팽 대 셜록 홈즈》(Arsène Lupin contre Herlock Sholmes, 1908)로 되어 있고 〈한 발 늦은 셜록 홈즈〉도 그렇게 고치고 있다. 그러나 여기서는 셜록 홈즈로 부르기로 한다.

뤼팽은 장편 《수정마개》(Le Bouchon de Cristal, 1910), 《기암성》(L'aiquille-creuse, 1912), 《813의 수수께끼》(813, 1923), 단편집 《시계 종이 여덟 번 울릴 때》(Les huits coups de l'horloge, 1913), 〈뤼팽의 고백〉(Les Confidences d'Arsène Lupin, 1913), 〈바네트 탐정사〉(L'Aqence Barnett, 1927) 등 20여 권에서 활약한다.

아르센 뤼팽은 완력이나 배짱이나 두뇌가 슈퍼맨에 속한다. 그는 만능선수이다. 그에게는 왓슨 역이 없다. 부하는 있으나 도구에 불과하다. 다만 도덕성과 정의감이 부족한 것이 흠이랄까. 그러나 강도라도 '신사'가 붙어 있으며 때로는 경찰부장을 지내며 자신의 체포 명령을 내리기도 한다. 추리력도 대단하다. 종횡무진이며 신출귀몰한다. 그도 홈즈처럼 신화적 존재가 되었다. 그는 셜록 홈즈와 더불어 우리들의 청소년기뿐만 아니라 평생의 영웅이 된 것이다.

차례

작품을 읽기 전에   4

첫 번째 에피소드 금발의 귀부인

복권 23조 514호   11

푸른 다이아몬드   57

셜록 홈즈, 전투를 시작하다   96

어둠 속의 한 줄기 빛   133

납치   165

아르센 뤼팽, 두 번째 체포되다   202

두 번째 에피소드 유대식 램프

유대식 램프   241

첫 번째 에피소드
금발의 귀부인

복권 23조 514호

지난해 12월 8일, 베르사이유 고등학교의 수학교사 제르보아는 근처 고물상에 들렀다. 수북하게 쌓인 잡동사니를 훑어보던 중에 제르보아는 조금 색달라 보이는 물건에 시선이 닿았다. 그 물건은 마호가니로 만든 작은 책상이었다. 책상은 요즘 나오는 것과 달리 서랍이 아주 많았고, 흔쾌히 그는 그것을 구입하기로 마음먹었다.

'생일 선물로 적당하겠어.'

며칠 지나지 않아 딸 쉬잔의 생일이었다. 비록 중고라고 해도 쉬잔에게는 꼭 필요한 물건이었다.

그는 주인과 흥정을 벌였다. 주인은 흥정에 꽤 능숙한 사람이었다. 하지만 그날 따라 주인은 선심을 쓰고 싶었는지 싼값에 책상을 넘겨주기로 약속했다. 그러나, 그의 입장에서 65프랑은 결코 '싼값'이 아니었다. 그렇다고 딸을 실망시킬 수도 없어 제르보아는 선뜻 물건값을 주인의 손에 쥐어주었다.

제르보아는 고물상 주인에게 집 주소를 가르쳐 주었다. 만족한 얼굴의 주인은 그가 불러주는 대로 주소를 메모지에 적어넣었다. 그때 고물상 안에는 그들 두 사람말고도 다른 한 사람이 물건을 둘러보고 있었다. 매우 잘생긴 젊은이였다. 차림새로 보아 젊은이는 주머니 사정이 꽤 넉넉할 것 같았다. 물건을 살펴보던 젊은이는 먹이를 발견한 맹수처럼 슬금슬금 그들 곁으로 다가왔다. 그러고는 책상을 뚫어지게 살펴보았다.

"이거 얼마입니까?"

젊은이가 물었다.

"계산이 끝난 물건입니다."

주인이 대답했다.

"아, 그렇습니까. 그럼…… 이분이 구입하셨나요?"

제르보아는 젊은이의 말 따위엔 신경 쓰지 않고 주인에게 간단히 목례하여 보이곤 돌아섰다. 자신보다 형편이 넉넉해 보이는 사람이 욕심내는 책상을 먼저 구입했다는 게 어쩐지 기분이 좋았다.

제르보아가 열 걸음쯤 걸어갔을 때 조금 전의 젊은이가 뒤쫓아와 그의 발걸음을 붙잡았다. 그는 모자를 손에 들고 공손한 어투로 이렇게 말했다.

"선생님, 외람되지만 꼭 여쭤보고 싶은 것이 있습니다. 선생님께선 반드시 그 책상이 필요하신 건가요?"

"저울을 구하기 위해 들른 것이지만 그 책상이 아주 마음에 듭니다."

"그렇다면 그 책상을 반드시 사야 할 특별한 이유 따윈 없는 것이로군요."

"천만에요. 나는 그 책상이 꼭 필요합니다."

"오래된 물건이기 때문인가요?"

"그건 아닙니다. 서랍이 많이 달려 있어 편리할 것 같아서 그렇습니다."

"그렇다면 그 책상보다 훨씬 서랍이 많이 있고 흠집도 전혀 없는 고급 책상이 있다면, 혹 바꾸실 수 있겠는지요?"

"그 책상도 흠집은 별로 없습니다. 또 내가 구입한 책상을 다른 사람의 책상과 바꾸고 싶은 생각도 전혀 없구요."

"하지만……."

제르보아는 비교적 성질이 급한 사람이었다. 그는 이런 불필요한 대화를 계속하는 것에 더럭 짜증이 났다. 젊은이가 뒷말을 이으려는데 제르보아가 그의 말마디를 재빨리 잘랐다.

"제발, 귀찮게 굴지 말았으면 싶소!"

그러나 젊은이는 포기하지 않았다. 외려 제르보아의 앞을 가로막고 섰다.

"얼마에 책상을 구입하셨는지 몰라도 제가 그 값의 두 배를 치르겠습니다."

"필요 없소."

"세 배를 치르겠습니다."

"그런 제안 따위 관심 없소. 제발 나를 귀찮게나 하지 마시오. 나는 책상을 당신에게 절대로 팔지 않을 겁니다."

제르보아의 대답은 단호했다.

제르보아는 젊은이를 남겨둔 채 발걸음을 옮겼다. 젊은이는 더 이상 쫓아오지 않았다. 하지만 제르보아는 젊은이가 자신을 쳐다보던 시선을 결코 잊을 수 없었다. 젊은이는 매우 기분 나쁜 표정이었으며, 어쩐지 자신을 협박하는 듯한 눈빛이었다. 한데 젊은이는 왜 그토록 책상에 집착하는 것일까.

한 시간쯤 지난 후, 비로프레 거리에 위치한 제르보아의 집으로 책상이 배달되었다. 제르보아는 딸 쉬잔에게 자상한 목소리로 말했다.

"어떠냐, 쉬잔? 아빠는 네 마음에 꼭 들 것이라 생각하고 샀는데……?"

쉬잔의 대답은 들으나마나였다. 귀여운 모습의 그녀는 매우 만족한 듯 행복한 미소를 얼굴 가득 담고 있었다. 그녀는 아버지의 목에 매달렸고, 자신의 기쁜 마음을 한껏 드러냈다.

그날 저녁 쉬잔은 오르탕스의 도움을 받아 책상을 자기 방으로 옮겨놓았다. 그러고는 서랍을 말끔히 청소한 뒤 서류와 편지상자, 봉투상자와 우편물, 그림엽서와 수집품, 사촌오빠 필리프와의 추억이 담긴 물건들을 그 안에 차곡차곡 정리하여 집어넣었다.

다음 날 아침 7시 30분, 제르보아는 집을 나가 학교로 갔다.

10시가 조금 넘었을 때 제르보아는 쉬잔을 만나기 위해 자리에서 일어나 교문을 향해 걸어갔다. 매일같이 부녀는 교문에서 만났고, 함께 집으로 가서 점심을 먹곤 했다. 제르보아가 교문에 거의 이르렀을 때 근처를 서성거리는 쉬잔의 모습이 보였다. 딸의 환한 미소를 접한 제르보아의 얼굴에 역시 반가운 미소가 그려졌다. 제르보아는 딸의 미소를 보는 게 큰 즐거움 중 하나였다.

"그래 책상 정리는 끝났니?"

"네. 오르탕스가 많이 도와줬어요. 장식을 닦았더니 마치 황금처럼 반짝거려요."

"멋있겠는걸."

"무척 멋진 책상이에요. 지금까지 본 책상 중 최고예요."

두 사람은 이런저런 얘기를 하며 집 앞 작은 마당에 이르렀다. 마당을 가로질러 걸으며 제르보아가 딸에게 말했다.

"점심 식사를 하기 전에 아빠도 한번 보고 싶구나."

"어머, 그러실래요! 보시면 아빠도 무척 놀라실 거예요."

두 사람은 집안으로 들어갔다.

쉬잔이 앞서서 계단을 뛰어올라갔다. 제르보아는 흐뭇한 표정으로 딸의 뒷모습을 물끄러미 쳐다보았다. 그런데 그때, 쉬잔의 입에서 날카로운 비명소리가 느닷없이 비어져 나와 집안을 울렸다. 쉬잔은 자신의 방 앞에 서 있었다. 방문은 열려져 있었고, 그녀는 경악한 얼굴로 우두커니 서 있었다.

"왜? 무슨 일이냐?"

놀란 제르보아가 딸에게 물었다.

"책, 책상이……?"

제르보아의 시선이 딸의 방 안을 살폈다. 이상했다. 당연히 있어야 할 책상이 어째 보이지 않았다.

예심판사는 책상을 훔쳐간 도둑들의 수법에 혀를 내둘렀다. 수법은 아주 간단했지만 무척 대담한 행동이었다.

쉬잔이 외출한 후 하녀는 시장을 보러갔다. 도둑들은 그 즈음 들이닥쳤다. 가슴에 커다란 휘장을 단 그들은 마당 앞에 짐수레를 세워놓고 태연하게 초인종을 눌렀다. 잠시 후 문이 열렸지만 이웃사람들은 하녀가 시장에 간 줄 몰랐었기에 당연히 하녀가 문을 열어준 것으로만 생각했다. 그들은 아주 여유 있게 작업을 시작했고, 끝냈다. 사실 책상 하나를 수레에 싣는 일은 그다지 많은 시간을 필요로 하는 작업이 아닌 것이다.

한 가지 이상한 점은 있다. 도둑들은 책상 이외의 물건에는 조금도 욕심을 부리지 않았다. 쉬잔이 책상 대리석 위에 놓아두었던 지갑, 그 속에는 금화가 들어 있었는데 옆 테이블에서 고스란히 발견되었다. 벽시계도 무사했다. 그 밖에도 집안의 물건은 책상을 제외하고 아무것도 피해를 입지 않았다. 따라서 도둑의 목적은 명확했다. 책상만을 훔치고자 한 것!

예심판사가 판단하기에 이는 아주 이상한 도둑질이었다. 단지 책상을 훔쳐가기 위해 대낮에 한떼의 도둑이 들이닥쳤다? 실로 위험천만한 발상이 아닐 수 없었다. 예심판사는 이 점이 선뜻 이해가 가지 않았다.

제르보아는 예심판사의 질문에 단 하나의 정보만을 제공할 수 있었다. 바로 전날 있었던 한 젊은이와의 일이었다. 하지만 예심판사가 판단하기에 제르보아의 진술은 아주 막연한 이야기였다.

예심판사는 고물상 주인을 찾아갔다. 그를 만나 조사를 벌였다. 주인은 젊은이를 전혀 모르는 사람이라고 진술했다.

"그 책상은 쉬브르즈에서 죽은 사람의 것인데, 제가 40프랑에 구입했습니다. 그러니 적당한 값에 판 셈이죠."

수사는 계속되었으나 더 이상 아무것도 새로운 사실은 밝혀지지 않았다.

제르보아는 책상에 얽힌 미스터리에 대해 이렇게 결론내렸다.

"아마도 책상 어딘가에는 보물 같은 것이 숨겨져 있었을 거야. 도둑들은 그걸 알았던 거구."

"설령 그렇다고 해도 이젠 우리 손에 없는 물건이에요."

"그 보물을 돈으로 환산하면 아마도 엄청난 액수일 거야. 그렇다면 넌 아주 훌륭한 집안의 젊은이와 결혼할 수 있겠지."

쉬잔은 아버지의 말을 듣고 적이 실망하는 표정을 지었다. 그녀의 마음속엔 이미 한 남자가 깊게 자리잡고 있었다. 그는 가난한 사촌오빠 필리프였다.

그로부터 두 달이 훌쩍 지난, 2월 1일 오후 5시 30분.

제르보아는 석간신문을 펼쳐들었다. 정치에 전혀 흥미가 없는 그는 얼른 앞쪽을 넘기고 뒤쪽을 훑었다. 거기에는 그의 관심을 잡아끄는 기사가 실려 있었다. 아주 짧은 기사였지만 그의 동공은 크게 확대되었다.

신문협회 제3회 복권 추첨
23조 514호, 1백만 프랑 당첨

23조 514호라면……? 그의 손에 들려 있던 신문이 스르륵 미끄러져 아래로 떨어졌다. 그렇다면…… 그가 친구로부터 샀던 복권의 번호가 아닌가! 평소 복권에는 별로 관심이 없던 그였다. 하지만 경제적으로 궁핍하게 된 친구의 간절한 부탁이었다. 그는 거절할 수 없었고, 친구를 도와주는 셈치자며 복권을 구입했다. 그런데 그 복권이 당첨되다니! 그는 수첩을 꺼내어 번호를 확인해 보았다. 23조 514호. 수첩에는 분명한 필체로 당첨된 복권의 번호가 적혀 있었다. 그런데 복권을 어디에 놓아두었더라? ……아, 봉투 상자! 그는 봉투 상자를 놓아두었던 서재로 뛰어갔다.

"악!"

서재에 들어갔던 제르보아는 깜짝 놀라 그 자리에 우뚝 멈춰섰다. 봉투 상자가 눈에 보이지 않았다. 생각해 보면 봉투상자는 꽤 오래 전부터 보이지 않았었다. 그때 마당의 자갈을 밟는 소리가 귓가에 들려왔다.

"쉬잔? ……쉬잔!"

쉬잔이 급히 2층으로 뛰어올라왔다.

"쉬잔! 봉투… 봉투 상자를 어디에 뒀는지 알고 있니?"

"그게 어떤 상자죠?"

"루브르 백화점에서 산 것 말이야."

"루브르 백화점이오?"

"목요일 날이던가, 아빠가 집으로 가져왔었잖아. 테이블 한쪽에 있었는데 웬일인지 보이지 않는구나."

"아, 그거요. 아빠, 기억나지 않으세요? 저와 함께 그걸 치웠잖아요?"

"언제? 언제 그걸 치웠지?"

"그날… 저녁이오."

"그래, 어디에다 그것을 놔뒀지? 쉬잔, 제발 어서 기억을 되살려 보거라. 아빠는 지금 기절할 지경이란다."

"어디냐면…… 아, 그래요! 그 책상 속이에요."

"책상이라니? 설마 도둑맞은 그 책상?"

"……네."

"이럴 수가!"

제르보아의 표정이 순간 구겨진 휴지처럼 엉망으로 망가졌다. 그는 절망에 휩싸여 자리에 털썩 주저앉고 말았다. 그의 입은 계속하여 '이럴 수가'를 되풀이하고 있었다. 그러다가 제르보아의 손이 느닷없이 딸의 손을 힘껏 움켜잡았다. 그러고는 한

층 낮아진 목소리로 이렇게 말했다.

"쉬잔…… 그 책상 속에는 1백만 프랑이 들어 있었단다. 알겠니? 1백만 프랑이야!"

"어머! 아빠, 왜 제게 그런 말씀을 안 하셨던 거죠? 저는 그런 사실을 까맣게 몰랐어요!"

"복권이란다. 1백만 프랑짜리 신문복권에 당첨된 복권이 거기에 들어 있었던 거야."

한동안 부녀는 말을 잊고 침묵했다. 1백만 프랑이라니! 먼저 침묵을 깬 사람은 쉬잔이었다.

"아빠, 당첨된 건 아빠니까, 복권을 잃어버렸어도 당첨금은 아빠가 받을 수 있는 거 아니에요?"

"어떻게? 그것을 무슨 방법으로 증명할 수 있겠니?"

"증거가 필요한 건가요?"

"당연히 그렇단다 얘야."

"아빠에겐 그 증거란 게 없나요?"

"증거는 단 하나뿐이란다."

"그게 뭐죠?"

"상자 속에 들어 있단다."

"없어진 상자 말인가요?"

"그래. 그러니 책상을 훔쳐간 놈이 1백만 프랑도 받아 챙기겠지."

"아니, 그렇게 돼선 안 돼요. 찾아보면 반드시 무슨 방법이 있을 거예요?"

"이의를 제기할 순 있겠지만 증거가 없다면 그것이 무슨 소용이 있겠니? 아마도 책상을 훔쳐간 놈은 보통내기가 아닐 거야. 책상을 훔쳐간 일만 해도 사람들이 쉽게 생각할 수 있는 방법이 아니었잖니?" 제르보아가 갑자기 자리에서 벌떡 일어나 소리쳤다. "하지만 방법은 찾아볼 거다. 절대로 복권을 빼앗기지 않겠어! 두 눈 뜨고 고스란히 1백만 프랑을 날릴 수는 없어. 녀석이 아무리 교활하다고 해도 결국 돈을 받으려면 모습을 나타내야 해. 그럼 녀석은…… 두고 봐라!"

"아빠, 좋은 방법이라도 생각났나요?"

"무슨 일이 있어도 우리는 우리의 권리를 지켜야 해. 아마 잘될 거다. 아빠에게도 생각이 있단다."

제르보아는 급히 다음과 같은 전보를 띄웠다.

> 파리, 카퓌신 가(街). 부동산은행장 귀하.
> 저는 복권 23조 514호의 원래 소유자임. 다른 사람의 당첨금 지불 요구에 대해 모든 법적 수단을 다해 지불정지를 해줄 것을 요청합니다.
> — 제르보아

거의 같은 시각, '부동산은행'으로 다음과 같은 전보가 또 날아들었다.

> 복권 23조 514호를 소유하고 있음.
> — 아르센 뤼팽

아르센 뤼팽의 모험 - 수많은 모험 중 어느 것이든 상관없다 - 을 이야기하고자 할 때면 나는 늘 당혹함을 느낀다. 아무리 평범하기 그지없는 그의 모험일지라도 이미 세상 사람들은 모두 알고 있으리라 짐작되기 때문이다. 사실 '국민적 괴도'인 뤼팽은 단순한 몸짓일지라도 사람들에 의해 요란하고 과다하게 포장되어 있다. 아니 선전이라고 해야 옳을 것이다. 사람들은 그에 대해 이야기하고, 또 연구한다. 그렇기에 그에 대해 사람들은 낱낱이 파악하고 있다. 그의 사소한 행동마저도 사람들에겐 영웅적 행동으로 이해되는 것이다.

예컨대, '금발의 귀부인'에 대한 이야기를 모르는 사람은 없을 것이다. 기괴한 그 에피소드에 대해 신문기자가 커다란 활자로 '23조 514호', '앙리 마르탱 가의 범죄', '푸른 다이아몬드' 등의 자극적인 제목들을 붙였었다. 영국의 명탐정 셜록 홈즈가 개입하고는 또 얼마나 큰 소동이 벌어졌던가. 두 거인의 숨막히는 사투를 알려주는 기사들을 읽고 사람들은 또 얼마나 열광했던가. 신문팔이 소년이 큰길을 뛰어다니며 '아르센 뤼팽 체포요!' 하고 소리치던 것을 나는 잊지 못한다. 사람들 역시 얼마나 요란스러웠던가!

이제 나는 새로운 작업에 충실하려고 한다. 뤼팽에게는 늘 분명하지 못한 몇 가지 의문점이 남아 있었는데, 나는 이제 이것을 완전하게 제거하고자 하는 것이다. 나의 방법은 단순하다. 수십 번씩 되풀이하여 읽은 신문기사를 꼼꼼히 살펴보고, 다시금 재정리하는 것이다. 그리하여 나는 정확한 진상을 결론지을 것이다. 이 작업을 진행하는 데 있어서 아르센 뤼팽은 나의 가장 큰 협력자이다. 홈즈에게 왓슨이 있었듯 아르센 뤼팽에게는 내가 있다.

두 통의 전보가 신문에 기사화되자, 아르센 뤼팽, 이 이름만으로도 사람들은 호기심으로 눈빛을 빛냈다.

부동산은행의 조사 결과 23조 514호는 리용은행 베르사이유 지점을 통해 포병 소령 베시에게 건네졌던 것으로 밝혀졌다. 그런데 베시 소령은 낙마(落馬) 사고로 사망했다. 여러 동료들은 그가 죽기 며칠 전에 한 말을 생생하게 기억하는데, 그에 따르면 복권은 어느 친구에게 넘겨졌다는 것이다.

"그 친구라는 사람이 바로 접니다."

제르보아의 주장이었다.

"증거를 보여주셔야만 합니다."

은행장의 공손한 요구였다.

"안타깝게도 증거는 아무것도 없습니다. 허나 소령과 저는 오랫동안 친구였습니다. 우리는 아르누 광장의 카페에서 자주 만났고, 그런 사실은 많은 사람들이 증언해 줄 수 있습니다. 그 복권은 순전히 경제적으로 곤란한 처지에 놓인 친구를 돕기 위해 20프랑을 주고 제가 구입한 것입니다."

"복권을 주고받는 장면을 목격한 사람이 있습니까?"

"불행하게도 없습니다."

"그렇다면 당신이 당첨금을 청구할 만한 근거는 없는 셈이지요?"

"그 문제로 소령은 내게 편지를 보냈었습니다."

"어떤 편지죠?"

"복권과 함께 핀으로 찔러두었는데······."

"그 편지를 보여주실 수 있는지요?"

"도둑맞은 책상 속에 들어 있습니다."

"그렇다면······ 책상을 다시 찾아야겠군요."

한 신문에 아르센 뤼팽의 반박문이 실렸다. 소령의 편지에 대한 뤼팽의 대답이었다. 신문은 '에코 드 프랑스' 신문. 이 신문은 뤼팽이 자신의 입장을 자주 발표하는 신문이었는데, 들리는 소문에 의하면 이 신문의 대주주 중 한 사람이 뤼팽이라고 한다. 아무튼 신문에 따르면, 뤼팽은 베시 소령의 편지를 자신의 변호사인 드티낭에게 건네줬다고 한다. 그런데 변호사라니? 사람들은 뤼팽이 변호사를 고용했다는 소식에 저마다 웃음을 터뜨렸다. 아르센 뤼팽이 법을 존중해주는 인물이었던가?

신문기자들은 앞다투어 드티낭의 집으로 몰려갔다. 급진적 성향의 국회의원이자 변호사인 드티낭은 청렴결백하여 주위 사람들로부터 신망이 높았다.

기자들의 질문에 드티낭은 아직 아르센 뤼팽과 대면하지 못했다고 밝혔다. 그는 의뢰인과 대면하지 못했다는 사실에 대해 대단히 유감스러운 일이라고 평했다. 그러나 뤼팽으로부터 공식적으로 사건을 의뢰받았고, 다른 변호사가 아닌 자신이 선택

되었다는 사실에 대해 큰 영광으로 생각한다고 덧붙였다.

기자들은 소령의 편지를 언급했다. 정말로 그 편지를 갖고 있느냐는 질문이었다.

드티낭은 소령의 편지를 공개했다.

편지는 분명 복권의 양도를 입증해 주었다. 그러나 양도받은 사람의 이름은 적혀 있지 않았다. 편지에는 단순히 '친애하는 나의 친구'라고만 적혀 있었던 것이다.

아르센 뤼팽은 소령의 편지와 함께 보낸 글에서 다음과 같이 주장했다.

"기자분들은 어떻게 생각할지 몰라도 '친애하는 나의 친구'란 바로 아르센 뤼팽 저를 의미하는 것입니다. 그에 대한 증거는 다름 아닌 제가 이 편지를 소유하고 있다는 것입니다."

신문기자들은 또다시 제르보아의 집으로 몰려갔다. 제르보아는 같은 말을 되풀이했다.

"거짓말입니다. '친애하는 나의 친구'란 나밖에 없습니다. 아르센 뤼팽은 복권과 함께 소령의 편지를 훔친 것입니다."

신문기자들의 기사를 읽은 뤼팽은 곧바로 이렇게 말했다.

"그렇다면 '친애하는 나의 친구'라는 것을 증명해 보시오."

신문기자들 앞에서 제르보아는 큰 소리로 말했다.

"책상을 훔친 자는 바로 아르센 뤼팽입니다."

뤼팽은 다시 반박했다.

"내가 책상을 훔쳤다는 걸 증명해 보시오!"

23조 514호 복권의 두 소유자 사이에 벌어진 사상 초유의 공방은 계속 이어졌다. 그때마다 기자들은 바삐 움직여야 했다. 가엾은 제르보아와 늘 냉정하고 차분한 아르센 뤼팽을 지켜보는 사람들은 그저 호기심에 눈빛을 빛낼 뿐이었다.

그러나 신문은 뤼팽보다는 제르보아를 가엾게 여겼다. 대다수의 신문은 그의 탄식과 실망을 넘치도록 실었다.

"뤼팽은 도적이고 악당입니다. 그 악당은 제게서 복권을 훔쳐간 것이 아니라 사랑하는 내 딸의 결혼 지참금을 훔쳐간 것입니다. 내 딸의 입장이 돼서 생각해 보십시오. 1백만 프랑은 결코 적은 돈이 아닙니다. 그 책상에는 무려 1백만 프랑이 들어 있던 겁니다!"

사람들은 의아해했다. 뤼팽이 책상을 훔쳤을 때(만일 뤼팽이 책상을 진짜로 훔쳤다면) 그 속에 복권이 들어 있는 것을 어찌 알았을 것이며, 또한 그 복권이 1등에 당첨되리라는 것 역시 어찌 미리 알 수 있단 말인가? 사람들은 입을 모아 제르보아에게 반론을 제기했다. 그러나 그럴수록 제르보아의 불평은 더욱더 커질 뿐이었다.

"천만에요. 뤼팽은 필시 그 모든 사실을 알고 있었을 겁니다. 그가 정말로 몰랐다면 변변찮은 책상을 훔칠 이유가 달리 무엇이겠습니까? 고작 20프랑짜리 종이쪽지를 훔치기 위해? 아닙니다. 그는 그 종이쪽지가 1백만 프랑짜리라는 것을 미리 알고 있었던 것입니다. 뤼팽은 모르는 것이 없습니다. 무엇이든 다 알고 있습니다. 그리고 이 세상 최고의 악당입니다. 당신들은 그 점을 잊어서는 안 됩니다. 그 악당에게 1백만 프랑을 도둑맞아

본 적이 없는 사람은 제 심정을 결코 이해할 수 없을 겁니다."

 이 말다툼은 언제까지나 계속될 것 같았다. 그런데 열이틀째가 되는 날 제르보아는 아르센 뤼팽으로부터 한 통의 편지를 받았다.

 제르보아 씨, 짐작하셨듯이 저는 아르센 뤼팽입니다. 사람들은 이번 일을 무척 즐기는 것 같습니다. 그러니 이젠 우리도 좀더 자중하고 진지해져야 하지 않을까 하는 생각입니다.

 아무튼 저는 이제 결단을 내렸습니다. 나의 결단처럼 이번 일의 상황은 매우 자명합니다. 나는 복권을 가졌지만 당첨금을 받을 권리가 없습니다. 물론 당신은 저와는 반대의 입장입니다. 두 사람 중 한 사람은 권리를 포기해야만 복권은 비로소 효용가치가 발생합니다.

 충분히 느끼셨겠지만 우리는 서로가 서로를 간절히 필요로 하는 관계입니다. 그러나 당신이나 저나 자신의 권리를 서로에게 넘겨주는 데 동의하지 않습니다. 이젠 방법을 찾아야 합니다. 곰곰이 생각해본 결과, 방법은 단 하나밖에 없다고 생각됩니다. 당첨금을 서로가 공평하게 나누는 것…… 솔로몬의 지혜로운 판단이 아닐 수 없습니다. 우리 둘 모두에게 만족스러운 방법이라고 생각합니다.

 사흘을 두고 당신의 답변을 기다리도록 하겠습니다. 내 제의에 만족한다면 금요일 '에코 드 프랑스' 3행 광고란 'Ars. Lup.'(아르센 뤼팽의 약칭) 앞으로 비밀 통지를 실어 주십시오. 나의 제안에 동의한다고 남모르게 알려주십시오. 그렇게 되면 당신은 복권을 손에 넣을 수 있고 1백만 프랑도 받을 수 있을 것입니다. 허나, 제가 정해주는 방법을 통해 당신은 제게 50만 프랑을 반드시 돌려줘야 합니다. 당신이 거절할 경우를 대비해 저는 이미 몇 가지 완벽한 방법을 지시해 두었습니다. 그러나 그럴 경우 당신은 매우 난처한 입장에 처하게 될 것입니다. 뿐만 아니라 2만 5천 프랑을 공제당하게 될 것입니다.

_아르센 뤼팽

제르보아는 격분했다. 그리하여 뤼팽에게 받은 편지를 신문 기자들에게 공개해 버렸다. 물론 자신은 편지의 복사본을 남겨 두었다.

"단 몇 푼일지라도 뤼팽에겐 넘기지 않겠습니다. 복권은 저의 소유입니다. 저의 소유물을 놓고 타인과 협상을 벌이는 어리석은 짓은 하지 않겠습니다."

기자들을 앞에 두고 제르보아는 큰소리를 쳤다.

"허나 50만 프랑은 결코 작은 액수가 아닙니다. 뤼팽의 제안을 받아들이는 게 현명한 판단이 아닐까요?"

"문제는 돈이 아닙니다. 보다 중요한 것은 나의 권리 행사입니다. 나는 나의 권리를 법정에서 반드시 입증해 보일 것입니다."

"뤼팽과 정면 대결을 펼치겠다는 의미인가요? 그것도 법정에서? 그렇다면 참으로 대단한 선언이로군요."

"아닙니다. 저는 부동산은행에 요구할 것입니다. 당연히 은행은 복권의 주인인 제게 1백만 프랑을 지불해야 할 의무가 있습니다."

"부동산은행은 당신이 아닌 '복권'과 교환할 의무가 있는 게 아닌가요? 적어도 부동산은행은 어느 정도 이미 양보를 했다고 여겨지는데요. 당신이 복권을 양도받았다는 증거를 제시하면 은행 측은 곧바로 당첨금을 지불하겠다고 약속하지 않았습니까?"

"말했다시피 증거는 아르센 뤼팽입니다. 그는 자신이 문제의 그 책상을 훔쳤다고 이미 자백하지 않았습니까?"

"뤼팽의 그 말이 법정에서 통하리라고 생각하십니까?"

"그렇든 그렇지 않든 저는 제 권리를 중간에 포기하지 않을 것입니다."

신문기사를 읽은 사람들은 흥분의 도가니에 빠진 듯 열광적인 반응을 보였다. 과연 이번 사건의 최종 승리자는 누가 될 것인가. 법정은 누구의 손을 들어줄 것인가. 사람들 사이에 내기가 벌어지는 것은 어쩌면 당연했다.

사람들은 금요일을 기다렸다. 금요일 날 사람들은 앞다투어 '에코 드 프랑스' 신문을 구입했다. 그들의 시선은 오로지 3행 광고란이 있는 5면을 찾았다. 다행인지 불행인지 'Ars. Lup.' 씨에게 띄우는 광고는 눈을 씻고 찾아봐도 찾을 수 없었다. 아르센 뤼팽의 요구를 제르보아는 싸늘한 침묵으로 외면한 것이다. 당연하게도 제르보아의 행동은 뤼팽에 대한 선전포고에 다름이 아니었다.

그런데 그날 저녁, 석간신문을 읽은 사람들은 경악했다. 제르보아의 딸 쉬잔이 납치당한 것이다.

사람들을 즐겁게 해준 건 아르센 뤼팽과 제르보아 뿐은 아니었다. 경찰은 주연이 아닌 조연이었지만 그래도 사람들은 즐거워했다. 사실 이번 사건을 겪으면서 경찰은 철저하게 구경꾼이었다. 아르센 뤼팽 역시 경찰 따위 안중에도 없었다. 자신의 의지대로 예고하고 협박하고 실행했다. 경찰은 그에게 허깨비와 다를 바 없는 존재였다.

그래도 경찰은 최선을 다해 조사 작업을 벌였다. 그것은 당연했다. 다른 이도 아닌 아르센 뤼팽과 관련된 사건이었다. 그렇다면 경찰 조직의 상하부 가릴 것 없이 누구나 흥분하여 조사에 열중할 수밖에 없다. 아르센 뤼팽은 그들에게 가장 큰 공통의 적이었다. 경찰을 무시하고, 도전하고, 경멸하는 뤼팽의 행태에 대해 마땅히 대가를 받아내야만 하는 것이다. 하지만…… 어떻게?

하녀의 증언에 따르면 쉬잔은 9시 40분쯤 집을 나섰다. 10시 5분에 학교 교문에 모습을 나타낸 제르보아는 딸의 모습이 보이지 않자 걱정하기 시작했다. 그러니 단순하게 생각해도 쉬잔이 납치당한 건 집에서 학교까지 걸어간 25분 사이라는 결론이 도출된다.

그녀를 본 목격자는 있었다.

이웃사람 한 명이 집에서 3백 미터쯤 떨어진 곳에서 그녀와 마주쳤고, 부인은 가로수를 따라 한 아가씨가 걸어가는 것을 보았다고 증언했다. 그 두 사람의 증언으로 나타난 여자의 특징은 의심할 것 없이 쉬잔이었다.

그렇다면 그 후 쉬잔은 어떤 일을 당한 것일까? 불행하게도 그 후의 일은 아무도 모른다.

수사는 여러 방면으로 진행되었다. 역과 시내로 들어오는 세관 직원들에 대한 탐문 조사가 세심하게 이뤄졌다. 하지만 쉬잔의 납치와 연관이 있을 듯한 증언을 한 사람은 아무도 없었다.

다행이랄까, 비르 더블레의 한 잡화점 주인이 파리 방면에서 들어온 리무진 자동차에 휘발유를 팔았다는 신고를 해왔다. 운전석에는 운전기사가, 조수석에는 아주 아름다운 금발의 귀부인이 타고 있었는데, 그 차는 한 시간쯤 지나고 나서 베르사이유 쪽에서 다시 모습을 나타냈다는 것이다. 도로가 무척 혼잡했던 탓에 차는 서행을 할 수밖에 없었고, 그 때문에 잡화점 주인은 금발의 귀부인이 숄과 베일로 몸을 감싼 다른 여자로 바뀌어졌다는 것을 눈치챌 수 있었다.

경찰은 그녀가 쉬잔이라는 것에 대해 조금도 의심하지 않았다. 그렇다면 쉬잔의 납치는 베르사이유의 한복판에서, 그것도 사람의 왕래가 빈번한 곳에서, 또 밤도 아닌 대낮에 실행되었다는 결론인 것이다. 어찌 그리 대담한 범행이 가능했던 것일까? 쉬잔은 도움을 요청하는 고함이나 비명을 내지르지 않았던 것일까?

잡화점 주인은 그들을 태운 자동차의 특징에 대해 다음과 같이 설명했다.

"진한 청색의 푸종 24마력짜리 리무진입니다."

주인의 증언이 맞는지 틀리는지를 경찰은 보브 왈투르에게 물어 확인했다. 그녀는 자동차 임대회사의 지배인이었다.

금요일 아침, 보브 왈투르는 리무진 형 푸종 한 대를 금발의 귀부인에게 빌려주었다고 증언했다. 그런데 금발의 귀부인은 이후로 모습을 나타내지 않았다고 했다.

"운전기사는 어찌 됐죠?"

"그의 이름은 에르네스트입니다. 목요일 날 유력인사 한 분이 추천하여 채용한 사람입니다."

"아니, 그가 어디에 있냐고요? 그도 사라졌나요?"

"뭐, 그런 셈입니다. 차를 돌려주곤 그 뒤로 출근하지 않고 있으니까요."

"행방이 묘연하다는 말씀이군요. 그를 찾을 수 있는 방법이 없을까요?"

"가능합니다. 찾을 수 있어요. 추천한 분에게 여쭤보면 될 겁니다. 그 사람 이름이……."

그러나 추천자는 에르네스트라는 사내를 전혀 알지 못한다고 했다. 결국 사건은 원점이었다. 뭔가 실마리가 보이는가 싶었는데 또다시 미궁 속으로 빠져버린 것이다.

한편, 딸이 실종된 이후 제르보아는 역력히 기세가 수그러들었다. 결국 그는 아르센 뤼팽에게 항복을 선언했다.

그는 '에코 드 프랑스' 신문에 세 줄짜리 광고를 실었다. 두 사람의 싸움은 겨우 나흘 만에 뤼팽의 완전한 승리로 끝났다.

다시 이틀이 지나고, 제르보아는 부동산은행의 은행장을 찾았다. 은행장에게 그는 23조 514호 복권을 건넸다. 은행장이 깜짝 놀라며 물었다.

"이게 어찌된 일이죠? 그럼 뤼팽하고 협상을 한 겁니까?"

"그동안 찾지 못했었는데 이제야 찾았습니다."

제르보아는 담담하게 대답했다.

"그럴 리가요? 이제까지 당신은 복권에 문제가 있다고 주장하지 않았습니까?"

"소문일 뿐입니다. 제가 실수를 했군요. 아무튼 이번 일을 서둘러 끝냈으면 합니다."

"허나 우리로선 증빙서류가 필요합니다."

은행장은 제르보아의 눈치를 살폈다. 과연 그가 어떤 반응을 보일지 궁금했던 모양이다.

"소령의 편지라면 괜찮겠습니까?"

"물론입니다."

"네, 여기……."

은행장은 제르보아가 내민 소령의 편지를 꼼꼼하게 살펴봤다.

"……맞습니다. 복권과 편지를 제게 맡기시면 모든 절차는 끝납니다. 허나 규정대로 보름 정도는 기다리셔야 당첨금을 받으실 수 있습니다. 아무튼 그때까진 아무에게도 이 일을 누설하지 않는 게 좋을 것 같습니다. 이번 사건은 너무 많이 알려졌고, 사실 저희 은행으로서도 조용하게 처리되었으면 하고 바라거든요. 물론 당신을 위해서도 마무리가 말끔한 것이 좋겠죠."

"어차피 저도 같은 생각입니다."

제르보아나 은행장은 약속한 것처럼 그 누구에게도 복권에 대해 이야기하지 않았다. 하지만 정작 본인이 누설하지 않는다고 해도 그 누군가에 의해 반드시 알려지는 것이 또한 비밀이었다.

세상 사람들은 얼마 지나지 않아 소문을 듣게 되었다. 아르센 뤼팽이 23조 514호 복권을 제르보아에게 돌려주었다라는 소문! 이 소문을 접한 사람들은 아르센 뤼팽의 대담함에 혀를 내둘렀다. 만일 경찰이 쉬잔을 구출해낸다면? 그럼 뤼팽은 닭 쫓던 개 지붕 쳐다보는 격이 아닌가?

경찰은 사람들의 소문에 발맞추어 조사에 한층 박차를 가했다. 사람들 간에 희한한 소문 하나가 떠돌기 시작한 건 그 즈음이었다.

"아르센 뤼팽은 1백만 프랑도 날리고, 쉬잔 양도 그만 놓치게 될 것이다."

경찰은 눈에 불을 켜고 쉬잔을 찾았다. 그러나 꽁꽁 숨긴 사람을, 그것도 뤼팽이 숨긴 사람을 쉽사리 찾을 수 있겠는가. 그렇다면 결론은 하나, 쉬잔 스스로 뤼팽의 소굴에서 빠져나와야만 한다. 그러나 여자의 몸으로 그것도 혼자의 힘으로 뤼팽의 소굴을 도망쳐 나오는 것이 가능하겠는가. 비로소 사람들은 깨달았다.

"1회전은 일단 뤼팽의 승리다."

하지만 아직 뤼팽에게는 여러 가지 극복해야 할 난관이 도처에 널려 있었다. 더욱이 제르보아로부터 50만 프랑을 넘겨받으려면 그 두 사람은 반드시 만나야만 한다. 제르보아와 뤼팽이 만나는 것을 경찰이 잠자코 지켜보고 있지는 않을 것이었다. 경찰은 틀림없이 뤼팽을 체포할 절호의 기회라고 여길 것이다. 그

때문에 제르보아는 뤼팽에게 50만 프랑을 주지 않고도 딸을 구출해내는 대단히 만족할 만한 성과를 얻을 수도 있었다. 하지만 돈과 쉬잔의 교환은 언제 어떤 방법으로 어디서 이루어질까? 사람들은 이것에 대해 대단히 관심이 높았다.

제르보아 씨는 기자들에게 둘러싸였다. 그는 초췌한 모습으로 내내 침묵을 지키며 아무 말도 하지 않았다.

"나는 아무런 할 말이 없소. 그저 기다릴 뿐이오."

"그렇다면 쉬잔 양은?"

"수사가 계속되고 있으니 지켜봐야죠."

"아르센 뤼팽에게서 무슨 연락이라도 온 게 아닙니까?"

"아니오."

"정말입니까?"

"그렇소."

"모르긴 몰라도 연락이 왔을 겁니다. 그의 생각은 대체 어떤 겁니까?"

"더는 아무 말도 하고 싶지 않소."

기자들은 드티낭 변호사를 에워쌌다. 그러나 그도 별다른 말을 하진 않았다.

"아르센 뤼팽 씨는 저의 의뢰인이고 저는 그의 변호사입니다. 저는 의뢰인이 요구한 내용은 비밀을 유지해야 할 의무가 있습니다. 이 점 양해해 주시리라 믿습니다."

뭔가 비밀리에 진행되고 있다! 구경꾼들은 충분히 눈치챌 수 있지만 확인할 수 없어 답답해했다. 아르센 뤼팽이 그물을 치고, 그 그물을 천천히 당기고 있는 사이 경찰은 제르보아의 주변을 밤낮으로 감시했다. 사람들은 이 문제의 해결 방법은 셋 중 하나라고 생각했다. 뤼팽의 체포냐 뤼팽의 승리냐, 아님 거래 자체가 실패로 끝나느냐!

당시 대중들의 호기심은 만족할 만큼 채워지지 않았다. 다음 글에서 그때의 정확한 진상이 비로소 밝혀지게 될 것이다.

3월 12일 화요일. 제르보아는 부동산은행으로부터 겉보기에 아무런 특징이 없는 편지 한 장을 받았다.

목요일 오후 1시, 그는 파리로 가는 기차에 몸을 실었다.

오후 2시, 1천 프랑짜리 지폐 1천 장이 그에게 정확히 건네졌다.

제르보아가 떨리는 손으로 돈 ― 무리도 아닐 것이다. 쉬잔의 몸값이었으니 ― 을 세고 있는 동안, 은행의 정문에서 조금 떨어진 곳에 정차한 차 안에서 두 사내가 밀담을 나누고 있었다. 그중 한 사람은 머리털이 희끗희끗한 반백이었는데, 말단 월급쟁이 같은 옷차림과는 어울리지 않게 표정이 우악스러웠다. 그는 다름 아닌 가니마르 경감이었다. 가니마르 경감의 옆에는 포랑팡 형사가 앉아 있었다.

"곧 제르보아 씨가 은행에서 나올 거다. 만반의 준비는 갖췄겠지?"

"완벽합니다."

"몇 명이나 배치됐나?"

"모두 여덟 명입니다. 그중 둘은 자동차에 있습니다."

"충분하진 않지만, 그 정도면 됐어. 무슨 일이 있어도 제르보아 씨를 놓쳐선 안 돼. 그는 뤼팽과 약속했고, 반드시 두 사람은 만날 거야. 50만 프랑과 딸을 교환하면 모든 일이 끝날 테니까."

"한데 제르보아 씨는 왜 우리 경찰의 도움을 받지 않으려는 거죠? 경찰의 도움이 있으면 1백만 프랑을 고스란히 가질 수도 있잖습니까?"

"그렇긴 하지…… 하지만 무서운 거야. 그자를 속이려고 하다가 영영 딸을 잃을 수도 있다는 불안감 때문이지."

"그자라면……?"

"그 녀석 말이야."

가니마르는 좀 두려운 듯 무거운 어조로 '그 녀석'이라는 말을 했다. 마치 독이라도 가진 무서운 존재에 대해서 이야기하는 것 같은 말투였다.

"본인도 모르게 그 누군가를 보호해야 한다니, 조금 우스운 생각이 드는군요."

"상대가 그 자라면 세상이 거꾸로 되어도 이상할 것은 없지."

가니마르 경감이 한숨을 내쉬었다.

이야기하는 동안 몇 분 정도가 훌쩍 지나갔다.

"나왔어!"

가니마르 경감이 턱으로 은행문 쪽을 가리켰다.

제르보아가 은행문을 나서고 있었다. 카퓌신 가(街) 끄트머리에 이르러 그는 왼쪽으로 방향을 틀었다. 대로였다. 그는 상점을 따라 천천히 걸으며 진열된 물건들을 눈으로 훑었다.

"너무 침착한걸." 가니마르 경감이 말했다. "1백만 프랑을 가진 사람치곤 너무 태연한 모습이야."

"무슨 이상한 낌새라도……?"

"아니, 아무것도. 상대는 다름 아닌 그자야. 그러니 경계하는 거겠지."

제르보아가 신문 판매대 쪽으로 걸어갔다. 그는 신문 한 장을 샀고, 거스름돈을 돌려받았다. 제르보아는 신문을 펼쳐 기사를 눈으로 훑었다. 그러나 그것도 잠깐 그의 발걸음이 눈에 띄게 빨라졌다. 보도 옆에는 택시 한 대가 정차해 있었는데, 갑자기 제르보아는 그 차 안으로 몸을 날리듯이 하여 후닥닥 올라탔다. 차는 이미 시동이 걸려 있었고, 제르보아가 타자마자 바람같이 출발했다. 마들렌 성당 모퉁이를 돌아 차는 금방 자취를 감추었다.

"빌어먹을, 역시 그 녀석의 수법이야!"

가니마르가 버럭 소리를 지르더니 차에서 뛰쳐나갔다. 가니마르의 뒤를 쫓아 부하 형사들도 마들렌 성당을 향해 달려가기 시작했다.

그런데 갑자기 멈춰선 가니마르가 통쾌하게 웃음을 터뜨렸다. 제르보아를 태운 차가 말제르브 가 초입에 멈춰서 있었다. 타이어가 터진 것이다. 제르보아가 차에서 내리고 있었다.

"서두르게, 포랑팡. 아마도 운전사는 에르네스트란 녀석일 게야."

포랑팡 형사는 다짜고짜 운전기사부터 붙잡고 늘어졌다. 그런데 그는 에르네스트가 아니었다. 택시 조합에 소속되어 있는 가스통이라는 사내였다. 10분 전쯤 한 신사가 다가와 말하길, 신문 판매대 옆에서 한 신사가 택시에 탈 테니 시동을 걸고 기다리고 있으라고 했다는 거였다.

"방금 탔던 사람은 목적지가 어디라고 했소?"

포랑팡이 물었다.

"목적지는 말하지 않았습니다. 말제르브를 지나 메시느 거리라고만 했습니다. 번지수는 말하지 않았습니다."

그 사이 제르보아는 서둘러 택시에 몸을 싣고 있었다.

"콩코르드 지하철역으로 갑시다!"

제르보아는 팔레 루아얄 광장역에서 내려 다른 택시로 옮겨 타고 증권거래소 광장으로 향했다. 그리고 다시 지하철을 이용해 빌리에 가(街)까지 간 뒤 또 다시 택시에 올랐다.

"클라페이롱 가(街) 25번지로 갑시다."

클라페이롱 가 25번지는 모퉁이에 위치한 집으로, 바티뇰 대로 맞은편이었다. 택시에서 내린 제르보아는 곧장 2층으로 올라가 초인종을 눌렀다. 한 신사가 문을 열었다.

"드티낭 선생이십니까?"

"네. 바로 제가 드티낭입니다. 당신은 제르보아 선생이시죠?"

"그렇습니다."

"기다리고 있었습니다."

제르보아가 변호사 사무실로 들어갔을 때, 시계가 3시를 알렸다.

"약속한 시간입니다. 그는 아직 오지 않았습니까?"

"네, 아직."

의자에 앉은 제르보아가 이마를 훔쳤다. 그는 마치 시간을 몰랐던 사람처럼 회중시계를 꺼내더니 다시금 시간을 확인했다. 그는 매우 불안해 보였다.

"그가 오긴 오는 겁니까?"

잠시 침묵을 지키던 변호사가 이렇게 대꾸했다.

"그 질문에 대한 명확한 답변을 듣고 싶은 건 저 역시 마찬가지입니다. 저는 지금처럼 누군가를 간절하게 또 지겹게 기다려본 기억이 없습니다. 아무튼 그가 이곳에 나타난다면 그로선 대단한 모험을 하는 셈이겠죠. 보름 전부터 이곳은 엄중한 감시를 받고 있으니까요. 그들로선 저도 의심의 대상자입니다."

"저에 대한 감시 역시 마찬가지로 엄중합니다. 저를 감시하던 경찰들을 따돌렸는지도 사실 자신할 수 없습니다."

"그럼 그들이 당신 뒤를……?"

제르보아가 갑자기 버럭 소리를 질렀다.

"어찌됐든 그건 제 책임이 아닙니다! 제가 비난받을 이유는 없다 이 말입니다. 제가 약속한 게 뭡니까? 그의 명령에 따르기로 한 것뿐입니다. 하여 저는 그의 명령에 순종적으로 따랐습니다. 그가 정한 시간에 돈을 받았고, 그가 지정한 방법대로 당신을 찾아왔습니다. 저는 딸의 목숨을 놓고 모험을 할 그런 몰인정한 아버지가 아닙니다. 그러니 그도 반드시 약속을 지켜야 합니다!"

두 사람 사이에 잠시 침묵이 흘렀다. 먼저 침묵을 깬 사람은 역시 마음이 조급한 제르보아였다.

"정말로 그가 제 딸을 데리고 오긴 오는 겁니까?"

"저도 그러기를 바라고 있습니다."

"당신은 그를 만난 적이 있잖습니까?"

"제가요? 천만에요! 그는 제게 편지를 보냈을 뿐입니다. 당신을 맞이할 것, 3시 전에 하인들을 모두 외출시킬 것, 그리고 당신과 그가 이곳을 떠날 때까지 아무도 이곳에 들이지 말라고 하더군요. 만약 그의 제안에 동의하기 싫다면 '에코 드 프랑스' 신문의 3행 광고란에 거절의 뜻을 담은 글을 실어달라고 했습니다. 허나 저는 그를 돕고 싶었습니다. 아르센 뤼팽에게 도움을 주는 게 기뻤고, 그래서 그의 제안을 받아들였죠."

한숨을 뱉어낸 제르보아가 혼잣말처럼 중얼거렸다.

"아아, 대체 일이 어떻게 되는지……."

제르보아는 지폐를 꺼내 탁자 위에 올려놓았다. 그러고는 똑같은 액수로 돈을 두 다발로 나누었다. 두 사람은 잠자코 기다렸다. 이따금 제르보아의 귀가 곤두세워졌다. 누군가 초인종을 누른 것이 아닌가 여기는 것 같았다.

시간이 흐를수록 제르보아의 불안감은 점차 커졌다. 드티낭 변호사 역시 같은 심정인 것 같았다.

한순간 드티낭 변호사가 벌떡 일어나더니 선언하듯 이렇게 말했다.

"그는 오지 않을 것 같습니다. 그래요, 그가 온다면 미친 짓일 겁니다. 우린 정직한 사람들이니 믿을 수 있겠지만…… 위험한 건 이 집뿐만은 아닐 테니까요."

고개를 숙인 제르보아가 손으로 지폐 다발을 만지작거리며 이렇게 중얼거렸다.

"제발 와주었으면…… 아, 제발 와주시오. 쉬잔이 내게 돌아올 수만 있다면…… 이 돈 따윈 조금도 아깝지 않은데……."

문이 활짝 열린 건 바로 그때였다.

"내 몫은 절반이오, 제르보아 선생."

문 쪽에 누군가 서 있었다. 맵시 좋게 옷을 차려입은 그는 베르사이유 고물상에서 마주쳤던 바로 그 젊은이였다. 제르보아는 벌떡 일어나 젊은이에게로 다가갔다.

"쉬잔은? 내 딸은 왜 안 보이는 거요?"

문을 닫은 아르센 뤼팽이 점잖게 장갑을 벗었다.

"드티낭 씨, 제 권리의 옹호를 위해 애써 주시는 것에 대해 진심으로 감사드립니다. 이 은혜는 평생 잊지 않겠습니다."

드티낭 변호사가 갑자기 뭔가 생각났다는 듯한 표정으로 물었다.

"그런데 초인종을 누르지 않았군요. 문 열리는 소리도 듣지 못했는데……?"

"초인종 소리나 문이 열리는 소리를 다른 누군가가 듣는다면 곤란해지겠지요. 아무튼 제가 지금 이곳에 와 있다는 사실이 중요한 것 아니겠습니까?"

"내 딸! 쉬잔은…… 어떻게 됐습니까?"

"잠깐, 잠깐만요 선생. 선생은 무척 성미가 급한 분이시로군요. 안심하십시오. 조금만 참고 기다리시면 쉬잔 양은 무사히 선생의 품으로 돌아갈 테니까요."

이렇게 말하곤 뤼팽은 방 안을 왔다갔다했다. 그러다가 마치 영주라도 된 듯 갑자기 근엄한 표정으로,

"제르보아 선생, 아까 보여준 선생의 재빠른 움직임은 참으로 탄복할 만했습니다. 택시의 타이어가 펑크나지만 않았어도 에트와르 광장에서 선생을 만날 수 있었을 텐데요. 그랬다면 드티낭 씨를 찾아와 이렇게 폐를 끼치는 일도 없었겠죠. 그리고 보면 모든 건 운명의 힘이 아닌가 싶습니다."

그때 두 다발의 지폐가 뤼팽의 눈에 띄었다.

"아, 바로 이 돈이로군요! 1백만 프랑이라…… 제 몫은 당연히 가져가도 되겠죠?"

"하지만 아직 제르보아 선생의 따님인 쉬잔 양이 보이지 않는군요."

드티낭 변호사가 탁자 앞을 가로막고 나서며 말했다.

"그게 무슨 뜻이지요?"

"제르보아 선생의 따님이 반드시 이 자리에 있어야만 거래가 성립되는 걸로 알고 있는데, 아닙니까?"

"그렇군요. 무슨 말인지 알겠습니다. 아르센 뤼팽은 반쯤밖에 신용할 수 없는 인간이다 이 뜻이로군요. 돈 50만 프랑만 챙기

고 인질은 안 돌려줄지도 모른다…… 이런 것이죠? 친애하는 변호사 선생, 사람들은 저에 대해 많은 것을 알고 있다고 자신합니다. 하지만, 정말로 그럴까요? 그들은 저에 대해 많은 부분 오해하고 있습니다. 운명이 저를 약간 빗겨나는 바람에 별난 일을 하게 되었지만, 그 때문에 제 자신의 양심까지 의심받게 되었지만, 실제로 저는 양심적이고 선량한 사람입니다. 제 말을 믿지 못하시겠거든 창문을 활짝 열고 힘껏 소리쳐 경찰들을 부르세요. 그들에게 저를 붙잡으라고 소리를 지르세요. 거리에 숨어 있는 수십 명의 경찰들이 한꺼번에 이곳으로 밀어닥칠 테니까."

"그게 무슨 소리요?"

뤼팽이 커튼을 들어올렸다.

"제르보아 선생, 아무래도 가니마르 경감을 따돌리는 일이 여의치 못했던 모양입니다. 당연하지요. 자, 보세요. 저기 당당히 버티고 있는 사람들을 말입니다!"

"그럴 리가? 나는 입도 뻥긋 안 했어요. 진심입니다!"

"선생이 배반하지 않았다는 것, 저도 믿습니다. 하지만 저들도 멍청이는 아니죠. 나름대로 노련한 사람들입니다. 저기 포랑팡이 보이는군요. …호오, 그레옴도… 그래, 듀지 저 친구도 왔어! 다정한 제 친구들이 모두 모여 있군요!"

드티낭 변호사의 두 눈이 휘둥그렇게 변했다. 얼마나 침착한 모습인가! 뤼팽은 아무런 위험도 느끼지 못하는 어린아이처럼 마냥 즐거운 표정이었다.

변호사는 한 손으로 가볍게 가슴을 쓸어내렸다. 뤼팽의 모습을 지켜보고 있는 그는 왠지 모르게 안심이 되었다. 그는 가로막고 있던 탁자에서 슬그머니 비켜났다.

아르센 뤼팽은 두 다발의 돈 뭉치를 집어들었다. 양쪽에서 각각 반을 빼내어 모두 50장을 드티낭 변호사에게 건넸다.

"드티낭 씨, 이건 제르보아 선생과 아르센 뤼팽의 사례금입니다. 이만큼의 비용은 치를 의무가 있다고 생각합니다."

"나는 그 돈을 받을 이유가 없습니다."

드티낭 변호사가 대답했다.

"왜죠? 우린 당신에게 신세를 졌습니다. 당연히 이 돈을 받을 권리가 있습니다."

"이런 수고는 오히려 제게 즐거운 일입니다."

"아르센 뤼팽에게서는 아무것도 받고 싶지 않다라는 뜻인가요, 드티낭 씨? 정말 그런가요? 슬프군요. 제 악명 때문에 당연한 권리마저 포기하시다니요."

뤼팽은 한숨을 내쉬었다. 이번엔 5만 프랑을 제르보아에게 내밀었다.

"선생, 우리의 만남을 좋은 만남으로 기억해주길 바랍니다. 이 돈은 따님의 결혼 축의금으로 생각해 주십시오."

제르보아는 무심코 돈을 받았으나 뤼팽의 말에는 즉각 항변했다.

"쉬잔은 아직 결혼하지 않습니다."

"당신이 쉬잔 양의 결혼에 반대한다면 그 일은 불가능하겠죠.

하지만 쉬잔 양은 결혼하고 싶어합니다."

"당신이 그걸 어떻게 장담할 수 있소?"

"젊은 아가씨는 늘 꿈을 꾸지요. 꿈을 꾸는 데 아버지의 허락을 받아야 하는 건 아니겠죠. 가끔은 아르센 뤼팽 같은 수호신이 나타나 아름다운 아가씨의 비밀을 발견하기도 하지요."

갑자기 드티낭 변호사가 끼여들며 궁금한 것을 물었다.

"혹시 그 책상 속에서 다른 것이 나오지는 않았습니까? 저는 왜 당신이 그 책상을 눈독들였는지 그 진의가 무척 궁금합니다."

"역사적인 이유라고 할까요. 단언하건대 그 책상 속엔 복권 이외의 보물은 아무것도 없었습니다. 그리고 복권이 들어 있는 건 저도 몰랐습니다. 아무튼 저는 그 책상을 오래 전부터 찾고 있었습니다. 주목과 마호가니로 만들어지고 아칸더스 이파리 장식의 그 책상은 불로뉴의 마리 발레브스카가 살고 있던 작은 집에서 나온 것입니다. 서랍 중 하나에는 이런 글귀가 새겨져 있습니다. '프랑스 황제 나폴레옹 1세에게 바침. 폐하의 충실한 신하 망시옹'. 그리고 그 위에 칼끝으로 '마리, 그대에게'라고 새겨져 있지요. 그 뒤 나폴레옹은 조세핀 황후를 위해 이것과 똑같은 것을 만들도록 지시했습니다. 그러니까 조세핀 황후의 옛 궁전 마르메이종을 방문한 사람들이 구경하고 있는 책상(현재 이 책상은 국립 가구 보관소에 보존되어 있다)은 모조품이라는 것이죠."

제르보아가 한숨을 내쉬며 이렇게 말했다.

"아, 이런 사실을 진작에 알았다면 고물상에서 당장 당신에게 양보했을 텐데…….."

아르센 뤼팽이 웃으면서 말했다.

"그보다 당신은 23조 514호 복권의 상금을 독차지할 수 있었을 겁니다."

"그랬더라면 당신도 내 딸을 납치하는 일 따윈 하지 않았을 테지요."

"납치라뇨?"

"그럼 아닙니까?"

"선생, 쉬잔 양은 납치당한 것이 아닙니다."

"납치된 것이 아니라고요?"

"따님은 자진하여 인질이 된 것입니다."

"자진했다고요? 도무지 이해할 수 없군요."

"그 정도가 아닙니다. 쉬잔 양은 저희에게 거의 간청하다시피 했습니다. 그녀는 총명한 머리와 뜨거운 정열로 가득한 가슴을 가졌습니다. 그녀는 지참금을 손에 쥐어주겠다는 조건을 거절하지 않았습니다. 선생의 완고한 고집을 꺾는 데 달리 방법이 없다는 걸 이해시키는 일은 그다지 힘들지 않았습니다."

드티낭 변호사는 아주 흥미로운 얼굴이었다. 그가 자신의 의견을 말했다.

"하지만 그녀와 접촉하는 건 결코 쉽지 않았을 텐데요. 그녀가 낯선 사람과 아무런 스스럼없이 그런 이야기를 했다고는 믿기지 않습니다."

"뭔가 오해를 하셨군요. 저는 대화에 나서지도 않았습니다. 제가 알고 있는 숙녀 중 한 분을 쉬잔 양과 이야기를 나누게 했지요."

"그 숙녀분이 자동차에 타고 있던 금발의 귀부인?"

"그렇습니다. 학교 앞에서 처음 만난 두 숙녀는 금방 모든 것에 타협을 이루었죠. 그 뒤 두 숙녀는 벨기에와 네덜란드를 여행했습니다. 곧 본인이 나타나 모든 것을 직접 설명해줄 겁니다."

그때 초인종 소리가 연달아 세 번, 그리고 한 번, 잠깐 사이를 두었다가 다시 한 번 들려왔다.

"따님이 왔군요. 드티낭 선생, 걱정하지 마시고 문을 열어주십시오."

변호사가 급히 문으로 다가갔다.

두 젊은 여자가 들어왔다. 그중 한 숙녀가 제르보아의 품에 와락 안겨들었다. 다른 한 여자는 천천히 걸어서 뤼팽의 옆으로 갔다. 날씬한 몸매에 하얀 피부를 가진 금발의 여자였다. 윤기 있는 금발이 양옆으로 부드럽게 갈라져 물결쳤다. 검은색 드레스의 그녀는 다섯 겹으로 감은 검은 구슬목걸이 외에는 아무런 꾸밈도 없었다. 그러나 그녀의 자태에선 세련된 품위가 고스란히 드러났다.

아르센 뤼팽은 금발 부인에게 몇 마디 속삭이고 나서, 이번에는 쉬잔에게 고개를 조금 숙여 보였다.

"그동안 걱정이 많았을 텐데, 그 점에 대해 사과드립니다. 이번 일에 대해 그다지 불쾌하게 여기지 않았으면 하는 바람입니다."

"불쾌하다니요! 저는 정말 행복했어요. 가엾은 아버지가 걱정되긴 했지만요."

"그렇다면 다행입니다. 다시 한 번 아버님을 껴안아 드리세요. 그리고 이번 기회에-정말이지 좋은 기회입니다-당신 사촌오빠에 대해 이야기를 하세요."

"내 사촌오빠라고요? 무슨 말씀이지요?"

"아니오, 잘 아실 겁니다. 사촌오빠 필리프에 대한 이야기 말입니다. 당신이 소중하게 간직하는 편지의 주인공이지요."

당황했는지 순간 쉬잔의 얼굴이 적잖이 빨갛게 물들었다. 쉬잔은 결국 뤼팽의 충고대로 아버지의 품속을 파고들었다. 뤼팽은 부녀의 모습을 부드러운 미소를 띠고 바라보았다.

'좋은 일을 하면 좋은 보답이 있는 법이로군. 이 얼마나 가슴 뭉클한 광경인가. 행복한 아버지, 행복한 딸. 이 행복은 뤼팽 내가 만들어준 것이 아닌가. 이들 부녀는 영원히 나 아르센 뤼팽을 잊지 못할 거야. 나의 이름은 그의 자손 대대로 전해지겠지. 아아, 가족이라……!'

뤼팽은 창가로 다가갔다.

'가니마르 경감은 아직도 같은 곳을 지키고 있나? 그도 이 아름다운 장면을 보면 기뻐했을 텐데 안타깝군. ……아니, 안 보이네? 아무도 없잖아? 가니마르도 다른 친구들도…… 이런, 일이 급하게 됐군. 그들이 벌써 대문 앞까지 온 건가? 아니지, 어

쩌면…… 그래, 지금 계단을 오르고 있을지도 모르지…….'

딸이 자신의 품에 안겨 있다! 제르보아는 은근히 딴 생각이 들기 시작했다. 딸을 찾았는데 돈 50만 프랑을 되찾아야 하는 것이 아닌가? 뤼팽을 체포하기만 하면 그에게 50만 프랑이 되돌아오는 것이다. 그는 본능적으로 한 걸음 문 쪽으로 내디뎠다. 그러나 자연스러운 동작으로 뤼팽이 그의 앞을 가로막고 섰다.

"제르보아 선생, 벌써 가시려는지요? 설마 경관들로부터 나를 지켜주기 위해서? 정말 친절도 하시군요. 허나 그런 걱정은 하지 않으셔도 됩니다. 장담컨대, 저들은 나보다 훨씬 더 당황하고 있을 겁니다."

뤼팽은 잠시 생각에 잠기더니 다시 말을 이었다.

"결국 저들은 아무것도 모르고 있을 겁니다. 고작해야 선생과 선생의 딸이 이곳에 있다는 것 정도겠지요. 하여간 저들은 두 명의 여자가 함께 이곳으로 들어오는 것을 보았을 뿐이죠. 저의 존재에 대해선 전혀 생각지 못하고 있을 겁니다. 오늘 아침만 해도 지하실에서 다락방까지 샅샅이 뒤진 걸로 알고 있습니다. 그러니 제가 여기에 숨어 있다고는 생각할 수 없는 일이겠죠. 아마 저들은 제가 이곳으로 들어오는 것을 기다리고 있다가 체포할 생각이었을 겁니다. 가엾은 친구들…… 저들은 제가 어떤 부인을 대리인으로 보냈고, 그 부인이 저 대신 중개 역할을 할 것이라고 짐작하겠지요. 아무튼 저들은 부인이 이곳을 나가 되돌아가려고 할 때 체포할 것입니다."

초인종 소리가 울렸다.

"선생, 섣부른 짓은 하지 않을 걸로 믿습니다. 따님을 위한다면 분별 있게 행동하셔야 할 겁니다. ……드티낭 씨, 당신은 저와 약속을 했으니 믿겠습니다."

제르보아는 못 박힌 듯 몸이 굳어졌다. 변호사 역시 한 발짝도 자리에서 움직이지 않았다.

조금도 서두르는 기색 없이 뤼팽은 모자를 집어들었다. 먼지가 조금 묻어 있는 것을 보곤 소맷부리로 말끔하게 털어냈다.

"선생, 제게 볼일이 있을 땐 부담 없이 언제든 연락 주십시오. ……쉬잔 양, 실례가 많았습니다. 필리프 씨에게도 안부 전해주십시오."

뤼팽은 주머니 속에서 황금 케이스의 회중시계를 꺼냈다.

"제르보아 씨, 지금 시각이 3시 42분입니다. 3시 46분에 이 방을 나가셔도 좋습니다. 하지만 46분보다 1분도 빨라서는 안 됩니다. 아시겠습니까?"

이에 드티낭 변호사가 끼여들며 반문했다.

"하지만 저들은 문을 부수고 강제로 들이닥칠 텐데요?"

"드티낭 씨, 이 나라의 법률을 잊으신 겁니까? 가니마르는 프랑스 시민의 집 안으로 허락 없이 함부로 침입하지 못합니다. 폭력적인 방법은 더더욱 불가능하겠지요. 아마도 우리가 브리지 놀이 한판 즐겁게 할 정도의 시간으론 충분할 것입니다. ……오, 저런! 세 분 모두 좀 놀란 것 같군요. 하긴 저도 더 이상은 늑장을 부릴 여유가 없군요."

그는 시계를 탁자 위에 올려놓은 뒤 응접실의 문을 열고 금발의 귀부인을 향해 말했다.

"준비는 다 되었소?"

그는 귀부인의 앞에 선 후 마지막으로 쉬잔을 향해 정중히 인사했다. 그러고는 밖으로 나갔고 문을 닫았다.

뤼팽이 큰 소리로 외치는 소리가 들려왔다.

"안녕하시오, 가니마르 경감. 요즘 어떻게 지내시오? 부인께 안부 전해주시오. 조만간 점심 식사라도 함께 합시다. 그럼 이만 실례하오, 가니마르 경감!"

요란하게 초인종이 울렸다. 초인종은 계속하여 울렸다. 그리고 문을 두들기는 소리, 계단에서 사람의 목소리가 들려왔다.

"3시 45분이야."

제르보아가 중얼거렸다.

잠시 후 제르보아는 현관으로 걸어갔다. 뤼팽과 금발의 귀부인은 이미 사라지고 없었다.

"아빠! 그러면 안 돼요! 기다리세요!"

쉬잔이 외쳤으나 소용없었다.

"기다리라고? 너 지금 제정신이냐? 그 악당 녀석에게 친절을 베풀다니, 50만 프랑을 그냥 날리란 말이냐?"

제르보아가 현관문을 열자마자 가니마르가 후닥닥 안으로 들이닥쳤다.

"그 여자는 어딨소? 뤼팽은요?"

"저기요, 저기로 도망쳤습니다. 아직 저기에 있을 거요!"

가니마르 경감이 득의만면한 미소를 지었다. 그렇다면 독 안에 든 쥐가 아닌가!

"이제 잡았다! 집은 완전히 포위되어 있소."

드티낭 변호사가 불쑥 끼여들며 의견을 제시했다.

"하지만 뒤쪽으로 계단이 있습니다."

"뒤쪽 계단은 안마당으로 통하오. 결국 출구는 정문 하나뿐이라는 것인데, 그곳에는 우리 경찰 열 명이 포진해 있습니다."

"그렇다면 이상하군요. 이곳으로 들어올 때 뤼팽은 정문을 이용하지 않았습니다. 그러니 나갈 때도 그리로 나가지 않을 것이 자명하지 않습니까?"

"그렇다면 뤼팽이 어디로 도망칠 수 있다는 겁니까? 하늘을 날아서?"

가니마르 경감은 신경질적인 반응이었다.

가니마르가 복도로 통하는 휘장을 걷어냈다. 통로는 부엌 쪽으로 이어져 있었다. 가니마르는 그곳으로 들어가 보았다. 하인들이 사용하는 계단까지 갔으나 그곳의 문은 이중으로 단단하게 잠겨 있었다.

그는 창문을 통해 경관에게 소리쳤다.

"이상 없나?"

"아무도 없습니다!"

"좋아! 그렇다면 두 사람은 아직 이 집을 빠져나가지 못했다. 어딘가에 숨어 있겠지. 도망친다는 것은 현실적으로 불가능해. 으음…… 친애하는 아르센 뤼팽. 자넨 늘 나를 바보 취급하지만 이번만은 다를 거다. 반드시 잡고 말겠어!"

저녁 7시, 뒤듀 치안국장은 아무런 보고가 없자 불안해졌는지 직접 클라페이롱 가로 나갔다. 그는 건물을 감시하고 있는 경관들에게 몇 가지 질문을 던진 다음 드티낭 변호사의 집으로 들어갔다. 드티낭은 곧장 자기의 방으로 그를 안내했다. 그 방에서 치안국장은 볼썽사나운 광경을 보았다. 한 남자…… 벽난로 속에 상반신을 집어넣고 두 발을 버둥거리고 있는 남자가 거기에 있었다.

"어이! 어이……!"

목이 메인 안쓰러운 목소리가 도움을 요청하고 있었다. 그때마다 굴뚝 저 안쪽에서 같은 소리가 메아리쳐 들려왔다.

"……어이! 어이!"

뒤듀 국장은 그만 실소하고 말았다.

"이봐, 가니마르 경감. 갑자기 굴뚝 청소는 왜 하고 있는 건가?"

그제서야 경감은 벽난로 속에서 빠져나왔다. 시커멓게 변한 얼굴과 옷은 온통 숯검정투성이였고, 오로지 두 눈만이 번뜩이는데 이런 모습은 이전의 그하고는 영 딴판이었다.

"놈을 찾고 있는 중입니다."

가니마르 경감은 다소 신경질적으로 대꾸했다.

"놈이라니 누구 말인가?"

"아르센 뤼팽과 놈의 여자 말입니다!"

"놀랍군! 설마 그 두 사람이 굴뚝 속에 숨어 있다고 생각하는 건 아니겠지?"

가니마르 경감은 제 분에 못 이겨 상관의 소맷부리를 덥석 붙들고 늘어졌다. 그 때문에 치안국장의 소맷부리에 시커먼 다섯 손가락 자국이 선명하게 찍혔다.

"그럼 놈들이 어디에 숨었다는 겁니까? 분명 이곳 어딘가에 놈들은 있습니다! 놈들도 우리와 마찬가지로 뼈와 살로 이루어진 인간입니다. 연기처럼 사라져버릴 수는 절대로 없다구요!"

"자네 말대로 연기처럼 사라질 수는 없어. 한데, 내 생각에 그들은 이미 도망친 것 같군. 참으로 묘한 일이야."

"어디로요? 도대체 어디로 어떻게 도망쳤단 말입니까? 이 집은 철저히 감시받고 있습니다. 하물며 지붕 위도 경관이 지키고 있습니다."

"옆집은 어떤가?"

"옆집은 멀리 떨어져 있습니다."

"다른 층도 샅샅이 찾아봤나? 세든 사람들은?"

"세든 사람들은 모조리 조사했습니다. 수상한 사람은 한 명도 없습니다. 그들은 그 누구도 목격하지 못했으며, 아무 소리도 듣지 못했다고 합니다. 게다가 각 층마다 저희 요원을 배치해놓았습니다. 그런데……."

"참으로 이상하고 묘한 일이로군. 납득할 수 없어. 그 정도라면 무엇인가 발견했어야 정상일 텐데?"

"제 말이 바로 그 말입니다, 국장님! 자신하건대 놈들은 아직 여기를 빠져나가지 못했습니다. 빠져나갔을 리가 없습니다. 국장님, 걱정 마십시오. ……오늘 밤 아니면 내일까지 틀림없이 놈들을 체포할 겁니다. 저는 여기에 남아 있을 겁니다. 밤새도록 이곳을 지킬 것입니다!"

실제로 가니마르 경감은 그곳에서 하룻밤을 지새웠다. 안타까운 일이지만 다음 날도 그 다음 날도 그는 그곳을 떠나지 못했다. 그리하여 꼬박 사흘 간의 낮과 밤이 지나갔다. 물론 신출귀몰한 뤼팽과 그의 여자친구는 그림자조차 구경하지 못했다. 뿐만 아니라 그들의 행적에 대해 추측할 만한 단서도 역시 찾아내지 못했다.

그러나 가니마르 경감의 확신은 조금도 꺾이지 않았다.

"놈들이 도망쳤다는 단서는 아직 발견되지 않았어. 나는 아직 여기에 머물러야 해!"

과연 그럴까? 경감이 진심으로 이런 확신을 가졌는지는 솔직히 의문이다. 모르긴 몰라도 자신의 심정을 사람들에게 드러내놓는 게 두려워 그는 억지스레 고집을 부렸을 것이다. 아니, 놈들은 절대로 이곳을 빠져나갔을 리 없어! 한 사내와 한 여자가 옛날이야기 속의 악마처럼 연기처럼 사라질 수는 없는 거야! 가니마르 경감은 용기를 잃지 않고, 자신의 주장을 고집했다. 그들이 건물의 벽 속에라도 숨어 있다면, 언젠가는 붙잡히리라, 그는 조금도 믿어 의심치 않았다.

푸른 다이아몬드

3월 27일 밤 앙리 마르탱 가(街) 134번지. 그곳에 위치한 아담한 저택은 제2제정기에 베를린 주재 대사를 역임했던 노(老)장군 오트렉 남작의 소유였다. 그는 6개월 전 형으로부터 저택을 물려받았는데, 지금 그는 편안한 안락의자에 앉아 꾸벅꾸벅 졸고 있다. 하녀는 그의 옆에서 책을 읽어주고 있고, 오귀스트 수녀는 그의 침대를 다듬거나 램프를 준비하는 등 그의 잠자리를 준비하고 있다.

"앙트와네트 양, 이제 내 일은 끝났어요. 이만 돌아갈까 해요."

"그러세요, 수녀님."

"요리사는 퇴근했고…… 이 집에 당신 혼자 있다고 생각하세요. 명심하세요."

"남작님은 염려하지 마세요. 말씀하신 대로 옆방에서 잘 테고, 방문도 활짝 열어놓을 테니까요."

안심을 하고 수녀는 집을 나섰다.

하인 샤를이 여느 때처럼 지시를 받기 위해 남작에게로 다가갔다. 가늘게 눈을 뜬 남작이 혼잣말처럼 중얼거렸다.

"늘 하던 대로 해주게. 자네 방의 벨이 잘 작동하는지 확인해보고…… 만일 벨이 울리면 지체 없이 의사를 불러오도록 해."

"남작님은…… 너무 걱정이 많아요."

"아냐…… 몸이 좋지 않아. ……앙트와네트, 책은 어디까지 읽었더라?"

"남작님은 이제 잠자리에 드셔야 해요."

"아니, 아직은 아냐…… 난 늘 늦게 자니까 내 걱정은 말고……."

이십 분쯤 후, 남작은 잠에 곯아떨어졌다. 그제서야 앙트와네트는 발끝을 세우고 그 방을 나왔다.

그 즈음 샤를은 평상시와 다름없이 1층의 모든 문을 닫아걸고 있었다. 부엌에서 정원으로 통하는 문에는 빗장을 질렀고 현관의 들창에는 안전고리를 단단하게 걸었다. 그런 다음 그는 4층 다락방으로 올라가 잠을 청했다.

한 시간쯤 지났을까. 샤를은 침대에서 벌떡 일어났다. 벨이 울린 것이다. 벨은 7~8초간 비교적 길게 울렸던 것 같았다.

"그래……"

정신을 추스르기 위해 샤를은 고개를 흔들었다.

"또 남작의 변덕이 시작된 거야."

대충 옷을 챙겨입은 샤를이 급히 계단을 내려갔다. 그리고 평소 그랬던 것처럼 남작의 방문을 두드렸다. 아무런 대답이 없다. 샤를은 방문을 열고 안으로 들어갔다.

"어라?" 그는 깜짝 놀랐다.

"왜 이렇게 깜깜하지… 어째서 불이 꺼졌을까?"

그는 한껏 목소리를 낮춰 하녀를 불렀다.

"앙트와네트 양……?"

대답이 없다.

"앙트와네트 양? 대체 무슨 일이죠? 남작께서 어디가 편찮으신 건가요?"

그의 주위는 침묵, 오로지 침묵뿐이었다. 찰나 그의 머릿속으로 불길한 예감 하나가 스쳤다. 그는 두어 걸음 앞으로 내디뎠다. 한 발이 무엇인가에 걸려 채였다. 손으로 만져보니 옆으로 넘어진 의자였다. 다시 손을 뻗어 방바닥을 더듬었다. 또 다른 물건이 손에 닿았다. 둥근 탁자와 병풍……. 조금 전보다 더욱 불길해진 예감이 더럭 가슴을 쳤다. 이번에는 샤를의 손이 벽을 더듬었고, 간신히 스위치를 찾아 눌렀다.

방 한가운데, 찬장과 탁자 사이, 그의 주인인 오트렉 남작이 쓰러져 있었다.

"큰일이다! ……대체 이게 어찌된 일이지?"

그는 순식간에 넋이 빠져버린 사람 같았다. 어찌해야 할지 모르는 하인은 멍하니 서서 두 눈만 휘둥그렇게 떴다. 의자는 모조리 내동댕이쳐졌고, 수정 꽃병은 산산조각이 났고, 추시계는 대리석 위에 덩그러니 나뒹굴고 있었다. 온갖 집기들은 본래의 자리가 아닌 엉뚱한 자리를 차지하고 있었다. ……아아, 격렬한 싸움의 흔적! 하인은 남작에게서 조금 떨어진 곳에서 반짝이고 있는 불순한 물건 하나를 발견했다. 시퍼런 단도였다. 칼날에는 검붉은 피가 묻어 있다. 그리고…… 그의 눈에 들어온 또 다른 물건, 그것은 탁자에 아무렇게나 걸쳐진 피묻은 손수건이었다.

돌연 머리칼이 곤두섰고, 샤를은 비명을 내질렀다. 그 순간 남작의 늙은 몸뚱어리가 움찔 움직였다. 죽은 것이 아니었던가? 그러나 남작의 안간힘은 이생에 대한 마지막 미련이었을 뿐이다. 남작의 몸은 더는 움직이지 않았다.

샤를은 용기를 내어 남작에게로 다가갔다. 목에 난 작은 상처에서 그치지 않고 선혈이 흘러나오고 있었다. 목을 타고 흘러내린 선혈은 곧바로 양탄자에 스미고 있었다. 남작의 얼굴은 공포에 질린 표정이 역력했다.

"사…살인이다! 남작이… 주…죽었어!"

샤를의 목소리가 뚝뚝 끊어졌다. 그러다가 또 다른 생각 하나가 그의 머릿속을 질렀다. 샤를은 상상만으로 진저리를 쳤다. 상상하는 것조차 끔찍한 일이었다. 옆방에는 하녀 앙트와네트가 자고 있었다. 남작을 무참하게 살해한 범인이 그녀를 가만히 내버려두었을 리 만무했다.

샤를은 용기를 내어 옆방 문을 열고 안으로 들어갔다. 놀랍게도 그녀는 방 안에 없었다. 짧은 순간이지만 그는 앙트와네트가 범인에게 납치를 당했거나 이번 살인사건과 깊은 연관이 있을 것이라는 생각을 했다.

샤를은 다시 남작의 방으로 돌아왔다. 언뜻 책상에 시선이 고정되었는데 거기에 놓여 있는 무엇인가가 그의 눈길을 잡아끌었다.

책상 위에는 남작의 열쇠꾸러미와 지갑, 그리고 20프랑짜리 금화 한 무더기가 놓여 있었다. 열쇠꾸러미와 지갑은 매일 밤 남작이 책상 위에 놓아두는 것이다. 하지만 금화는……? 샤를은 떨리는 손으로 지갑의 속을 살폈다. 지폐가 들어 있다! 세어보니 1백 프랑짜리 열세 장이었다. 돈을 본 하인은 자신도 모르게 재빨리 열세 장의 지폐를 자기 주머니 속으로 집어넣었다. 그리고 무작정 계단을 뛰어내려가 안전고리로 잠긴 문을 따고, 정원을 가로질러 달아났다.

샤를은 정직한 사람이었다. 비록 대문을 열고 밖으로 뛰쳐나오긴 했지만 상쾌한 공기와 차가운 빗줄기가 그의 상기된 얼굴을 내리치자 비로소 그는 제정신으로 돌아왔다. 그는 발걸음을 멈추고, 자신이 무슨 짓을 했는지를 곰곰이 생각했다. 그리고 그는 질겁했다.

그때, 지나가는 마차 한 대를 보았다. 샤를은 큰 소리로 마부를 불러 마차를 세웠다.

"이봐요! 큰일났어요! 살인사건이오, 살인사건! 빨리 경찰에 신고해 주시오. 사람이 죽었어요!"

놀란 마부가 힘껏 채찍을 내리쳤다. 마차가 빠르게 시야에서 멀어지는 것을 보며 샤를은 다시 집으로 들어가려고 했다. 하지만 그는 다시 집으로 들어갈 수가 없었다. 문은 저절로 닫혀 있었고, 닫힌 문은 바깥에서는 열 수 없었다. 샤를은 초인종을 누를까 생각했으나 지금 집 안에는 아무도 없었다.

샤를은 라 뮈에트 가의 도로변을 따라 예쁘게 손질된 관목 숲을 이리저리 거닐었다. 경찰은 그로부터 한 시간 후에 도착했다. 그는 경찰에게 이제까지의 자초지종을 자세하게 설명해 주었다. 물론 그가 훔쳤던 열세 장의 지폐도 내놓았다.

그 사이, 열쇠공이 자물통과 씨름했고, 결국 정원의 철문과 현관문을 여는 데 성공했다. 경관은 부리나케 살인사건 현장으로 뛰어들어갔고, 한번 쓰윽 둘러보고는 샤를에게 이렇게 말했다.

"당신, 방 안이 난장판이라고 하지 않았소?"

샤를은 뻣뻣하게 몸이 굳어 꼼짝 할 수가 없었다. 어떻게 된 노릇인지 몰라도 방 안의 집기들은 모두 원래의 상태대로 말끔하게 정돈되어 있었다. 둥근 탁자는 창과 창 사이에 놓여 있고, 넘어졌던 의자들도 제자리를 찾아 세워졌고, 추시계 역시 마찬가지였다. 산산조각 났던 촛대의 파편들은 아예 보이지도 않았다.

망연자실한 모습의 샤를이 힘겹게 입을 열었다.

"시…시신은…… 남작님……?"

기다렸다는 듯 경관의 카랑카랑한 목소리가 샤를의 뒷말을 막았다.

"대체 시신은 어디에 있다는 거요?"

샤를은 침대로 가까이 다가갔다. 그리고 커다란 담요를 획 걷어냈다. 이럴 수가! 전 베를린 주재 프랑스 대사였던 오트렉 남작, 그가 침대 위에 얌전히 누워 있는 것이 아닌가! 더구나 반짝거리는 십자 훈장이 달린 장군의 외투가 남작의 몸 위를 살포시 덮고 있었다.

남작의 얼굴은 평온했고, 두 눈은 감긴 채였다.

도무지 믿기지 않는 상황에 샤를은 그저 넋이 나간 사람 같았다.

"누…누군가…… 드…들어온 게……분명해요."

"누가 들어왔단 말이오?"

"그…그건 모르겠습니다…… 다만 내가…… 밖에 있는 나가 있는 동안 누군가가 다녀갔어요. ……저…정말입니다. 방바닥에는 단도가 떨어져 있었고… 침대에는 피묻은 손수건이…… 한데 지금은…… 거짓말처럼… 아무것도 없어요. 누군가가…누군가가…….'

"그러니까, 대체 누가 들어왔다는 거요?"

"살인자…… 살인자요!"

"허나 문은 잠겨 있었소. 그래서 강제로 따고 들어온 게 아니오?"

"그래요! 살인자는 집 안에 숨어 있었던 겁니다!"

"그렇다면 범인은 아직 집 안에 있겠군. 당신이 대문 앞에 줄

곧 서 있었으니까."

무엇인가를 생각하는 표정의 샤를이 자그마한 소리로 말했다.

"저는 대문 앞을 결코 멀리 떠나지 않았었어요. 하지만……."

"그건 그렇고 마지막에 남작 옆에 있었던 사람은 누구였소?"

"남작님의 시중을 드는 하녀 앙트와네트입니다."

"그 여자는 지금 어딨소?"

"제 생각으론 오귀스트 수녀가 떠나고, 남작님도 잠에 빠져들자 외출한 것 같습니다. 침대가 깨끗했거든요. 하긴 무리는 아니죠. 워낙 젊고 예쁘니까……."

"한데 그 하녀는 어디로 나갈 수 있었죠?"

"그야 현관으로 나갔겠지요."

"당신이 모든 문을 잠갔다고 하지 않았소?"

"아마 그 전에 밖으로 나갔나 봅니다."

"그렇다면 살인은 하녀가 나간 후에 발생했다는 얘긴데?"

"네, 그럴 겁니다, 경관님."

집의 위아래 층은 물론 지붕과 지하실까지 샅샅이 수색했으나 범인의 행방은 묘연했다. 어떻게, 언제, 어디로 도망을 쳤단 말인가? 단서가 될 범죄의 증거를 인멸하기 위해 재차 방 안으로 침입했던 범인 - 그는 대범하게도 집기들을 모두 제자리로 되돌려놓았다. 더구나 핏자국까지 지워버렸다. 단독 범행인가? 아님, 공범이 있다는 것인가? 이러한 문제들이 경찰당국의 숙제로 남겨졌다.

아침 7시에는 검시관이, 8시에는 치안국장이 도착했다. 그 다음으로 검사와 예심판사가 현장으로 들이닥쳤다. 그 밖에도 형사, 경관, 신문기자, 그리고 오트렉 남작의 조카와 친척들도 몰려왔다.

샤를의 진술에 따라 사건 수사가 진행되었다. 다시금 집안을 수색했고, 원래 시신의 위치와 모습에 대한 검토가 이루어졌다. 그럴 즈음 오귀스트 수녀가 도착했다. 수사의 초점은 오귀스트 수녀에게 집중되었다. 허나 수녀에게선 어떠한 단서도 얻을 수 없었다. 다만, 오귀스트 수녀는 하녀 앙트와네트가 보이지 않는다는 사실에 꽤 놀라는 눈치였다. 열이틀 전에 앙트와네트를 고용한 사람은 다름 아닌 수녀였다. 앙트와네트의 신원 보증서는 훌륭했다. 겉보기에도 얌전하고 믿음직하여 수녀는 그녀를 고용하는 데 별로 고민하지 않았었다. 그런데…… 자신에게 맡겨진 환자를 내팽개쳐두고 한밤중에 몰래 혼자 밖으로 나갔다니!

"외출했다고 하더라도 지금쯤은 돌아왔어야 할 시간이 아닌가요?"

예심판사가 하녀 앙트와네트에 대해 문제 제기를 했다.

"지금까지 돌아오지 않는 것을 보면 그녀의 신상에 무슨 변화가 발생했다고밖에 판단할 수 없는 것 아닌가요?"

"제 생각으론…… 범인이 앙트와네트를 납치해간 것 같습니다."

샤를이 끼여들며 말했다.

샤를의 추리는 그럭저럭 상황에 잘 들어맞는 것 같았다. 한데 웬일인지 치안국장은 그의 주장을 대뜸 부정하고 나섰다.

"납치라고? 그건 아니야……."

또다시 거칠고 퉁명스런 목소리가 불쑥 끼여들었다.

"그건 아니고 말고요! 뿐만 아니라 납치라고 주장하는 건 이미 밝혀진 사실이나 조사 결과와도 완전히 배치되는 겁니다!"

목소리의 주인공은 다름 아닌 가니마르 경감이었다. 이런 상황에서 이런 식의 거친 발언이 묵인될 수 있는 사람은 오로지 가니마르 경감뿐이었다.

"자네로군, 가니마르! 그래 나도 자네가 올 줄 알았네."

뒤듀 국장이 반갑게 그를 맞아주었다.

"두 시간 전부터 이곳에 와 있었습니다."

"23조 514호 복권, 클라페이롱 가의 사건, 금발의 여인과 아르센 뤼팽 문제만으로도 바쁜 줄로 아는데…… 이번 사건에도 흥미가 있는 겐가?"

"잠깐, 잠깐만요!"

국장의 은근한 빈정거림에 경감이 냉소적인 미소를 띠며 대꾸했다.

"이번 사건과 뤼팽이 무관하다고 어느 누가 장담할 수 있겠습니까? 허나, 새로운 사실이 밝혀지기 전까지는 복권 사건과는 별개로 생각하도록 하죠."

가니마르는 하나의 계파로 불릴 만큼 독특한 수사 방법을 갖고 있지 않았고, 그렇기에 사법 연대기에 실릴 만큼 위대한 경찰관도 아니었다. 더구나 그에게는 뒤팽이나 르콕, 셜록 홈즈

같은 이들이 지닌 천재적 감각도 없었다. 다만 관찰력, 지혜, 인내심, 직감 등은 보통 사람보다는 앞선 편이었다. 뭐니뭐니해도 그의 특징이라면 독립적인 수사를 펼친다는 것! 사실 뤼팽의 여러 가지 현혹만 아니라면 그의 판단력은 흐려지지 않을 것이고, 보다 훌륭한 경찰로서 명성을 얻을 수도 있는 사람이었다.

아무튼 이번 사건에 가니마르는 깊은 관심을 보였고, 그의 협력은 그 누구라도 환영할 만했다.

"우선 샤를 씨에게 확인해야 할 것은…… 난장판으로 어질러졌던 집기들이 지금은 원래의 자리에 위치해 있는가 하는 점입니다."

"네. 틀림없이 제자리에 놓여져 있습니다."

"그렇다면, 평상시에 집기들이 놓인 자리를 잘 알고 있는 사람에 의해 되돌려졌다는 의미로군요."

가니마르의 이 한마디에 모여 있던 사람들이 웅성거렸다.

"샤를 씨, 당신은 벨소리를 듣고 눈을 떴다고 했지요. 당신 생각에는 누가 벨을 눌렀다고 생각하시오?"

"그야 당연히 남작님이었겠지요."

"그래요? 그렇다면 남작은 언제 벨을 울렸을까요?"

"아마도, 격투가 끝나고…… 거의 죽음 막바지에 이르렀을 때가 아닐까요?"

"그건 아닙니다. 당신의 진술에 의해 복원된 현장은 그것을 단적으로 증거합니다. 남작은 벨에서 4미터나 떨어진 곳에 쓰러져 있으니까요."

"그럼 격투를 벌이는 와중에 벨을 눌렀던 게 아닐까요?"

"그 대답 역시 틀렸습니다. 당신의 진술에 의하면 벨소리는 평상시와 다르지 않게 7~8초간 비교적 길게 울렸습니다. 격투 중에 벨을 눌렀다면, 상대방이 가만히 보고만 있지는 않았겠지요."

"그렇다면 공격당하기 직전에 벨을 누른 것일까요?"

"그것도 아닙니다. 당신은 벨소리를 듣고 살인사건 현장까지 뛰어오는 데 고작 3분 정도 걸렸을 거라고 진술했습니다. 남작이 누군가를 목격하고 벨을 눌렀다면 격투와 살인, 최후의 몸부림, 그리고 도주하기까지 겨우 3분이 소요되었다는 의미입니다. 그런데 그건 불가능한 일이 아니겠습니까?"

예심판사가 끼여들며 물었다.

"하여튼 누군가가 벨을 누른 것은 틀림없지 않소? 남작이 누르지 않았다면 도대체 누가 벨을 누른 겁니까?"

"누구긴요? 당연히 살인자가 눌렀겠죠!"

가니마르는 주저하지 않고 단언했다.

"무엇 때문에 살인자가 벨을 누른다는 거죠?"

"그 이유는 아직 알 수 없습니다. 다만 벨을 눌렀다는 건 이 벨이 샤를 씨의 방과 연결되어 있다는 것을 알고 있었음을 의미합니다. 그렇다면 살인자는 내부의 사람이겠지요."

불명확했던 수사의 초점이 뚜렷하게 드러나고 있었다. 간단한 질문과 논리적인 추론으로 가니마르는 사건의 진상을 명확하게 밝혀낸 것이다. 노(老)형사의 생각이 어떠한지를 예심판사 역시 확실히 알 수 있었다. 하여 예심판사는 당연히 다음과 같은 결론을 내렸다.

"경감은 하녀 앙트와네트 블레아를 의심하고 있는 거로군요?"

"의심이 아니라 고발하고 있는 겁니다."

"공범으로서 말입니까?"

"아닙니다. 저는 하녀 앙트와네트 블레아를 오트렉 남작을 살해한 범인으로 고발하고자 하는 것입니다."

"맙소사! 대체 무슨 증거로 말입니까?"

"증거는 바로 이 머리카락입니다. 저는 이 머리카락을 피해자의 오른손에서 발견했습니다. 그리고 피해자의 몸에는 손톱자국이 나 있습니다. 필경 그녀의 손톱자국일 것이 분명합니다."

가니마르가 손을 펴 몇 개의 머리카락을 내보였다. 머리카락은 금실같이 윤이 나는 금발이었다.

두 눈을 휘둥그렇게 뜬 샤를이 혼잣말처럼 중얼거렸다.

"분명해…… 앙트와네트의 머리카락이야. ……틀림없어……."

잠시 침묵하는 듯하던 샤를이 이내 덧붙여 말했다.

"그리고…… 그 단검…… 지금은 보이지 않지만…… 그녀의 것이 맞습니다. ……그걸로 봉투를 뜯는 걸…… 본 적이 있어요."

끔찍하고 처참한 살인사건이 가냘픈 한 여자에 의해 저질러졌다니! 사실을 믿기 어려운지 사람들의 무거운 침묵이 한동안 지속되었다.

예심판사가 의견을 말했다.

"좀더 명확한 사실이 밝혀지기 전까지는 남작의 살인범으로 앙트와네트 블레아를 지목합니다. 그녀는 범행을 저지른 후 어딘가에 숨어 있다가 샤를 씨가 밖으로 나간 뒤 현장으로 되돌아왔고, 경관이 도착하기 전에 다시 밖으로 도주했습니다. 문제는 이 모든 걸 어떻게 증명하는가 하는 점입니다. 가니마르 경감, 이 점에 대해 설명해 줄 수 있습니까?"

"아니오, 없습니다."

"없어요?"

가니마르의 얼굴 근육이 묘하게 일그러졌다. 무엇인가를 밝히길 꺼려 하는 사람처럼 그의 표정은 곤혹스러워 보였다.

"제가 할 수 있는 말은… 지금의 상황이 23조 514호 복권사건 때와 아주 유사하다는 것입니다. 아시다시피 아르센 뤼팽은 드티낭 변호사의 집에 들어갔다가 금발 부인과 함께 사라졌습니다. 앙트와네트 블레아의 사라짐 역시 그때와 그다지 다르지 않습니다."

"경감의 말뜻은 그러니까……?"

"결국 두 사건을 따로 떼어 생각할 수 없게 되었다는 것입니다. 앙트와네트 블레아는 12일 전, 다시 말해 금발 부인이 제 손에서 빠져나간 다음 날 오귀스트 수녀에게 고용되었습니다. 금발 부인의 머리카락에선 역시 금실 같은 윤기가 흐르고 있었습니다."

"그렇다면 앙트와네트 블레아가 바로……."

"그렇습니다. 문제의 금발 부인임에 틀림없습니다."

"결국 뤼팽이 두 사건과 관련되어 있다는 뜻이로군."

"현재로선 그렇게 생각할 수밖에 없습니다."

돌연 요란한 웃음소리가 터져나왔다. 치안국장이었다.

"뤼팽! 역시 뤼팽이야! 무슨 일이건 뤼팽, 뤼팽! 대체 뤼팽이 어디에 있다는 거야?"

"그는… 존재합니다."

가니마르는 불쾌한 기색이 역력했다.

"그런 건 상관하지 않아! 적어도 놈이 사건을 터뜨린 이유가 있어야 할 것 아닌가?"

뒤듀 국장이 지적했다.

"게다가 이번 경우에는 그 이유가 극히 애매모호해. 보게. 책상을 연 흔적도 없을 뿐더러 지갑도 그대로야. 뿐만 아니라 탁자 위의 금화에는 손도 대지 않았어!"

"그건 그렇습니다. 하지만 그 유명한 다이아몬드는 어디에 있습니까?"

"다이아몬드라니? 그게 무슨 소리지?"

"푸른 다이아몬드 말입니다. 프랑스 국왕의 왕관에 장식되었던 다이아몬드로 A 대공이 여배우 L 레오니드에게 주었고, L 레오니드가 죽은 뒤 여배우를 흠모했던 오트렉 남작이 그걸 샀다고 합니다. 저처럼 나이 많은 파리 사람들에게는 전설적인 보석이지요."

예심판사가 끼여들었다.

"그 푸른 다이아몬드가 없어졌다면 모든 건 쉽게 설명이 되겠군요. ······근데 그걸 어디에 놔뒀는지 어떻게 찾죠?"

"남작님의 손입니다. 그 다이아몬드는 늘 남작님의 왼손에 끼워져 있습니다."

즉시 샤를이 대답했다.

"물론 남작의 손을 살펴보았습니다만······"

가니마르가 남작의 시신으로 가까이 다가가면서 말했다.

"아무래도 나한테는 평범한 금반지로밖에 안 보이는걸······."

"그게 아니라······ 손가락을 펴고 손바닥 쪽을 보세요."

샤를이 다시 알려주었다.

가니마르는 샤를이 충고한 대로 했다. 거기 안쪽, 푸른 다이아몬드가 눈부신 광채를 뽐내고 있었다.

"이런! 도대체 뭐가 뭔지 모르겠군."

가니마르는 낭패한 기색이 역력했다.

"자, 이제 자네의 뤼팽을 용의자에서 제외해도 되겠나?"

뒤듀 국장이 가니마르를 향해 비아냥거렸다.

가니마르는 한참 동안 침묵했다. 그러더니 정색을 하고는 이렇게 내뱉었다.

"설명할 수 없는 사건이 터질 때마다 늘 아르센 뤼팽을 의심하게 되니······ 어쩌겠소."

이 기괴한 범죄의 초동 수사는 결국 단서조차 발견하지 못한 채 애매모호하게 끝이 났다. 앙트와네트 블레아의 행적은 여전히 오리무중이었고, 오트렉 남작을 살해하면서 프랑스 왕관의 푸른 다이아몬드를 훔쳐가지 않은 금발 부인의 정체 또한 고스란히 의문으로 남았다. 결국 이번 사건은 사람들에게 엄청난 범죄사건이라는 인상을 주었고, 그로 인해 호기심이 가득한 사람들을 흥분 속으로 몰아넣었다.

오트렉 남작의 상속권자들은 이번 사건을 새로운 기회로 인식했다. 그들은 앙리 마르탱 가의 저택에서, 장차 드루오 공설 경매장에서 팔 예정인 가구와 물품의 전시회를 열었다. 현대적이고 저급한 가구는 골동품으로서의 가치라곤 조금도 없었다. 다만 훌륭한 유리관에 넣어진 채 두 명의 경비원이 지키고 있는 푸른 다이아몬드 반지는 다른 것들과는 달리 찬연한 빛을 발했다.

다이아몬드는 크고 아름다웠다. 순수함 그 자체였다. 맑은 물이 하늘에서 쏟아지는 것 같다고 해도 전혀 과장되지 않을 푸른 빛이었다. 새하얀 천에서 느껴지는 바로 그 시린 빛의 푸른색이었다. 사람들은 감탄했고 흥분했다. 하지만 사람들의 호기심은 거기에 그치지 않았다. 피해자의 방, 시체가 누워 있던 장소, 피 묻은 매트를 걷어낸 마룻바닥, 특히 사방으로 꽉 막힌 벽에 대해 지대한 관심을 표명했다. 사람들은 알고 있었다. 벽난로의 대리석은 꼼짝하지 않았고, 거울을 회전시켜 숨을 곳도 없다는 것을. 사람들은 제멋대로 상상했다. 갑작스레 커다랗게 열리는 구멍을, 지하터널 입구를, 하수구나 지하묘지로 통하는 비밀 통로를…….

예상했던 대로 푸른 다이아몬드는 드루오에서 경매에 붙여졌다. 경매장은 사람들로 미어터졌고, 푸른 다이아몬드의 가치는 거듭 상한가를 갈아치웠다.

이 특별한 행사에 파리의 내로라 하는 인사들은 모두 모여들였다. 보석을 사는 게 목적인 사람, 자신의 재력을 과시하고자 안달하는 사람, 은행가, 예술가, 사교계의 귀부인, 두 명의 장관, 이탈리아의 테너 가수, 망명 중인 국왕(이 사람은 자신의 신망을 높이기 위해 태연하게 10만 프랑을 소리쳤다!)까지. 오, 10만 프랑! 그런데도 푸른 다이아몬드의 값은 거기에 그치지 않았다. 이탈리아의 테너 가수는 무려 15만 프랑을, 한 여배우는 17만 5천 프랑으로 경매가를 높였다.

급기야 다이아몬드의 경매가는 20만 프랑에 이르렀다. 그제서야 사람들은 하나둘 눈치를 보기 시작했고 슬그머니 꼬리를 내리는 사람도 있었다. 25만 프랑에 이르러 결국 남은 경쟁자는 두 사람! 금광왕으로 불리는 대부호 헤르쉬망과 다이아몬드를 비롯한 여러 보석의 컬렉터로 유명한 미국인 클로존 백작 부인이었다.

"26만 프랑… 27만… 27만 5천… 28만…….."

중개인은 두 경쟁자의 눈치를 재빨리 살펴가며 경매가를 소리쳤다.

"백작 부인께서 28만! 자, 더 부르실 분 없습니까?"

이에 헤르쉬망이 답했다.

"30만 프랑."

잠시 침묵이 흐르는 가운데 사람들의 시선이 일제히 클로존 백작부인에게로 모아졌다. 백작 부인은 입가에 변함 없는 미소를 짓고 있었다. 하지만 그 미소는 창백했다. 마음속에 동요가 일고 있다는 증거였다. 기실, 그녀뿐만 아니라 모인 사람들 모두는 알고 있었다. 이번 승부의 결론이 어떻게 끝날 것인지를. 헤르쉬망은 5억 프랑에 달하는 재산을 가진 재력가였다. 그렇기에 사람들은 누구라도 대부호의 승리를 점쳤다. 그런데 좀체 열리지 않을 것 같던 백작 부인의 입술이 슬그머니 벌어졌다.

"30만…… 5천 프랑."

사람들은 숨을 죽였다. 금광왕은 과연 얼마를 제시할 것인가. 사람들의 시선이 한결같이 금광왕에게로 쏠렸다. 틀림없이 더는 쫓아오지 못할 어마어마한 액수가 제시될 것이다! 사람들은 금광왕의 최후의 한마디를 고대했다.

그러나 웬일인지 금광왕의 최후의 한마디는 들려오지 않았다. 헤르쉬망은 오른손에 들려진 종이쪽지에 시선을 내리꽂은 채 무언가 생각하는 표정이었다. 그의 왼손에는 방금 찢은 듯한 봉투 하나가 쥐어져 있었다.

"30만 5천 프랑입니다."

중개인이 되풀이하여 소리쳤다.

"하나… 둘… 아직도 시간은 있습니다. 자, 더 부르실 분, 없으십니까? 다시 한 번, 하나… 둘…….''

중개인의 은근한 부추김에도 헤르쉬망은 별다른 반응을 보이지 않았다. 이윽고 치켜졌던 망치가 아래로 떨어졌다.

"40만!"

갑자기 실신상태에서 깨어난 사람처럼 헤르쉬망이 부리나케 외쳤다. 그러나 이미 때는 늦었다. 망치소리는 울렸고 이젠 어떻게 할 수도 없었다.

사람들이 헤르쉬망을 둘러쌌다. 대체 그는 왜 주저했을까? 사람들은 그에게 그것을 물었다.

헤르쉬망은 어이없다는 듯 웃음을 터뜨렸다.

"나도 뭐가 뭔지 모르겠소. 잠깐 엉뚱한 곳에 정신이 팔려 있었던 것 같소."

"아니 어떻게 그럴 수 있죠?"

"편지를 받았어요……."

"편지라고요? 겨우 그것 때문에……."

"그래요. 그만 정신이 나갔었나 봅니다."

가니마르 경감도 이곳 경매장에 와 있었다. 그는 줄곧 현장을 지켜보고 있었다. 가니마르는 경매장의 종업원에게 다가갔다.

"헤르쉬망 씨에게 편지를 전해준 사람이 당신 맞죠?"

"네."

"누가 편지를 전해주라고 했습니까?"

"어떤 귀부인이었습니다."

"그 귀부인은 지금 어디에 앉았죠?"

"어디냐면…… 아, 저기 있습니다. 두꺼운 베일을 쓴 저 부인입니다."

"지금 밖으로 나가고 있는 저 여자인가?"

"네."

가니마르는 서둘러 문 쪽으로 달려갔다. 막 계단을 내려가는 여인의 뒤를 쫓았으나 곧 사람들에 막혔고, 입구에 섰을 때는 여인의 모습은 온데간데없이 사라졌다.

가니마르는 다시 경매장으로 되돌아왔다. 자신의 신분을 밝히고 헤르쉬망에게 편지 내용에 대해 물었다. 헤르쉬망은 순순히 편지를 보여주었다. 연필로 흘려 쓴 글씨였는데, 헤르쉬망은 처음 본 필적이라고 했다. 거기에는 간단히 다음과 같이 씌어 있었다.

푸른 다이아몬드는 불행을 부른다. 오트렉 남작을 생각하시오.

푸른 다이아몬드를 둘러싼 풀리지 않는 수수께끼는 오트렉 남작 살해와 드루오 경매장의 사건으로 세상에 널리 알려졌으며, 그로부터 6개월 후 또다시 세상의 이목을 집중시키는 일이 발생한다. 즉, 그해 여름이었다. 막대한 돈을 써서 겨우 손에 넣은 푸른 보석을 클로존 부인은 도난당한 것이다.

당시 전 세계의 사람들이 열광했던 그 사건에 대해 다시 정리해 보도록 한다.

8월 10일 저녁, 클로존 부부에게 초대를 받은 사람들은 솜 해안의 푸른 파도를 내다볼 수 있는 크나큰 성의 거실에서 시원한 바람을 맞으며 그동안 더위에 시달렸던 기억을 잊고 은은한 음악에 도취되어 있었다. 백작부인은 피아노를 쳤다. 피아노 옆에 놓여 있는 작은 탁자 위에 몸에 지니고 있던 보석들을 가지런히 빼놓았는데 그중에는 문제의 오트렉 남작의 보석반지도 섞여 있었다.

한 시간쯤 후 백작과 사촌 앙델 형제, 클로존 부인의 절친한 친구인 드 레알 부인이 나갔고, 방에는 백작 부인과 오스트리아 영사인 블라이셴 부부만이 남게 되었다.

세 사람은 이런저런 담소를 나누었다. 그러면서 백작 부인은 탁자 위에 있던 큰 램프를 껐다. 그런데 그때 블라이셴 씨도 피아노 위의 촛불 두 개를 껐다. 일순간 주위는 아주 캄캄해졌다. 블라이셴 영사가 재빨리 다시 초에 불을 붙였다. 그런 후에 세 사람은 각기 자기 방으로 돌아갔다. 방으로 돌아온 백작 부인은 뒤늦게야 피아노 옆에 놔두고 온 보석에 생각이 미쳤다. 하여 하인을 불러 보석들을 가져오도록 명령했다. 하녀는 머뭇거리지 않고 곧바로 보석들을 가지고 왔다. 백작 부인은 하녀에게서 받은 보석들을 고스란히 벽난로 위에 올려놓았다. 그 이튿날, 클로존 백작 부인은 푸른 다이아몬드 반지가 없어진 것을 비로소 알게 되었다.

백작 부인은 즉각 남편에게 이런 사실을 알렸다. 두 사람의 결론은 금방 내려졌다. 하녀에게 혐의를 둘 여지는 없었으므로 결국 범인은 블라이셴 부부라는 거였다.

백작은 아미엥 시의 경찰본부에 사건을 의뢰했다. 경찰에서는 즉시 조사를 시작했고, 오스트리아 영사가 그 반지를 매각하거나 다른 곳으로 빼돌리려 하는 것은 아닌지를 비밀리에 엄중히 감시했다.

밤낮 가리지 않고 경찰은 성 주위를 감시했다.

아무런 일도 발생하지 않은 채 훌쩍 2주일이 지났다. 블라이센 씨가 휴가를 떠난다는 이야기가 들렸다. 그날, 그에 대한 고소장이 전격적으로 접수되었다. 서장이 경관들을 이끌고 나타나 블라이센 씨의 여행가방을 뒤지도록 명령했다. 영사가 늘 몸에 지니고 있는 작은 가방, 가루비누 병 속에서 문제의 반지가 발견되었다.

블라이센 씨는 즉각 체포되었고, 부인은 놀라 기절하고 말았다.

이미 블라이센 씨의 항변은 세상 사람들에게 널리 알려져 있다. 반지가 자신의 가방에서 발견된 건 클로존 백작의 악랄한 복수라는 것 말이다.

"백작은 무례하고 난폭한 사람입니다. 그래서 그의 아내는 오랫동안 불행했습니다. 그녀와 오랫동안 얘기를 나눈 적이 있는데, 그때 부인께 이혼을 강력하게 권유했었습니다. 그 사실을 안 백작이 내가 떠나는 날 문제의 그 반지를 제 가방 속에 숨긴 것이 틀림없습니다."

하지만 클로존 백작 부부는 고소를 취하하지 않았다. 수사당국이 판단하기에 양쪽 모두의 진술은 그럭저럭 일리가 있어 보였다. 세상 사람들은 그럴듯하게 들리는 양쪽의 주장에 대해 어느 쪽을 믿어야 할지 헷갈렸다. 저울을 어느 한쪽으로 기울게 할 새로운 사실은 드러나지 않았다. 이렇게 양쪽의 팽팽한 논쟁이 약 한 달간 지속됐다. 그러나 결론은 여전히 유보되었다.

사건의 결론에 이르지 못한 클로존 백작 부부는 블라이센의 범죄 행위를 입증하기 위하여 이 불가사의한 사건을 해결할 수 있는 능력을 지닌 사람을 파견해 달라고 파리 경찰청에 요청했다. 경찰청에서는 가니마르를 지목했다.

가니마르는 도착하는 그날부터 내리 나흘 동안 방 안은 물론 뜰의 구석구석, 하녀, 운전기사, 정원사, 이웃 우체국 직원들을 상대로 조사를 벌였다. 또 블라이센 부부, 앙델 형제, 드 레알 부인의 방도 수색했다. 그리고 다음 날 아침, 그는 주위 사람들에게 아무 말도 없이 자취를 감추었다.

그 후로 일주일이 지나고 백작 부부는 다음과 같은 전보를 받았다.

내일 금요일 오후 5시, 두 분 모두 부아시 당글레 가에 있는 일본 찻집으로 나와주시기 바람.

— 가니마르

금요일 정각 5시, 백작 부부를 태운 자동차가 부아시 당글레 가 9번지 앞에 멈추었다. 입구에서 그들을 기다리고 있던 가니마르는 아무런 설명 없이 부부를 일본 찻집의 2층으로 안내했다.

거기의 한 방에는 두 명의 남자가 미리 와 있었다. 가니마르는 백작 부부에게 두 남자를 소개시켜 주었다.

"이분은 베르사이유 고등학교 교사인 제르보아 씨입니다. 아시는 바와 같이 뤼팽에게 50만 프랑을 빼앗긴 분입니다. 그리고 이분은 오트렉 남작의 조카이자 상속자인 레옹 오트렉 씨입니다."

소개가 끝나고 네 사람은 자리에 앉았다. 잠시 후 다른 손님 한 사람이 방 안으로 들어섰다. 그는 치안국장 뒤듀였다.

뒤듀는 다소 언짢은 기색으로 여러 사람과의 인사과 끝나자마자 대뜸 가니마르를 몰아붙였다.

"무슨 일이오, 가니마르? 무슨 중요한 일이라도 있는 거요?"

"매우 중요한 일입니다. 복잡한 여러 사건들의 매듭이 이제야 풀리기 시작했습니다. 그렇기에 국장님의 입회가 반드시 필요했습니다."

"들어오면서 보니까 듀지와 포랑팡도 와 있던데?"

"그렇습니다."

"도대체 무슨 일인가? 누굴 체포라도 하려는 것인가? 아무튼 서론은 이제 그만 접고, 어디 설명이나 들어보세?"

가니마르는 잠시 뜸을 들이더니 사람들을 놀라게 하려는 듯한 의도로 이렇게 말했다.

"단언하건대, 블라이센 씨는 이번 반지의 도난사건과 전혀 관계가 없습니다."

"오, 그래요? 그런 주장을 하는 것을 보아 뭔가 확실한 증거라도 확보한 모양이지."

치안국장이 빈정거렸다.

백작이 물었다.

"그리 단정하는 이유는요?"

"이번 도난사건이 발생하고 다음 날, 당신의 손님 세 사람이 자동차로 클레시 마을로 갔습니다. 세 사람 중 두 사람은 유명한 전적지를 구경했는데, 다른 한 사람은 그 시각에 급히 우체국으로 향했습니다. 우체국에서 그 사람은 끈으로 단단히 묶고 봉인한 작은 상자를 소포로 발송했습니다."

"별로 이상할 것도 없는 일인데요?"

클로존 백작이 말했다.

"결코 그렇지 않습니다. 소포의 발신자는 본명 대신 루소라는 가명을 사용했습니다. 수신자는 파리의 브루 씨라는 사람입니다. 소포를 받은 그날 밤 브루 씨는 어딘가로 행적을 감췄습니다."

"소포를 부친 사람이 혹시 나의 사촌인 앙델 형제 중 한 사람인가요?"

"그들은 아닙니다."

"그렇다면 드 레알 부인?"

"그렇습니다."

소스라치게 놀란 백작 부인이 곧바로 반문했다.

"경감님은 지금 나의 절친한 친구인 드 레알 부인을 범인으로 지목하시는 겁니까?"

"하나만 여쭤보겠습니다, 부인. 드 레알 부인이 경매장에 왔었지요?"

"네. 하지만 부인은 나와 떨어져 있었습니다."

"그 보석반지를 사는 것에 대해 그 부인과 이야기한 적이 있습니까?"

백작부인은 잠시 말이 없다가 생각났다는 듯이 말했다.

"네, 있습니다."

"드 레알 부인이 반지를 사라고 부추겼을 겁니다. 그렇지요?"

"네, 맞아요. 반지에 대해 처음으로 귀띔해준 사람도 드 레알 부인이었어요."

"부인, 지금의 말씀은 아주 중요합니다. 드 레알 부인이 먼저 반지에 대해 이야기를 꺼냈으며, 더욱이 그것을 사도록 부인에게 권했다는 사실 말입니다."

"하지만 그 친구는…… 절대로……."

"말씀 도중에 죄송합니다만, 드 레알 부인은 우연히 알게 된 사람일 뿐 신문에서 떠들어대는 것처럼 아주 절친한 친구 사이는 아니지 않습니까? 그렇지 않나요? 사실 드 레알과 부인이 사귀기 시작한 건 고작해야 지난 겨울이 아니었던가요? 단언하건대, 드 레알이 부인께 얘기한 모든 것은 거짓입니다. 블랑쉬 드 레알은 부인과 사귀기 훨씬 이전부터 존재하지 않았고, 현재도 역시 존재하지 않는 인물입니다."

"그래서 뭐가 어쨌다는 거죠?"

"네?"

가니마르가 뚱한 표정으로 반문했다.

"경감님의 얘기는 아주 흥미롭습니다. 하지만 그 일이 우리가 당한 사건과 어떤 관계가 있죠? 드 레알 부인이 보석반지를 훔쳤다고 주장하지만 아무런 증거도 없습니다. 게다가 왜 블라이센 영사의 가루비누 병 속에 반지를 숨겼던 거죠? 바보가 아니라면 그럴 리가 없잖아요? 애써 훔친 다이아몬드라면, 또 저라면 아주 중요한 곳에 감췄을 겁니다. 이런 점에 대해서 어떻게 대답해주실 건가요?"

"저는 더 이상 말씀드릴 것이 없군요. 그 질문에 대해선 드 레알 부인이 직접 설명해 줄 겁니다."

"그 부인은 존재하지 않는다면서요?"

"존재는 하고 있습니다…… 아니, 존재하지 않고 있습니다. 간단하게 말씀드리죠. 지금으로부터 사흘 전, 여느 때처럼 신문을 읽고 있는데 트루빌에 머물고 있는 외국인 명단에서 '보 리바쥬 호텔 체류, 드 레알 부인'이라는 글귀를 발견했죠. 저는 그날 밤 급히 트루빌로 갔습니다. 보 리바쥬 호텔의 지배인에게 여러 가지를 물어보았습니다. 인상착의와 가지고 있던 자료를 종합하여 내가 찾고 있는 바로 그 드 레알 부인이라는 걸 확신하게 됐죠. 그러나 그 여자는 이미 호텔을 떠난 후였습니다. 단 주소를 남겼는데, 파리 콜리세 가 3번지였습니다. 그저께 그 주소지로 찾아가 보았습니다. 내가 찾는 드 레알 부인이라는 사람은 없었습니다. 그런데 레알 부인이라는 여자가 그곳 3층에 살고 있더군요. 그 여자는 다이아몬드 중개인으로 자주 집을 비운다고 했습니다. 어제 저는 그 여자를 찾아갔고, 가명으로 제의를 하나 했죠. 값비싼 보석을 살 수 있는 사람들을 소개해 주겠다고 말입니다. 오늘이 바로 그 첫번째 만남의 날입니다."

"뭐요! 그렇다면 지금 그 사람을 기다리고 있는 겁니까?"

"다섯 시 반에 오기로 되어 있습니다."

"확신할 수 있습니까?"

"클로존 저택에 있던 바로 그 드 레알 부인인가에 대해서 말입니까? 그것에 대해 저는 확실한 증거를 가지고 있습니다. 포랑팡이 신호를 보내주기로 했으니 조금만 더 기다리면 될 겁니다."

그때 휘파람 소리가 들렸다. 가니마르가 급히 자리에서 일어났다.

"우물쭈물할 때가 아닙니다. 클로존 백작 부부는 옆방으로 가주셔야겠습니다. 오트렉 씨, 제르보아 씨도요. 문을 열어놓을 테니 제가 신호를 보내거든 이리로 와주십시오. 국장님은 그냥 앉아 계셔도 됩니다."

"다른 손님이 들어오면 어쩌려고 그러지?"

국장이 반문했다.

"그 점에 대해선 걱정하지 않으셔도 됩니다. 이 집은 생긴 지 얼마 되지 않아서 그리 유명하지가 못 합니다. 더구나 이곳의 주인은 제 친구입니다. 당분간 아무도 들여보내지 말라고 부탁해 놓았습니다. 물론 금발 부인을 제외하고요."

"금발 부인? 지금 무슨 말을 하는 거요, 경감?"

"금발 부인, 바로 그 여자입니다. 아르센 뤼팽의 친구이며 공범인 수수께끼의 금발 부인 말입니다. 이미 확실한 증거를 가지고 있지만 이번 기회에 그녀의 가면을 확실히 벗겨버릴 작정입니다. 물론 많은 증인도 있으니 걱정은 없습니다."

가니마르가 창 밖을 내다보곤 나지막이 중얼거렸다.

"가까이 왔습니다…… 드디어 들어왔어요. 이젠 제아무리 날고 뛰어도 도망은 못 칠 겁니다. 포랑팡과 듀지가 입구를 지키고 있습니다. 국장님, 금발 부인은 이제 독 안에 든 쥐입니다!"

한 여자가 문 앞에 나타났다. 키가 크고 깡마른 창백한 얼굴의 금발머리 여자였다.

흥분이 지나쳤는지 가니마르는 잠시 동안 한마디도 하지 못했다. 드디어 금발머리 여자가 앞에 나타났다! 그가 마음먹은 대로 요리할 수 있는 상태의 여자! 이는 무엇인가…… 바로 뤼팽에 대한 기막힌 승리가 아니겠는가! 또한 멋진 복수! 하지만 마음 한편으론 왠지 불안했다. 너무 쉽게 얻어진 승리는 아닌가 싶었다. 이전에 그랬던 것처럼 또다시 감쪽같이 사라지는 것은 아닐까!

여자는 조금 당혹해했다. 뭔가에 불안한 듯 주위를 두리번거렸다.

'도망치려는 걸까? 연기처럼 사라질지도 몰라!'

이런 생각이 든 가니마르는 여자와 문 사이를 가로막고 섰다. 느닷없는 가니마르의 엉뚱한 행동에 놀란 여자가 서둘러 밖으로 나가려고 했다.

"아니, 안 되지. 절대로 못 나갑니다! 왜 가려는 겁니까?"

"대체 저를 어쩌려고 그러는 거예요? 제발 저를 보내주세요."

"부인은 돌아가야 할 이유가 없는 것 같은데요? 저와 이야기가 끝날 때까지는 한 발짝도 어림없습니다."

"하지만……."

"아무리 그래도 소용없소. 나갈 수 없습니다."

더욱 창백해진 얼굴의 여자는 하는 수 없다는 듯 털썩 의자에 앉았다.

"대체 절 어쩌려는 건가요?"

가니마르는 이제 완전한 승리자였다. 완벽하게 그는 금발 부인을 붙잡은 것이다.

"말했던 대로 보석을… 특히 다이아몬드를 사 모으는 친구들을 소개해 드릴까 합니다. 약속한 다이아몬드는 가지고 오셨는지요?"

"아…아뇨… 모르겠습니다… 그런 이야기는 기억나지 않아요."

"그럴 리가 없습니다. 잘 생각해 보세요. 친구 하나가 당신에게 색깔 있는 다이아몬드를 주었을 겁니다……. 제가 반 농담조로 '그 푸른 다이아몬드 같은 것'이라고 웃으며 말했더니, 당신은 '그래요. 적당한 게 있습니다'라고 말하지 않았습니까? 기억하시죠?"

여자는 아무 말도 못했다. 긴장했는지 손에 들고 있던 조그마한 부인용 가방을 바닥에 떨어뜨렸다. 그녀는 얼른 그것을 도로 집어 가슴에 안았다. 그녀의 손가락이 떨리고 있었다.

"할 수 없군. ……드 레알 부인, 당신은 우리를 너무 얕보는 것 같은데, 제가 뭔가를 먼저 보여드리죠?"

가니마르는 자신의 지갑 속에서 작은 종이 하나를 꺼내어 펼쳤다. 거기에는 머리카락 몇 올이 있었다.

"먼저, 이건 죽은 오트렉 남작이 손에 쥐고 있던 앙트와네트 블레아의 머리카락입니다. 이걸 쉬잔 양에게 보여주었는데 확실히 신비의 금발 부인의 머리카락과 비슷하다는 증언을 했습니다. 그런데 이 머리카락은 바로 당신의 머리카락과 똑같은 빛깔입니다."

레알 부인은 무슨 소리인지 통 모르겠다는 표정이었다. 가니마르 경감의 말이 이어졌다.

"다음으로 여기 두 개의 향수병이 있습니다. 보시는 바와 같이 상표도 없고 속도 텅 비었습니다. 하지만 향기는 남아 있습니다. 오늘 아침 이것을 쉬잔 양에게 보여주었습니다. 2주일 간 여행을 같이 했던 금발 부인이 쓰던 향수와 같은 것이라고 그녀는 증언하더군요. 이중의 한 개는 클로존 저택의 드 레알 부인의 방에서 가져온 것이고, 다른 한 개는 당신이 묵고 있던 보리바쥬 호텔의 방에서 가져온 것입니다."

"대체 지금 무슨 말씀을 하시는 건가요? 금발 부인이니… 클로존의 저택이니……?"

역시 이에 아무 대꾸도 하지 않고 가니마르는 책상 위에다 넉

장의 종이를 늘어놓았다.

"여기 이 종이는 네 사람의 필적입니다. 하나는 앙트와네트 블레아의 것, 또 하나는 푸른 다이아몬드 경매 때 어느 부인이 헤르쉬망 씨에게 써서 보낸 편지, 다른 하나는 클로존 저택에 있을 때 드 레알 부인이 쓴 것, 마지막 하나는 바로 당신이 쓴 것입니다. 마지막 필적은 트루빌의 보 리바쥬 호텔에 남겼던 당신의 이름과 주소입니다. 이 넉 장을 비교해 보시겠습니까? 모두 필체가 똑같지 않습니까?"

"도대체 무슨 말씀을 하시는 겁니까! 대체 이것들은 다 뭐죠?"

"이것들은…… 당신이 뤼팽의 공범자임에 틀림없다는 것을 증명해주는 것들이죠."

가니마르가 큰 몸집을 흔들며 외치듯이 말했다.

이윽고 가니마르가 옆방의 문을 확 밀어젖혔다. 그러고는 제르보아 씨를 불러내 레알 부인 앞으로 데려갔다.

"선생, 지금 이 부인이 당신 따님을 데려간 부인, 그리고 또 드티낭 변호사의 집에서 본 여자라고 생각되십니까?"

"아니오."

너무도 간단한 제르보아의 대답에 모두들 충격을 받았다. 특히 가니마르는 그 충격이 훨씬 강했다. 가니마르는 가슴이 덜컥 내려앉았다.

"이분은 그때의 금발 여인과 같은 금발입니다. 또 안색도 창백합니다. 하지만 조금도 닮은 데가 없군요."

"믿을 수가 없어…… 그럴 리가 없는데…… 오트렉 씨, 당신은 앙트와네트 블레아를 잘 알고 계시겠지요?"

"저는 앙트와네트 블레아를 여러 번 보았습니다. 그러나 이 여인은 그녀가 아닙니다."

"또한…… 이 여인은 드 레알 부인도 아닙니다."

클로존 백작이 나서며 가니마르에게 최후의 일격을 가했다.

가니마르는 망연자실했다. 고개를 숙이고 시선을 떨구었다. 모든 고생이 한순간에 물거품이 되었다. 공들여 쌓은 탑이 한순간에 무너졌다.

치안국장 뒤듀가 천천히 일어났다.

"부인, 참으로 죄송합니다. 얼토당토않게 사람을 잘못 보아 일이 이리 되었으니 넓은 아량으로 이해해 주셨으면 합니다. 한데 이곳에 오셨을 때, 그러니까 이해가 좀 안 되는데…… 왜 그리 불안해하셨는지요?"

"당연하죠! 제 가방 속에는 10만 프랑 이상의 가치가 있는 보석이 들어 있는데…… 이분의 태도는 마치…… 무서웠어요."

"그럼 자주 집을 비우는 이유는 뭔가요?"

"제 직업상 어쩔 수 없는 일입니다."

뒤듀 치안국장은 더 이상 할 말이 없었다. 그는 가니마르에게 나직한 어조로 말했다.

"가니마르, 자네는 참으로 경솔하게 행동했어. 자넨 부인에게 참으로 크나큰 실례를 저질렀네. 아무튼 변명은 내 사무실에서 듣기로 하세."

이로써 그날의 석연치 않은 회합은 끝나는가 싶었다. 치안국장이 돌아가려고 돌아섰을 때, 레알 부인이 가니마르에게 가까이 다가가며 물었다.

"실례합니다만, 당신이 가니마르 씨입니까?"

"그렇소."

"그렇다면 이 편지는 당신에게 온 것이로군요. 오늘 아침 '레알 부인 방의 쥐스탱 가니마르 귀하'라는 편지를 받았습니다. 물론 저는 당연히 모르는 사람이기에 누군가 장난을 친 것이라고 생각했었는데……. 그러고 보면 이 편지를 보낸 사람은 필시 오늘의 이 회합을 알고 있는 사람임에 틀림없을 것 같군요."

순간 가니마르는 충동에 사로잡혔다. 편지를 보낸 당사자가 누구인지 짐작이 갔고, 당장 편지를 찢어버리고 싶었다. 그러나 상관인 치안국장이 버젓이 있는 자리인지라 그렇게 할 수는 없었다. 가니마르는 편지를 받아들고 겉봉을 뜯었다. 편지에는 다음과 같이 쓰여 있었다. 가니마르 경감은 낮은 음성으로 그것을 읽기 시작했다.

옛날옛적에 금발의 여인과 뤼팽과 가니마르라고 하는 사람이 살았습니다. 마음씨 나쁜 가니마르는 예쁜 금발의 여인을 괴롭히려고 했고, 착한 뤼팽은 그렇게 못하게끔 노력했습니다. 착한 뤼팽은 금발부인을 클로종 백작부인과 사귀게 할 생각으로 금발부인에게 드 레알부인이라는 이름을 붙여주었습니다. 그 이름은 금발이며 안색이 창백하고 정직한 여자 보석 중개인의 이름과 같았습니다. 착한 뤼팽은 자기 자신에게 물어보았습니다. "나쁜 가니마르가 끝까지 금발 부인을 쫓아다닌 다면 다이아몬드를 중개하는 여인에게 관심이 가도록 하는 것은 어떨까?" 생각은 현명했고, 결과는 금방 나타나기 시작했습니다. 나쁜 가니마르가 읽는 신문에 실린 기사, 진짜 금발 부인이 일부러 보 리바쥬 호텔에 두고 온 향수병, 진짜 금발 부인이 여관에 써놓은 레알 부인의 이름과 주소…… 그리하여 계획은 간단하게 끝났습니다. 자, 어떻습니까, 가니마르 경감? 나는 이번 모험담을 누구도 아닌 당신에게 꼭 들려주고 싶었소. 사실 이번 모험은 통쾌했고, 나도 모처럼 즐거웠소. 하긴 그 누구보다 당신이 먼저 웃음을 터뜨렸을 테지만.

친애하는 벗이여, 뒤듀 국장에게도 안부를 부탁드리오.

_아르센 뤼팽

"놈은…… 모든 것을…… 알고 있었어!"

가니마르가 신음하듯이 중얼거렸다.

"놈은 내가 아무에게도 말하지 않은 내 속마음까지 훤히 꿰뚫고 있었어! 국장님, 한데 놈은 어떻게 내가 국장님을 이곳으로 모신 것을 알고 있는 거죠? 어떻게 해서 내가 그 향수병을 발견한 것을 알고 있는 겁니까? 도대체 어떻게 모든 걸 알고 있는 거죠?"

절망감에 사로잡힌 가니마르는 가슴을 치고 발을 구르며 분해했다. 그 모습은 옆에서 보기에도 딱했다.

뒤듀 국장도 안됐다는 생각이 들었는지 가니마르를 위로했다.

"가니마르, 너무 분하게 생각할 필요 없네. 다음에는 좀더 잘

해보세나."

치안국장은 레알 부인과 함께 그곳을 떠났다.

침묵 속에 십 분이 지났다. 가니마르는 뤼팽의 편지를 되풀이하여 읽었다. 방 한 켠에서는 클로존 백작 부부, 오트렉 씨, 그리고 제르보아 선생이 열심히 이야기를 나누고 있었다. 드디어 백작이 가니마르 쪽으로 다가가 이렇게 말을 했다.

"가니마르 경감, 요컨대 사건은 다시 원점으로 돌아간 겁니까?"

"아니, 그렇지 않습니다. 금발의 여인은 이번 사건의 주인공이며 그녀를 조종하는 건 뤼팽이라는 것이 확실해졌습니다. 우린 아주 중요한 사실을 얻은 것입니다."

"하지만 그게 다 무슨 소용입니까? 문제는 아직도 사건이 오리무중이라는 겁니다. 금발 부인은 푸른 다이아몬드를 훔치고자 사람을 죽였습니다. 그런데 정작 다이아몬드는 훔치지 않았습니다. 나중에는 물건을 훔친 것 같은데, 이상하게도 다른 사람에게 다이아몬드를 넘겨버렸습니다. 이것에 대해 어찌 생각하십니까?"

"거기까진 제 힘이 미치지 않는군요."

"그렇겠지요. 해서 말인데…… 다른 어떤 사람은 이 문제를 제대로 해결할 수 있을 것 같은데……."

"그게 누구죠?"

백작이 다소 주저하자 백작 부인이 나서서 남편의 말을 이었다. 그녀의 발음은 지나치게 정확했다.

"제 생각으론, 당신을 제외하고, 뤼팽을 상대할 수 있는 사람이 딱 한 사람 있어요. 가니마르 씨, 우리들이 셜록 홈즈의 도움을 요청한다고 해도 그리 불쾌하진 않으시겠죠?"

"불쾌할 것까지야…… 그러니까 지금 그 말의 의미는……?"

"가니마르 씨, 괴이한 이번 사건에 대해 저희 부부는 무척 불쾌하고 대단히 화가 납니다! 그래서 이번 사건을 어떻게 해서라도 되도록 빨리 해결하고 싶습니다. 제르보아 선생과 오트렉 씨도 저희 부부와 같은 생각입니다. 그래서 우리들은 영국의 명탐정인 셜록 홈즈에게 이번 사건을 의뢰하기로 의견의 일치를 보았습니다."

가니마르는 솔직하게 자신의 속내를 드러냈다.

"좋은 생각입니다. 당연히 그런 마음이 들겠지요. 이 늙은 가니마르는 뤼팽의 상대로는 확실히 역부족입니다. 저 역시 셜록 홈즈를 존경합니다. 하지만 천하의 홈즈라고 해도……."

"그러니까, 성공하지 못할 수도 있다는 말씀인가요?"

"솔직히 말씀드리면 그렇습니다. 셜록 홈즈와 뤼팽의 대결은 어쩌면 피할 수 없는 운명 같은 것이겠지요. 허나 영국인은 패배할 것입니다."

"어쨌든 당신도 도와주실 테지요?"

"물론이죠, 부인. 저 역시 모든 힘을 다해 여러분을 도와드릴 것입니다."

"홈즈 씨의 런던 주소를 알고 계십니까?"

"알고 있지요. 런던 베이커 가 219번지입니다."

그날 저녁, 클로존 백작 부부는 블라이센 영사에 대한 고소를 취하했다. 그리고 몇 사람의 이름으로 작성된 초청장을 셜록 홈즈 앞으로 보냈다.

셜록 홈즈, 전투를 시작하다

"무얼 드시겠습니까?"

"아무 거라도 좋네. 고기와 술은 빼고 먹음직스러운 것으로 갖다주게."

아르센 뤼팽은 음식에는 별 관심이 없다는 투로 대답했다.

뤼팽의 태도에 기분이 상했는지 종업원이 눈을 흘기며 물러갔다.

"아니, 지금도 채식주의인가?"

"더 철저해졌다네."

"취향? 신앙? 아니면 습관?"

"건강 때문이지."

"이제까지 줄곧 채식주의를 고집한 건가?"

"가끔, 어쩔 수 없는 경우엔 그렇지 못할 때도 있어. 이상한 사람으로 보이긴 나도 싫으니까."

아르센 뤼팽이 나를 불러낸 노르 역 근처, 식당의 안쪽 깊숙한 곳에서 우리는 함께 저녁 식사를 했다. 가끔 뤼팽은 아침 일찌감치 전보를 보냈고, 나를 파리의 어느 구석진 곳으로 불러내곤 했다. 만남이 이루어지면, 뤼팽은 천진난만한 어린아이처럼 쉴새없이 떠들어댔다. 그때마다 내가 미처 예상치 못했던 뜻밖의 이야기나 추억, 모험담 등이 자연스럽게 흘러나왔다.

그날 저녁 그는 여느 때보다 훨씬 더 생기가 있어 보였다. 그만의 독특하고 세련된 익살, 쓴맛이 없고 가볍게 눙치는 자연스러운 농담. 그런 그를 바라보는 것은 무척 유쾌한 일이었다. 그렇기에 나 또한 충분히 만족스러웠고, 그것을 그에게 말해주었다.

"그렇지! 나는 요즘 모든 것이 무척 즐겁다네. 나의 내부에 있는 힘은 마치 엄청난 보물 같아, 힘차게 용솟음치고 있어. 나는 그 힘을 아낌없이 소진시키고 있네."

"그 소진이라는 게 지나친 것 같아."

"나의 힘은 나의 보물처럼 무한하다네. 이보게, 나는 마음껏 내 자신을 소진시켜야 해. 내 힘과 젊음은 충분히 발산되고 있어. 그래도 나의 힘은 조금도 사라지지 않아. 끊임없이 새로운 힘들이 보충되고 있어! 정말 멋있지 않나? 바라기만 하면 오늘이든 내일이든 그 무엇이든 가능할 것 같아. 정치가, 사업가, 바라기만 하면 무엇이든 될 수 있을 것 같아! ······하지만 맹세하건대 나는 결코 그런 걸 바라지 않는다네. 나는 오로지 아르센 뤼팽으로 남게 될 걸세. 나는 내 운명보다 더 강력한 운명을 찾고 있지. 허나 결코 쉬운 일은 아니야. 나폴레옹 정도? 나하고 비교할 수 있는 사람 말일세. ······하지만 그도 말년에는 불행했더군. 프랑스 전쟁에서 패한 후 전쟁 때마다 이것이 마지막 전투가 아닐까라고 걱정했다더군."

나폴레옹과 자신을 비교하다니! 농담인 걸까? 그러나 뤼팽의 목소리에는 열의가 담겨 있었다. 그는 지칠 줄 모르고 자신의 열의를 계속하여 표출했다.

"나는 늘 위험에 노출되어 있지. 위험은 쉴새없이 나를 노려. 그러니 호흡하듯이 나는 위험을 느낀다네. 위험은 끊임없이 휘몰아치고, 감시하고, 뒤쫓아오지. 폭풍이나 다름없어! 냉정을 유지하는 것이 중요해. 그렇지 못하면? ······파멸이지! 위험한 레이스를 벌이고 있는 카 레이서의 심정과 같아. 허나 자동차 레이스는 고작해야 한 나절이면 끝나. 다행인지 불행인지 나의 경주는 평생 동안 계속되지."

"따분해지는군. 아무래도 난 자네를 자극시키는 아주 특별한 일이 생겨났다고 여겨지는걸?"

내 말에 뤼팽이 보일 듯 말듯 미소지었다.

"자넨 훌륭한 심리학자로군. 사실 그런 일이 생겼다네."

커다란 잔에 찬물을 따르더니 단숨에 들이켰다.

"오늘 르 탕 신문을 읽어보았나?"

"아니, 아직."

"오늘 오후 셜록 홈즈는 해협을 건넜다네. 6시쯤 이곳 프랑스에 도착할 예정이니, 이미 도착했겠군."

"무슨 일이지?"

"클로존 부부와 오트렉 남작의 조카와 제르보아 씨의 초청을 받았지. 그들은 노르 역에서 만나 가니마르 경감에게 갔을 거야. 지금쯤 여섯 명이 이야기를 나누고 있겠군."

나는 아르센 뤼팽에 대해 끊임없는 호기심을 느낀다. 하지만 그가 직접 얘기하지 않는 한 결코 그의 사생활에 대해 질문 따윈 하지 않는다. 이것은 나로선 매우 조심스러운 문제였고, 이 점에 있어서 나는 한 번도 원칙을 깨뜨린 적이 없다. 그리고 이때만 해도 푸른 다이아몬드 사건과 관련하여 그의 이름은 - 공식적으로 - 들먹거려지지 않고 있었다. 그러므로 나는 참았다. 그의 이야기가 이어졌다.

"르 탕에는 그 뛰어난 가니마르 경감의 회견기도 실려 있더군. 그 기사에 의하면 내 친구라는 금발의 여인이 오트렉 남작을 죽였고, 클로존 부인에게서 문제의 그 유명한 반지를 훔치고자 했다는군. 뿐만 아니라 가니마르 경감은 이 엄청난 범죄의 배후로 나를 지목하였더군."

순간 나는 오싹 소름이 끼쳤다. 정말로 그의 소행일까? 멈춰지지 않는 도벽, 그의 정의파다운 생활방식, 사건을 즐기는 그의 취향! 이런 것들이 그를 범죄의 세계로 이끈 것은 아닐까? 나는 그를 찬찬히 뜯어보았다. 그는 아주 차분했다. 오히려 천

연덕스럽게 그의 두 눈이 나를 마주 바라보았다. 나는 은근슬쩍 시선을 바꿔 그의 두 손을 바라보았다. 우아하고 아름다운 그의 손은 마치 예술가의 손 같았다.

"가니마르 경감, 결국 미친 것 아냐?"

이에 뤼팽이 대꾸했다.

"아니, 그렇지 않아. 가니마르 경감을 무시할 순 없어. 이따금 그는 천재적인 모습을 보여주거든."

"천재적인 모습?"

"그렇다네. 이번 회견만 해도 그의 걸작품인 건 분명해. 첫째, 홈즈의 도착을 떠벌림으로써 나에게 알렸고 결국 홈즈의 조사는 처음부터 조금 어려워졌어. 둘째, 이제까지의 사건 정황을 사람들이 쉽게 알도록 해줬어. 그러니까 이제까지 공들여 어려운 숙제를 거의 다 풀어놓았는데 뒤늦게 나타난 셜록 홈즈가 거저 뺏으려 한다는 나름대로의 항변이라고 할 수 있지. 정정당당한 경쟁을 해보자는 그의 선언이라고 할까? 어때, 멋지지 않아?"

"어찌되었든 자넨 이제부터 두 사람을 상대해야 하는군."

"사실 한 사람은 그다지 신경 쓰이지 않네."

"그럼 다른 한 사람은?"

"홈즈 말인가? 그래, 그는 솔직히 만만찮은 상대인 게 분명해. 허나 그렇기 때문에 나는 투지를 느끼고 이렇게 기분도 좋은 걸세. 사람들은 나를 이기기 위해선 그 유명한 영국인을 불러오는 것이 당연하다고 생각해. 셜록 홈즈와 맞붙을 생각만으로도 짜

릿해져. 물론 나도 있는 힘을 다하지 않으면 안 되겠지. 아무튼 그는 결과를 보지 않는 한 뒤돌아서지 않을 사람이야."

"그는 강한 상대일세."

"그래, 굉장히 강하지. 그에 필적할 만한 사람은 일찍이 없었고 지금도 없다고 생각하네. 그러나 나에게는 한 가지 유리한 점이 있어. 그는 공격인데 나는 수비라는 것일세. 공격보다는 수비가 한결 수월하지. 더구나……."

뤼팽이 보일 듯 말듯 미소지었다. 그는 결론처럼 이렇게 말했다.

"……나는 그의 방법을 알고 있어. 그런데 그는 나의 방법을 전혀 몰라. 이번에 나는 그동안 숨겨뒀던 나만의 비밀한 방법을 사용할 생각일세. 그는 어지간히 골치가 아파야 할 거야."

그가 손가락으로 테이블을 톡톡 두드렸다. 그러면서 그는 자아도취된 듯 황홀한 표정을 지었다.

"아르센 뤼팽 대 셜록 홈즈라…… 프랑스 대 영국…… 드디어 트라팔가르(1805년 프랑스와 에스파냐의 연합함대를 영국 함대가 격파한 해전)의 복수전이로군! 아아, 불쌍한 친구 같으니라구! 그는 내가 이미 충분한 준비를 끝냈다는 것을 까맣게 모르고 있을 거야!"

그러다가 갑자기 말을 끊고 마치 사래라도 걸린 사람처럼 심하게 기침을 해대며 냅킨으로 얼굴을 가렸다.

"빵 조각이 목에 걸린 건가? 그럼, 어서 물을 좀 마시게."

"아니, 그렇지 않네."

뤼팽이 목소리를 죽이며 대꾸했다.

"그럼, 왜 그러지?"

"답답해졌어."

"창문을 좀 열까?"

"아니, 그만 밖으로 나가세. 빨리 내 외투와 모자를 주게."

"갑자기 왜……?"

"지금 들어온 저 두 신사 중 키가 큰 사나이를 보게. 밖으로 나갈 때 내가 보이지 않도록 내 왼쪽으로 걸어주게."

"자네 뒤에 앉아 있는 사람 말인가?"

"그래 그자…… 특별한 사정이 있으니 밖에 나가서 이야기해 주겠네."

"대체 저자가 누구이기에 그러는가?"

"셜록 홈즈……."

이렇게 말해놓고, 뤼팽은 자신의 당황했던 조금 전의 모습이 부끄러웠는지 애써 침착하고자 노력했다. 뤼팽은 냅킨을 탁자 위에 내려놓고 천천히 물잔을 들어 들이켰다. 곧 냉정함을 되찾았는지 그가 부드럽게 미소지으며 이렇게 말했다.

"내가 이처럼 당황하다니…… 하지만 정말 뜻밖이야. 이렇게 불쑥 그가 나타나리라곤 생각지도 못 한 일이야."

"도대체 두려워할 이유가 없잖아. 그렇게 변장하고 있으면 아무도 자네를 알아보지 못해. 나도 자네를 만날 때마다 매번 다른 사람으로 생각할 정도니까."

"아니, 셜록 홈즈라면 알아볼 수 있네. 그는 나를 꼭 한 번밖에 보지 못했어. 그러나 평생 동안 그는 나를 잊지 않을 걸세. 변장하고 있는 내 겉모습이 아니라 내 존재 그 자체를 본 것이라고 나는 느꼈으니까. 그리고…… 이번 일은 정말 뜻밖의 상황이 아닌가! 이 무슨 해괴한 우연이람! 그것도 이런 작은 식당에서 말이야……."

"그건 그렇고, 이젠 나가야 하지 않겠나?"

"아냐. 난 나가지 않겠네."

"어쩔 셈이지?"

"가장 좋은 방법은 솔직히 행동하는 거겠지. 저자에게 내 몸을 맡겨보고 싶군."

"설마……?"

"아니, 그렇게 하고 싶네. 그가 무슨 생각을 하는지도 궁금하구……. 아아! 이보게, 그의 눈이 내 목덜미며 어깨에 멈춰 있는 듯한 느낌이 드는군…… 그는 깊이 생각하고 있어……."

뤼팽은 잠시 생각에 잠겼다. 나는 그의 입가에 찰나 떠오른 익살스러운 미소를 보았다. 그는 필요해서라기보다는 오히려 충동적인 본능에 의해 갑자기 자리에서 벌떡 일어나 몸을 돌렸다. 그러고는 쾌활한 목소리로 이렇게 말했다.

"오, 이런 우연이! 정말로 기막힌 우연이로군요. 참, 여기 내 친구를 소개시켜 드리죠……."

영국인은 잠시 잠깐 어리둥절한 표정이었으나 곧 그를 알아보곤 본능적으로 아르센 뤼팽에게 덤벼들 자세를 취했다. 그러나 뤼팽이 머리를 내저었다.

"그건 안 될 일이죠. 사람들 보기에도 좋지 않고…… 또 그래 봐야 쓸데없는 짓일 테니까요."

영국인은 도움이라도 청하듯 좌우를 둘러보았다.

"역시 쓸데없는 짓인 것 같습니다. 지금 당장 나를 감당할 자신도 없을 텐데요. 자아, 신사다운 태도를 보여주시지요."

사실 이런 경우 신사다운 태도를 보인다는 것 자체가 그다지 어울릴 것 같진 않았다. 그래도 그러는 편이 좋겠다고 판단했는지, 홈즈는 몸을 반쯤 일으켰고 무뚝뚝한 어조로 옆사람을 소개시켰다.

"이쪽은 내 친구이자 동업자인 왓슨 박사, 그리고 이쪽은…… 아르센 뤼팽일세."

순간 화들짝 놀란 왓슨 씨의 모습이란, 그야말로 절로 웃음이 비어져 나올 만했다. 자르르 윤기 흐르는 얼굴에 크게 치켜 뜬 눈과 한껏 벌어진 입, 숱 많은 머리칼과 잡초처럼 뻣뻣하게 자라 있는 짧은 턱수염…….

"왓슨, 자넨 이런 평범한 일에도 놀라는군. 순진해서인지 당황한 표정조차 숨기지 않고 말이야."

미소 띤 얼굴의 셜록 홈즈가 왓슨을 비꼬았다.

왓슨이 중얼거리듯이 말했다.

"어째서 체포하지 않는 건가?"

"자넨 아직도 모르겠나? 왓슨, 이 신사는 문과 나 사이에 있고, 문까지는 겨우 두 발짝일세. 내가 새끼손가락 하나라도 까딱한다면, 이 신사는 금세 밖으로 사라지고 말걸."

"그런 건 아무래도 상관없소."

뤼팽이 말했다. 그는 테이블을 빙 돌아 영국인이 문과 자기 자신 사이에 위치하도록 해주었다.

왓슨은 이 대담한 행동에 감탄해야 할지 말아야 할지 몰라 우두커니 홈즈를 바라보았다. 홈즈는 태연자약했다.

잠시 후 홈즈가 종업원을 불렀다.

"이봐!"

종업원이 득달같이 달려왔다. 홈즈가 주문을 했다.

"소다수하고 맥주, 위스키를 주게."

이렇게 하여 일시적이지만 평화협정이 맺어졌다. 네 사람은 한 테이블에 둘러앉아 조용히 이야기를 나누었다.

셜록 홈즈 역시 평범한 인간이었다. 날이면 날마다 어디서나 볼 수 있는 여느 인간과 그다지 달라 보이지 않았다. 나이는 50 전후, 사무실 책상에 앉아 장부나 기록하며 일생을 보냈음직한 선량한 중산층 시민과 크게 다르지 않은 분위기였다. 갈색의 구레나룻와 깔끔하게 면도한 턱, 조금은 과묵해 보이는 풍채 등 하나에서 열까지 런던의 일반적인 시민과 느낌이 비슷했다. 다만 무섭고 날카롭고 생기 있는, 상대방을 찌르는 듯한 눈초리는 여느 사람과 달랐다.

아무튼, 그는 셜록 홈즈였다. 신비에 가까운 직관력과 관찰력, 명징함과 기발한 총명함으로 똘똘 뭉친 천재 탐정! 어쩌면 그는 애드가 앨런 포의 오귀스트 뒤팽과 가브리오의 르콕을 교묘하게 섞어 창조된 인물일지도 모른다. 그리하여 사람들은 이 존재가 실존 인물이 아닌 대소설가, 이를테면 코난 도일과 같은 위대한 작가의 머릿속에서 창조된 허구의 존재가 아닐까 의심하게 되는 것이다.

그들의 대화는 본질적인 내용으로 치닫고 있었다. 아르센 뤼팽은 홈즈에게 프랑스에 얼마나 머무를 예정인지를 물었다.

"내가 얼마나 머무를 것인가 하는 문제는 전적으로 뤼팽 씨 당신에게 달려 있소."

"아, 그래요! 그렇다면 당장 오늘 밤에라도 돌아가실 배를 알아보는 게 좋을 것 같군요."

"오늘 밤은 좀 이른 것 같고, 일 주일이나 열흘쯤이라면 가능할 것 같군요."

"너무 급한 것 아닙니까?"

"사실, 영중(英中)은행 도난사건과 에클스턴 부인 납치사건 등 할 일이 무척 밀렸습니다. 그러니 많이 지체할 수는 없는 노릇이고 한 일 주일이면 충분할 것 같은데요?"

"푸른 다이아몬드와 연관된 두 가지 사건뿐이라면 당신 혼자서도 충분한 시간이겠지요. 하지만 그 문제를 해결하여 당신이 나를 위험에 빠뜨리려고 한다면, 나로서도 가만히 있을 수는 없는 노릇이고, 뭔가 그에 따른 대비책을 강구해놓지 않겠습니까? 그렇다면 시간이 좀더 필요하지 않을까요?"

"물론이오. 그래서 좀더 여유 있게 시간을 잡아 열흘쯤이라고 말했던 겁니다."

"그럼 11일째 되는 날 나를 체포하겠다는 말씀이군요?"
"아니, 열흘째가 바로 그날입니다."
뤼팽은 잠시 생각에 잠긴 듯하다가 곧 머리를 저었다.
"무리예요… 아무래도 그건 무리입니다."
"천만에요. 힘은 좀 들겠지만 가능할 겁니다."
"물론이고 말고!"
갑자기 왓슨이 끼여들며 맞장구쳤다. 마치 그 자신이 홈즈의 머릿속에 들어가 있었던 듯 왓슨은 확신했다.
셜록 홈즈가 빙긋 웃었다.
"내 친구 왓슨도 이렇듯 자신하지 않습니까! 물론 내게 좋은 패만 있는 것은 아니오. 사건은 이미 몇 달이 지났고, 그러니 조사에 필요한 중요 단서 같은 것도 불충분할 수 있소."
"이를테면 진흙 속의 발자국이나 담뱃재 같은……."
왓슨이 또 끼여들며 자랑스럽게 말했다.
"허나 가니마르 선생의 훌륭한 수사 기록은 물론 지금까지 축적된 여러 기사들, 그 결과로 갖게 된 약간의 개인적인 견해를 이용한다면 사건 해결에 큰 도움이 될 것입니다."
"분석이든 가설에 의한 암시든 도움이 될 만한 몇 가지 견해들이야 아주 많지."
왓슨이 거드름을 피우며 덧붙였다.
아르센 뤼팽은 홈즈에게 깍듯하고 정중한 어조로 이렇게 물었다.
"그렇다면 선생께서 파악하고 계신 이번 사건에 대한 견해를 들어봤으면 싶은데요. 물론 결례가 되지 않는다면요?"

어찌 보면 두 사람의 모습은 극히 희극적이었다. 테이블에 팔꿈치를 짚고 마치 어려운 문제를 풀거나 쟁점에 대해 의견의 일치를 보기 위해 이야기를 나누는 듯했기 때문이다. 두 사람의 대화에선 서로 뒤질세라 재치와 재기, 고급스런 유머와 풍자가 번뜩였다.

파이프를 꺼낸 셜록 홈즈가 담배를 재고 나서 불을 붙였다.

"이 사건은 언뜻 보아 무척 복잡한 것 같지만 내가 보기엔 비교적 단순합니다."

"그래, 아주 간단하지."

이번에도 왓슨이 맞장구를 쳤다.

"내가 판단하기에 두 사건은 결국 하나의 사건에 불과합니다. 오트렉 남작의 죽음과 반지에 얽힌 내력, 그리고 23조 514호 복권은 종국엔 금발의 여인이라는 수수께끼에 부딪힙니다. 단순하게 생각해도 세 가지 에피소드는 하나의 공통점을 갖고 있습니다. 가니마르 선생은 너무 표피적인 부분에 집중하여 조사를 벌인 것 같습니다. 그러니까 자유자재로 출몰했다 사라지고 마는 바로 그 점에 너무 깊게 매달렸다는 것이지요. 그러나 나는 이러한 것보다는 다른 그 무엇에 초점을 맞추고 싶군요."

"그래서요?"

"이 사건들의 공통된 특징은 바로 당신입니다. 당신의 치밀한 계획에 의해 당신이 미리 정해놓은 장소에서 사건은 발생되었습니다. 당신의 범행은 그래서 늘 성공할 수밖에 없는 것이죠."

"좀더 자세히 설명해 주셨으면 고맙겠습니다."

"뭐 어렵지 않습니다. 예를 들어 제르보아 씨와의 공방 때 이미 당신은 드티낭 변호사의 집을 적당한 장소로 물색해 놓았습니다. 당신의 입장에서 금발의 여인과 쉬잔 양을 공공연히 만날 수 있는 안전한 장소로 그만큼 적당한 곳도 없었으니까요."

"쉬잔 양이 교사의 딸이었지, 아마."

왓슨이 끼여들었다.

"이번에는 푸른 다이아몬드에 대한 이야기입니다. 당신은 그 보석을 오트렉 남작이 지니고 있을 때 훔치려고 했을까요? 그렇지는 않습니다. 남작이 형의 저택으로 옮기고, 6개월 뒤 앙트와네트 블레아가 나타났습니다. 하여 최초의 시도가 있었죠. 그러나 다이아몬드는 당신 손에 들어가지 않았고 드루오에서 경매에 붙여졌습니다. 경매는 원칙대로 정정당당했을까요? 헤르쉬망 씨 같은 거부가 그 반지를 왜 차지할 수 없었을까요? 처음부터 그것이 불가능했던 것은 아니었을까요? 헤르쉬망 씨가 최후의 일격을 날리려는 순간 그는 어떤 금발 여인으로부터 경고장을 받았습니다. 결국 다이아몬드를 사게 된 사람은 금발 부인의 조종을 받은 클로존 백작 부인이었고요. 그럼 이제 다이아몬드는 금방 사라져버려야 하는 것이 아닐까요? 아닙니다. 당신은 기막힌 방법을 생각해내지 못했습니다. 이윽고 백작 부인은 성에 들어가게 되었습니다. 그거야말로 당신이 바라는 바였지요. 결국 반지는 감쪽같이 사라지고 말았습니다."

"하지만 그 반지는 블라이센 영사의 가방 속에서 발견되지 않았습니까?"

"과연 그럴까요!"

셜록 홈즈가 가볍게 테이블을 치며 말했다.

"나는 더 이상 그런 터무니없는 얘기는 듣고 싶지 않습니다. 바보라면 속아넘어갈 수도 있겠지만 나처럼 나이 많은 여우에겐 소용없는 일이겠죠?"

"그렇다면?"

"그렇다면……."

홈즈는 자기 말이 가져다줄 극적인 효과를 기대하는 듯 잠시 말에 뜸을 들였다.

"장담하건대 가루비누 병 속에서 발견된 푸른 다이아몬드는 가짜요. 진짜는 당신이 가지고 있겠지요."

아르센 뤼팽은 잠시 침묵을 유지했다. 그러다가 영국인을 바라보며 나직한 어조로 말했다.

"당신 정말 대단한 사람이군요."

"그걸 이제 알았단 말이오!"

왓슨이 기쁜 표정으로 뤼팽의 말을 받았다.

"그렇소! 모든 것이 명백하게 밝혀졌습니다. 이번 사건에 열중했던 그 어떤 예심판사나 기자도 결코 당신만큼은 깊게 파고들지 못했습니다. 정말 굉장한 직관과 논리입니다."

다른 사람도 아닌 아르센 뤼팽으로부터 칭찬을 듣게 되자 영국인은 조금 우쭐해졌다.

"대단한 것도 아니오! 조금만 생각하면 알 수 있는 것이오."

"생각하는 방법을 알고 있다면 그야 그렇겠지요. 그런데 그 방법을 아는 사람은 아주 드물단 말입니다. 아무튼 추리의 범위도 좁혀졌고, 그만큼 눈앞이 환해졌으니……."

"그러니 이제 세 가지 사건이 무엇 때문에 클라페이롱 가 25번지, 앙리 마르탱 가 134번지, 클로존 성 안에서 일어났는가 하는 것을 설명하는 일만 남았군요. 바로 이것이 핵심입니다. 그 밖의 것은 어린아이의 유치한 놀이에 불과한 속임수에 지나지 않으니까요. 그렇게 생각지 않습니까?"

"물론 같은 생각입니다."

"그렇다면 열흘 후에 내 일이 끝날 것이라고 장담해도 되지 않겠는지요?"

"그렇게 되겠군요. ……열흘 후에 당신은 사건의 전모를 알게 될 것이 분명합니다."

"그리고 당신은 체포되겠죠?"

"아니, 그건 그렇지 않습니다."

"아니라고요?"

"적어도 내가 체포되려면 완벽한 올가미와 터무니없이 나쁜 불운이 뒤따라야 가능한데, 나는 결코 그런 일은 일어나지 않는다고 생각하거든요."

"그 모든 것은 한 사내의 집념과 의지로 가능해질 겁니다, 뤼팽 씨."

"물론 또 다른 한 사내의 집념과 의지가 작용돼, 그 누구도 깨뜨릴 수 없는 장애물을 구축해 놓지 못했을 때의 얘기겠죠, 홈즈 씨."

"깨뜨릴 수 없는 장애물이란 존재하지 않습니다."

두 사람이 주고받는 시선은 진지했고, 상대방을 모욕하는 빛은 없었다. 다만 분위기는 허공에서 부딪치는 두 자루의 칼처럼 결연했다.

뤼팽이 말했다.

"당신은 나의 상대로서 조금도 부족함이 없소! 호적수로서 더 없이 뛰어난 인물, 바로 당신이오. 셜록 홈즈, 잘해 봅시다."

"당신은 두렵지도 않소?"

왓슨이 물었다.

"왓슨 씨, 나라고 하여 왜 두렵지 않겠습니까? 그러니 지금 이렇게 자리를 뜨고자 하는 게 아니겠습니까? 더 이상 머뭇거리다간 싸워보지도 못 하고 붙잡힐 일이 생길지도 모르겠기에 말입니다. ……열흘이라고 했습니다, 홈즈 씨?"

"그렇소, 열흘. 오늘이 일요일이니까 다음주 화요일에는 모든 일이 끝날 거요."

"그럼 그날 나는 체포되겠군요?"

"물론이오."

"아아, 그동안 줄곧 평온한 삶을 즐기고 있었는데…… 귀찮은 일도 없고, 경제적으로도 나쁘지 않고, 더욱이 경찰과는 티격태격 재미도 있었는데…… 주위 사람들로부터도 제법 호감을 얻고 말입니다. 그런데 이젠 그럴 수 없게 되었군요. 물론 그것 또한 사물의 다른 면이겠지요. 맑은 날이 있으면 비가 뿌려지는 날도 있는 법! ······한동안 웃을 일도 없겠군요. 그럼, 이만 안녕······!"

"서두르시오. 1분이라도 헛되이 보내서는 안 되니까."

왓슨이 반쯤 일어난 자세로 말했다. 홈즈에게 경의를 표했으니 당연히 자신도 그래야 한다는 듯한 태도였다.

"그럼요, 왓슨 씨! 나한테는 1분일지라도 무척 아까운 게 사실입니다. 허나, 오늘의 만남은 우연이었지만 참으로 흐뭇한 시간이었다는 것, 또 당신처럼 훌륭한 분을 동반자로 둔 홈즈 씨가 진심으로 부럽다는 것······ 이 말만은 꼭 전해드리고 싶습니다."

그들은 정중하게 인사를 나누었다. 서로를 증오하는 마음이라곤 손톱만큼도 없는 그들이었다. 다만 그들의 운명이 서로를 적으로 만들었을 뿐이다.

뤼팽은 내 팔을 붙잡아 밖으로 이끌었다.

"그래 어땠지? 오늘 저녁의 식사는 자네의 기억에 평생 남을 만큼 충분히 멋졌다고 생각되는데?"

천천히 걸어가던 뤼팽이 발길을 멈추고 물었다.

"자네 담배 피울 텐가?"

"아니. 자네도 피울 것 같진 않군."

"그래 맞았어. 나도 별로 피우고픈 마음은 없네."

그런데도 뤼팽은 성냥을 그어 궐련에 불을 붙였다. 그러나 곧 궐련은 바닥으로 던져졌고, 뤼팽은 이렇다 저렇다 말도 없이 찻길을 건너갔다. 마치 신호를 받고 달려나온 사람처럼 어둠 속에서 두 사내가 모습을 드러냈다. 뤼팽은 두 사내와 잠시 이야기를 나누더니 내게로 다시 돌아왔다.

"……실례를 범했군. 아무튼 홈즈란 작자 때문에 꽤 곤란한 일이 생길 것 같아. 그래도 아르센 뤼팽은 홈즈 마음대로는 안 될 거야. 내가 어떤 인물인지 그에게 확실히 보여줄 테니까. ……잘 가게, 친구. 생뚱맞은 왓슨 씨였지만 그래도 그의 말은 맞네. 내겐 시간이 별로 없어."

뤼팽은 서둘러 사라졌다.

이렇게 하여 묘했던 그날 밤의 일부분은 끝났다. 내가 이렇게 이상하게 얘기하는 건 그 후로도 여러 사건이 벌어졌기 때문이다. 나는 그 후의 이야기에 대해 그날 밤 식당에 있었던 사람들에게 전해들을 수 있었다.

뤼팽과 내가 헤어질 즈음 식당에 있던 셜록 홈즈는 회중시계를 꺼내어 시간을 보았고, 이내 자리에서 일어났다.

"8시 40분이야. 9시에 역에서 백작 부부를 만나기로 했으니 이만 나가세."

"그럼 일어나야겠군."

왓슨은 남은 위스키 두 잔을 서둘러 연거푸 마셨다.

두 사람은 밖으로 나갔다.

"왓슨, 우린 지금 미행당하고 있네. 아, 뒤는 돌아보지 말게나. 미행당할 땐 그저 태연하게 모른 척하는 게 최고라네. 한데…… 왓슨, 뤼팽이 왜 저 식당에 나타났을까? 자네 생각은 어떤가?"

왓슨이 대답했다.

"식사나 할 생각이었겠지."

"왓슨! 함께 일을 하면서 느끼는 것이네만, 자넨 정말 몰라보게 나아지고 있네. 자네는 굉장히 많이 발전했어."

어둠이 짙었지만 홈즈의 눈에는 약간 붉어진 왓슨의 얼굴이 보였다. 홈즈가 계속해서 말했다.

"그래 식사 때문이겠지. 그리고…… 아마 가니마르 경감이 회견에서 발표한 대로 내가 클로존 부부의 성에 가는지 어떤지를 확인해보고 싶었을 거야. 따라서 나는 그 기대에 어긋나지 않도록 해야 하네. 그러나 그가 원하는 대로 행동할 순 없겠지. 왓슨, 자넨 이 길로 곧바로 빠져나가 마차를 세 번 정도 바꿔 타게. 짐 맡긴 곳에 들러 가방을 찾은 후 서둘러 엘리제 팔라스 호텔로 가게."

"엘리제 팔라스에서는 뭘 하지?"

"방을 정하고 푹 쉬게. 차후에 별도의 지시를 전해주겠네. 그때까진 꼼짝 말고 거기서 머물게나."

왓슨은 자신에게 중요한 일이 맡겨졌다고 여겼으므로 의기양양해하며 그 자리를 떠났다.

홈즈는 기차표를 구입한 후 아미엥 행 급행열차에 몸을 실었다. 클로존 백작 부부는 이미 기차 안에 있었다.

홈즈는 두 사람에게 인사를 하고 난 뒤 파이프에 불을 붙였다. 복도에 서서 조용히 연기를 내뿜었다.

열차가 움직이기 시작했을 때 비로소 홈즈는 백작 부인의 옆자리로 가서 앉았다.

"반지를 가지고 계시지요, 부인?"

"네."

"잠시 보여주시겠습니까?"

그는 반지를 들고 이리저리 살펴보았다.

"역시 생각했던 대로 재생 다이아몬드로군요."

"재생 다이아몬드라니요?"

"새로운 방법입니다. 다이아몬드를 깎고 나면 부스러기가 남는데, 그것을 한데 모아 고열을 가합니다. 그럼 덩어리로 뭉치게 되죠."

"대체 그게 무슨 소리죠? 내 다이아몬드는 엄연히 진짜라구요!"

"물론 부인의 다이아몬드는 진짜입니다. 그러나 지금의 이건 부인이 갖고 있던 그 다이아몬드가 아닙니다."

"그럼 진짜 내 다이아몬드는 어디에 있는 거죠?"

"그야…… 아르센 뤼팽의 손에 있죠."

"그럼, 이건 뭐죠?"

"이건 부인의 진짜 다이아몬드와 바꿔치기한 가짜 다이아몬드입니다. 블라이센 씨의 가루비누 병 속에 들어 있던 것이죠."

"정말로 이게 가짜라는 말인가요?"

"네, 진품이 아닙니다."

기가 막히고 황당한 백작 부인은 아무 말도 하지 못했다. 백작 역시 믿어지지 않는 듯 보석을 이리저리 돌려가며 살펴보았다. 한참 후에 백작 부인이 중얼거렸다.

"어떻게 이런 일이 일어날 수 있죠! 그런데 이상한 건…… 훔쳐가 버리면 그만인데…… 왜 굳이 가짜를 남겨둔 거죠? 또 어떻게 진품을 훔쳐간 거죠?"

"그것이 앞으로 내가 풀어야 할 문제겠지요."

"클로존 저택에서 말인가요?"

"아닙니다. 나는 클레유에서 내려 파리로 되돌아갈 겁니다. 아르센 뤼팽과 내가 겨뤄야 할 장소는 다른 곳이 아닌 파리입니다. 결과야 어디에서 나건 마찬가지겠지만, 뤼팽에겐 내가 여행 중인 것으로 해두는 편이 훨씬 좋을 테니까요."

"하지만……."

"부인, 중요한 건 부인의 다이아몬드가 아니겠습니까?"

"네, 맞아요."

"그렇다면 안심하십시오. 아까 전에는 이보다 훨씬 실행하기 어려운 약속을 한 바 있습니다. 셜록 홈즈의 명예를 걸고, 부인께 진짜 다이아몬드를 꼭 돌려드리겠습니다."

열차가 속도를 줄이고 있었다. 홈즈는 가짜 다이아몬드를 주머니에 넣고 자리에서 일어나 객실의 문을 열었다. 백작이 놀라 소리쳤다.

"아니, 지금 내리려고요? 그리고 그쪽은 승강구 반대편이잖습니까?"

"뤼팽이 미행을 했을지도 모릅니다. 반대편으로 내린다면 그들을 따돌릴 수 있을 겁니다. 그럼, 안녕히 가십시오."

기차가 떠나고, 역 직원은 홈즈에게 항의했다. 그러나 영국인은 대답조차 거절한 채 역장실 쪽으로 걸어갔다. 50분 뒤, 그는 다른 열차에 몸을 실었고, 한밤중에 파리로 돌아왔다.

역에 내린 뒤 홈즈는 부리나케 뛰어 식당으로 들어갔고, 식당의 뒷문을 통해 다시 나와 마차를 탔다.

"클라페이롱 가로 갑시다!"

미행당하지 않았다는 것을 확인하고 나서야 홈즈는 마차를 세웠다. 마차는 여전히 대기 중이었고, 홈즈는 드티낭 변호사의 집과 양쪽 이웃집을 면밀히 관찰하기 시작했다. 보통의 걸음걸이로 거리를 재는가 하면, 수첩을 꺼내 무엇인가를 꼼꼼하게 적어넣었다.

"앙리 마르탱 가로 갑시다."

봉프 가의 모퉁이에서 내린 그는 마차 삯을 치르고 나서 134번지까지 걸어갔다. 그러곤 오트렉 남작 저택의 구관과 주위의 큰 셋집 두 채 앞에서 같은 일을 반복했다.

거리는 어둠의 무리가 차지하고 있었다. 네 줄로 늘어선 가로수 사이로 가스등이 비치고 있었지만 깊은 어둠은 꿈쩍하지 않고 있었다. 그중 가스등 하나가 저택의 일부를 비추었는데 철문에는 '임대함'이라는 팻말이 붙어 있었다. 다듬지 않아 울퉁불퉁해진 두 줄기 길이 작은 잔디밭 사이로 보였다. 유독 커다랗게 보이는 창문들은 텅 빈 집을 더욱 썰렁하게 만들었다.

'남작이 살해당한 탓에 아무래도 세를 드는 사람이 없는 모양

이로군. 안에 들어가서 조사해보고 싶은데…….'

 이런 생각이 들자마자 그는 곧 행동으로 들어갔다. 하지만 어떻게 한다지? 철문은 그로서는 도저히 뛰어넘을 수 없는 높이였다. 그는 호주머니에서 손전등과 늘 몸에 지니고 다니는 만능 열쇠를 꺼냈다. 그런데 그 순간 그의 눈에 완전히 닫혀지지 않은, 조금 열려진 채인 철문이 보였다. 그는 철문이 닫히지 않도록 조심하며 안으로 발을 들여놓았다. 하지만 그는 채 세 걸음을 가지 못하고 우뚝 멈춰 섰다. 3층의 방 중 어느 한 곳 창문에서 불빛이 새어나오고 있었다.

 그 불빛은 곧 다른 방들의 창문으로 옮겨갔다. 방 벽으로 드리워진 사람의 그림자도 보였다. 잠시 후 빛은 3층에서 2층으로 내려왔고, 오랫동안 이 방 저 방을 돌아다녔다.

 '오트렉 남작이 살해당한 집인데…… 누군지 몰라도 겁이 없는 자로군.'

 셜록 홈즈는 강한 호기심에 이끌렸다.

 호기심을 해결할 방법은 단 한 가지 방법밖에 없었다. 직접 안으로 들어가 보는 것! 그는 조금도 주저하지 않았다. 홈즈는 정원을 가로질렀다. 그 순간 방 안의 불빛이 갑자기 꺼지더니 그림자가 사라졌다. 눈치챈 것일까?

 홈즈는 층계 쪽으로 난 방문을 살그머니 밀어보았다. 그 문 역시 열려 있었다. 아무 소리도 들리지 않았다. 과감하게 어둠 속으로 들어갔다. 층계 난간에 부딪친 후 2층으로 올라갔다. 그곳 역시 조용하고 캄캄했다.

층계참으로 나와 한 방으로 들어가서 희미한 창문 옆으로 다가갔다. 그러자 현관문 밖 웬 사내의 모습이 보였다. 사내는 양쪽 뜰을 갈라놓은 담 옆의 관목을 따라 왼쪽으로 도망치고 있었다.

"얄미운 녀석! 잘못하단 놓치겠는걸!"

그는 구르듯이 층계를 뛰어내려가, 발판을 뛰어넘어 달아나는 길목을 막아서고자 했다. 그러나 이미 사내는 그림자도 보이지 않았다. 그런데, 잠시 후 관목덤불 속에서 움직이는 검은 그림자가 눈에 띄었다.

'저 사내는 쉽게 도망칠 수 있었을 텐데 어째서 달아나지 않았을까? 몰래 숨어 들어와 자신의 일을 방해하려 했던 나를 역으로 감시하려는 수작일까? 어찌되었든 저 사내는 뤼팽의 패거리야. 뤼팽이라면 훨씬 더 교묘하겠지.'

시간은 더디게 지났다. 셜록 홈즈는 자기를 지켜보고 있는 상대에게서 시선을 떼지 않았다. 상대방 사내 역시 마찬가지였다. 사실 영국인은 그리 우유부단한 성격이 아니었기에 권총의 탄창이 움직이는지 어떤지 확인한 다음 적을 향해 성큼성큼 다가갔다.

순간 찰칵 하는 소리가 들렸다. 상대방이 권총을 장전한 것이다. 셜록 홈즈는 더 이상 머뭇거리지 않고 비호같이 덤불 속으로 뛰어들었다. 상대방은 반격할 겨를이 없었고, 영국인은 재빨리 사내를 덮쳐 눌렀다. 필사적인 난투가 벌어졌다. 그러는 사이 사내가 단도를 빼어들고자 안간힘을 썼다. 그것을 먼저 눈치챈 홈즈가 그를 제지했다. 첫 싸움부터 아르센 뤼팽의 패거리를 붙잡다니! 강한 투지 때문인지 더욱 거센 힘이 솟아났다. 홈즈는 상대방을 밀어 넘어뜨렸고, 그런 다음 몸 전체로 내리눌렀다. 가엾은 사내의 목은 영국인의 한 손에 의해 옴짝달싹 할 수 없게 되었다. 이윽고 홈즈가 손전등을 찾아 불을 켰다.

홈즈는 깜짝 놀랐다.

"왓슨!"

"셜록…… 홈즈!"

목이 막혀 괴로운 듯 왓슨이 힘겹게 영국인의 이름을 뱉어냈다.

두 사람은 한마디도 하지 않고 제법 오랫동안 같은 자세를 유지했다. 자동차 한 대가 지나가며 울린 경적소리가 문득 주위 공기를 찢어발겼고, 불어온 미풍이 나뭇잎을 흔들어댔다. 홈즈는 다섯 손가락을 여전히 왓슨의 목에 댄 채 꼼짝도 않고 있었다. 당연하게도 왓슨의 숨결은 점점 더 가빠지고 있었다.

별안간 셜록 홈즈는 화가 치밀었고, 사정을 두지 않고 자신의 협력자를 밀어젖혔다. 그러고는 곧 다시 어깨를 움켜잡고 무섭게 흔들어댔다.

"대체 이런 곳에서 뭘 하고 있었던 건가? 내가 언제 자네한테 덤불에 숨으라고 했고, 또 나를 감시해 달라고 했나?"

"자네를 감시하다니!"

목이 막히는지 왓슨이 캑캑거렸다.

"정말로 나는 자네인 줄 몰랐네."

"그럼, 뭐야? 대체 뭘 하고 있었던 거야? 자넨 지금쯤 호텔에서 자고 있어야 하는 거잖아!"

"잠자리에…… 들었었지."

"잠자리에 드는 게 아니라 아예 잠을 잤어야지!"

"잠도 잤었어."

"그럼 깨지 말고 거기에 있었어야지."

"자네가 편지를……."

"뭐? 편지라니?"

"자네가 보냈다고 하면서 웬 심부름꾼 한 명이 내게 편지를 가지고 왔었네."

"내가 보냈다고? 자네, 미치지 않았어?"

"정말 그랬다니까!"

"그 편지 어디에 있나?"

왓슨은 부리나케 편지를 꺼내어 홈즈에게 건넸다. 손전등 빛을 비추고 편지를 읽어내려가는 홈즈의 얼굴 표정이 시시각각으로 변했다.

왓슨! 당장 일어나서 앙리 마르탱 가로 가게. 집은 텅 비어 있을 것이야.

안으로 들어가서 정확한 내부 설계도를 만들도록 하게.

그리고 다시 호텔로 돌아가서 편히 쉬고 있게나.

_셜록 홈즈

"방을 조사하고 있는데 뜰에 사람 그림자가 보이더군. 그래서 나는……."

"그 그림자의 정체를 확인하려고 했겠지. 그래 그 생각은 좋았어. 하지만……"

홈즈가 왓슨을 일으켜 세웠다.

"앞으로 내 편지를 받거든 우선 내 필적인지 아닌지를 먼저 확인하게."

왓슨은 그제야 진상을 알아차린 듯했다.

"그렇다면 편지는 자네가 보낸 게 아니었다는 건가?"

"유감스럽지만 그렇다네."

"그럼, 대체 누가 보낸 것이지?"

"아르센 뤼팽이겠지."

"하지만 그가 무슨 목적으로 내게 그런 편지를 보냈지?"

"그건 나도 아직 모르겠네. 그게 바로 문제야. 대체 무엇 때문에 일부러 자네를 이곳으로 보낸 걸까? 나라면 또 모르지만, 자네를 부른 까닭이 무엇이지……?"

"아무래도 서둘러 호텔로 돌아가야 할 것 같은데?"

"동감일세. 가세, 왓슨!"

두 사람은 밖으로 나가기 위해 허겁지겁 철문 쪽으로 뛰어갔다. 앞서가던 왓슨이 문을 열려는 순간,

"왜 문이 닫혔지? 자네가 닫은 건가, 홈즈?"

"아니. 난 아닐세."

"난 한쪽 문을 열어두었었는데……."

이번에는 셜록 홈즈가 문을 열어보았다. 그러나 소용없었다. 문 손잡이 쪽을 가만히 들여다본 홈즈가 신경질적으로 내뱉었다.

"빌어먹을, 완전히 갇혀버렸어! 누군가 일부러 열쇠로 잠갔어!"

홈즈가 문을 잡고 흔들었다. 역시 소용없는 짓이었다. 손을 떼어내며 힘없는 목소리로 홈즈가 중얼거렸다.

"이제야 알겠어. 바로…… 그자 짓이야. 그는 내가 클레유에서 기차를 내리는 것을 보고 오늘 밤 이리로 와 조사를 시작하리라는 걸 예측했던 거야. 그래서 멋진 함정을 파두었군. 게다가 친절하게도 친구까지 보내주었어. 이로써 나는 온전히 하루를 허비하게 되는군. 이건 일종의 경고겠지. 자기 일에 끼여들지 말라는 경고……."

"우린 그의 포로가 된 셈인가?"

"그렇다네. 셜록 홈즈와 왓슨은 아르센 뤼팽의 포로가 된 거야. 무척 흥미로운 밤이로군…… 아니! 그렇지 않아! 이런 짓은 용서할 수 없어!"

왓슨이 홈즈의 어깨를 다급하게 두드렸다.

"홈즈, 저기…… 위를 보게! ……불빛이 있어!"

과연 2층 창문 중 하나에 환히 불이 켜져 있었다. 두 사람은 각기 다른 층계를 이용하여 그곳으로 뛰어올라 갔다. 두 사람은 거의 동시에 불이 켜져 있는 방문 앞에 이르렀다. 방 한가운데에 초 한 자루가 타고 있었다. 그 옆에는 바구니가 하나 있었다. 그 속에는 병과 닭고기의 넓적다리 부분과 빵이 들어 있었다.

홈즈는 웃음을 터뜨렸다.

"하하하…… 훌륭한 대접이로군. 여긴 마치 마술의 궁전 같아! 요정들이 사는 곳이 분명해. 자, 왓슨! 그런 시무룩한 표정은 짓지 말게. 정말…… 정말 재미있어."

"재미있다고? 그 말 진심인가?"

왓슨이 침통한 표정으로 물었다.

"물론이지!"

홈즈가 지나치다 싶을 만치 요란스럽게 웃고 난 뒤 뒷말을 이었다.

"이제까지 나는 이처럼 재미있는 일을 겪은 적이 없었네. 아르센 뤼팽은 그야말로 재치 있는 익살꾼이야! 그는 사람을 품위 있게 놀리는 방법을 알고 있어. 나는 이 세상의 모든 금덩이를 준다 해도 이런 만찬을 포기하진 않겠네. 왓슨, 나의 둘도 없는 친구여, 너무 슬퍼하지 말게나. 자네는 지금의 상황을 이겨낼 훌륭한 성품을 지니고 있어? 우물쭈물하지 말고 점잖게 행동하세. 조금 전까지만 해도 우린 싸웠고, 자네나 나나 잘못했으면 크게 부상을 입었을 수도 있었네. 그런데 지금은 그에 비해 얼마나 행복한 상황인가? 그렇게 생각지 않나, 이 고약한 친구야?"

홈즈의 과장된 호기로 하여 왓슨은 한결 마음이 가벼워졌다. 그제서야 왓슨은 닭고기와 포도주 한 잔을 뱃속에 집어넣었다. 그러나 촛불이 다 타버리고, 두 사람은 잠자리에 들 수밖에 없는 상황이 되었다. 안타깝고 어이없었지만 그들은 바닥에 몸을 뉘었다. 그야말로 초라하고 비참한 잠자리였다.

 아침이 되자 왓슨은 눈을 떴다. 딱딱한 바닥에서 잠을 잔 탓인지 뼈가 쑤셨고, 추위로 온몸이 얼어 있었다. 그때 문득 인기척이 느껴졌다. 홈즈가 무릎을 꿇고 몸을 잔뜩 구부린 채 확대경으로 살피고 있었다. 그의 관심은 특히 거의 다 지워져 아주 희미해진 백묵 자국에 집중되고 있었는데, 그것은 숫자였다. 한참을 들여다보던 홈즈는 수첩에 숫자를 적어넣었다.

 이런 일에 특별한 흥미를 느끼는 왓슨과 함께 홈즈는 다른 방도 면밀히 조사했다. 다른 두 개의 방에서도 백묵으로 쓰여진 그 무엇인가를 발견해냈다. 조사는 계속 이어졌는데, 결국 그들은 참나무 널빤지에서 두 개의 동그라미와 한 개의 화살표, 각기 다른 계단에서 네 개의 숫자를 더 발견해냈다.

 한 시간쯤 흐른 뒤 왓슨이 말했다.

 "숫자가 맞지?"

 "아직 잘 모르겠지만 뭔가 의미가 숨겨져 있을 것 같네."

 이런 것들의 발견으로 다소 기분이 좋아진 홈즈가 가볍게 대답했다.

 "그래 의미가 있네. 그건 비교적 명백해. 그 의미는 바로 마루 널빤지의 수와 동일하니까."

 "호오!"

 "두 개의 동그라미는 속이 텅 빈 널빤지를 의미하지. 그건 시험해 보면 쉽게 알 수 있어. 그리고 화살표는 접시를 운반하는 승강장치의 방향을 가리키는 것일세."

셜록 홈즈는 너무나 깜짝 놀라 왓슨을 쳐다보았다.

"아니, 왓슨! 자네가 어떻게 그걸 알았지? 자네의 놀라운 통찰력에 내가 부끄럽구먼!"

왓슨이 히죽 웃으며 대답했다.

"뭐, 그리 놀라운 일도 아니네. 이 표시는 자네의 지시에 따라, 아니지 뤼팽의 지시였지…… 아무튼 그의 지시에 따라 어젯밤 내가 모조리 표시해둔 걸세."

왓슨은 이 순간 어젯밤 덤불 속에서 홈즈와 벌였던 격투 때보다도 훨씬 더 무서운 위험에 처해 있었는지도 모른다. 사실 이 어리석은 친구 왓슨의 목을 당장이라도 조르고 싶은 게 홈즈의 솔직한 심정이었다. 허나 홈즈는 가까스로 자신의 격한 감정을 억눌렀고, 찡그린 얼굴로 억지 미소를 지어 보였다.

"좋아. 아주 멋지군, 왓슨! 정말 훌륭했어. 덕분에 크게 도움이 됐어. 한데 자네의 그 뛰어난 분석력과 관찰력으로 뭐 다른 것은 밝혀낸 게 없나? 좀더 도움을 받았으면 싶은데 말이야."

"안됐네만 더 이상은 없네."

"그래? 그거 유감인걸. 출발은 좋았는데…… 그렇다면 이제 이곳을 벗어나는 일밖에 남지 않았군."

"벗어나다니? 어떻게 말인가?"

"정상적인 사람이라면 문으로 나가는 것이 당연하겠지."

"문은 잠겨 있지 않나?"

"그럼 열어야겠지."

"누가?"

"큰길을 서성거리고 있는 저 두 경관을 불러주게."

"그건 좀……."

"왜 그러지?"

"아무래도 좀 창피해서 말일세. 셜록 홈즈와 왓슨이 아르센 뤼팽의 포로가 되었다는 사실을 세상 사람들이 알게 되면…… 그건 끔찍한 일이지 않은가?"

홈즈가 심하게 얼굴을 찡그리며 몹시 격한 목소리로 이렇게 내뱉었다.

"이보게, 왓슨! 사람들이 배꼽을 잡고 웃든 울든 난 상관하고 싶지 않아! 난 이 집에서 영원히 눌러 살고 싶지 않다구!"

"그래도…… 뭔가 다른 방법이 있을 거야?"

"다른 방법은 없네."

"하지만 바구니를 놓고 간 사람은 올 때도 갈 때도 뜰을 지나서 가지 않았어. 그러므로 나가는 다른 통로가 있을 게 분명해. 그걸 찾아내면 경관에게 도움을 부탁할 필요가 없겠지."

"그야 당연한 이야기지. 허나 그 비밀 통로를 파리의 경관들은 6개월 전부터 찾고 있었어. 한데도 여직 찾지 못했어. 자네가 잠을 자는 동안 나 역시 이 집을 샅샅이 뒤져봤는데 결과는 같았어. ……이보게, 왓슨! 아르센 뤼팽은 밧줄 하나만으로는 절대로 잡을 수 없는 상대일세. 그는 흔적이라곤 아무것도 남기지 않는 친구야."

오전 11시, 셜록 홈즈와 왓슨은 드디어 해방되었다. 하지만 그 두 사람은 먼저 가까운 경찰서로 가야 했고, 거기에서 그들은 엄중한 심문을 받아야 했다. 서장은 다소 과장된 몸짓과 말투로 그들에게 이렇게 말했다.

"참으로 어이없는 일이 발생하여 저희로서도 매우 유감스럽습니다. 그로 하여 프랑스에 대해 좋지 않은 인상을 행여 갖게 되지 않았는지 걱정되는군요. 아무튼 기막힌 밤을 보내느라 많이 고생하셨을 텐데…… 정말이지 뤼팽은 예의라곤 조금도 모르는 친구로군요."

두 사람은 자동차로 엘리제 팔라스로 갔다. 프런트에서 왓슨은 방 열쇠를 달라고 요구했다. 한참을 이곳저곳 뒤지던 직원은 몹시 놀란 얼굴로 이렇게 말했다.

"손님, 방을 이미 비우신 것으로 돼 있는데요?"

"그럴 리가…… 천만에요! 대체 누가 그랬다는 거요?"

"오늘 아침, 손님 친구분께서 이곳에 들르셨습니다. 당신 편지를 내보이며 방을 비우라고 하였습니다."

"어떤 친구지요?"

"편지를 가지고 온 분은…… 아참, 손님의 명함이 편지에 붙어 있더군요. ……여기 있습니다." 왓슨은 그것을 받아들었다. 그것은 틀림없이 그의 명함이었고, 필적 역시 그의 것과 조금도 다르지 않았다.

"이게 도대체…… 또 걸려들었군. 그놈이 장난친 거야? 한데…… 짐은?"

왓슨은 몹시 불안한 얼굴이었다.

"그야…… 친구분이 가져갔죠."

"아니, 그걸 순순히 내줬단 말이오?"

"그럴 수밖에요. 손님의 명함이 있었던 터라 저희도……."

"세상에 어찌 이런 일이!"

두 사람은 샹젤리제 거리를 정처 없이 걸었다. 침묵이 이어졌으며 걸음걸이는 느릿느릿했다. 가을햇살은 가로수 길을 아름답게 비추었고, 공기는 맑고 상쾌했다.

사거리에 이르러 홈즈는 파이프에 불을 붙였다. 그러나 이내 다시 발걸음을 옮기기 시작했다. 답답했는지 왓슨이 홈즈를 향해 소리쳤다.

"홈즈, 나로서는 도무지 자넬 이해할 수가 없어. 어쩜 이리도 태연자약하지? 고양이가 다 잡은 쥐를 가지고 장난치듯 그는 지금 자네를 놀리고 있잖은가? 그런데도 한마디 말도 없다니……!"

홈즈가 걸음을 멈추었다.

"왓슨, 나는 자네 명함에 대해 생각하고 있었다네."

"그래서?"

"우리와의 싸움에 대비하여 그는 자네와 나의 필적을 입수했고, 또 지갑 속에 자네의 명함까지 준비해서 가지고 다닌다네. 보통 인물이 아니야. 일을 처리하는 방법과 조직의 능력은 그야말로 최고야!"

"대체 무얼 말하고 싶은 겐가?"

"결국 이런 강력한 적을 상대할 수 있는 사람은 오로지 나뿐이라는 거야. 그러나 왓슨, 자네도 보고 느꼈다시피 시작은 그리 썩 좋지 못했네."

홈즈가 쓴웃음을 지었다.

그날 저녁 6시, '에코 드 프랑스' 신문에 짧은 기사가 실렸다.

테나르(제15구역 경찰서장) 씨는 셜록 홈즈와 왓슨 씨를 오늘 아침에 석방했다. 전날 밤 두 사람은 죽은 오트렉 남작의 저택에 조사차 들렀는데 아르센 뤼팽의 술책에 속아넘어가 그만 갇히고 말았다. 하는 수 없이 거기서 멋진 하룻밤을 보내야 했던 두 사람은 아침에 석방됐고, 뒤늦게 여행가방이 없어진 것을 알아채고는 아르센 뤼팽을 도난범으로 지목, 경찰에 수사를 의뢰했다. 이에 대해 아르센 뤼팽은 단지 두 신사에 대해 약간의 교훈을 준 것일 뿐 악의는 없었다고 말했다. 앞으로는 두 사람에게 더 큰 교훈을 깨우쳐 주는 일이 없었으면 좋겠다는 말도 덧붙였다.

"빌어먹을!"
셜록 홈즈가 신문을 구겨 던졌다.
"이 작자는 대책 없는 장난꾸러기로군! 내가 뤼팽에 대해 못마땅하게 생각하는 것도 바로 이 점이야. 장난에도 정도가 있는 거야. 한데 그는 너무 관중을 의식하고 있어. 관객도 그에게 너무 홀딱 빠져 있고 말이야! ······엉터리 같은 녀석!"
"홈즈, 더는 침착할 수 없겠지?"

"천만에! 나는 여전히 침착할 수 있네. 내가 흥분한다고 하여 무슨 이득이 있겠나. 어차피 최후의 승자는 나야!"

말은 그렇게 하면서도, 그러나 홈즈는 몹시 격분해 있었다.

어둠 속의 한 줄기 빛

아무리 강한 성격의 사람일지라도 - 홈즈는 결코 불운 따위에 굴복하는 인간이 아니다 - 새로운 전투에 임할 때는 먼저 자신을 추슬러 기력을 회복할 필요가 있다.

"왓슨, 오늘은 좀 쉬었으면 하네."

"그럼 나는 뭘 하지?"

"자네는 우리에게 필요한 옷과 속옷을 좀 사오도록 하게. 그 동안 나는 좀 쉬고 있을 테니까."

"여긴 내가 지킬 테니 홈즈 자넨 좀 쉬게나!"

왓슨은 이 마지막 말을 마치 최악의 위험에 처해 있는 보초병같이 결연하게 말했다. 왓슨은 가슴을 앞으로 내밀고 근육을 한껏 긴장시켰다. 그러고는 날카로운 눈초리로 두 사람이 묵고 있는 좁은 호텔방의 여기저기를 쏘아보았다.

"자네만 믿겠네, 왓슨. 그 동안 나는 우리가 싸워야 할 상대에 대해 보다 효과적인 작전 계획을 생각해 볼 테니까. 이제까지 우린 뤼팽에 대해 잘못 생각하고 있었어. 아무래도 처음부터 다시 생각해 보는 것이 좋을 것 같아."

"그거야 그렇지만…… 한데 시간은 충분한 건가?"

"아직 9일이나 남았어. ……친구! 우린 5일이면 충분하다네!"

영국인은 잠을 자거나 담배를 피우면서 하루 종일 빈둥거렸다.

다음 날, 영국인은 새로운 작전에 들어갔다.

"왓슨, 이제 준비가 되었네. 출발하세."

"출발이라…… 좋지!"

왓슨이 맞장구를 치며 좋아라 했다.

"어젠 좀이 쑤셔서 미칠 지경이었다네."

홈즈는 세 사람을 차례대로 만나 조사를 벌였다. 맨 먼저 드티낭 변호사를 만나 그의 집을 샅샅이 살폈다. 다음으로 쉬잔 제르보아 양 - 그녀에겐 전보를 띄워 오도록 했다. 쉬잔에게 금발의 여인에 대해 질문을 했다. 마지막으로 오귀스트 수녀. 수녀는 오트렉 남작이 살해당한 후 '성모방문회' 수녀원에 칩거하고 있었다.

홈즈가 그들을 만날 때 왓슨은 문 밖에 서 있었다. 홈즈가 밖으로 나오면 그때마다 왓슨은 물었다.

"만족스러운가?"

"아주 만족스럽네."

"잘 되어가고 있군. 내 그럴 줄 알았어. 자, 가세!"

두 사람은 그날 참 많이 걸어다녔다. 앙리 마르탱 가의 저택에 이웃한 두 건물을 방문했고, 다시 클라페이롱 가 25번지의 집 정면을 생각에 잠긴 채 살펴보았다.

"이 집들 사이에 비밀 통로가 있음에 틀림없어. 그런데 난 아직 그걸 도무지 알 수가 없단 말이야……."

왓슨은 절친한 친구 홈즈의 천재성에 대해서 처음으로 의심을 했다. 어째서 저리 말만 많고 행동은 하지 않는 것이지?

그런 왓슨의 심정을 눈치챘는지 홈즈가 대뜸 이렇게 말했다.

"왜 못마땅한가? 나의 상대는 그 누구도 아닌 아르센 뤼팽이야. 텅 빈 상태에서 조사를 시작해야 하는 거야. 먼저 내 머릿속에서 진상을 밝혀낸 다음, 그것이 사실과 들어맞는지를 확인해봐야 해."

"하지만 비밀 통로는?"

"그걸 찾아내서 뭘 어쩌겠다는 겐가? 뤼팽이 변호사의 집으로 들어가고, 오트렉 남작을 살해한 뒤 금발의 여인이 달아났던 비밀 통로를 알아낸들 대체 사건에 어떤 도움을 줄 수 있겠나? 뤼팽을 공격하기 위한 효과적인 무기라도 될 것 같은가?"

"그래도 찾아는 봐야……."

악! 왓슨의 뒷말은 비명으로 끝났다. 동시에 왓슨은 뒤로 후다닥 물러났다. 뭔가가 두 사람의 발 밑에 털썩 떨어졌다. 반쯤 모래가 담긴 자루로, 하마터면 두 사람은 위험할 뻔했다.

홈즈가 고개를 쳐들고 위쪽을 살폈다. 6층 발코니에 얽어맨 발판이 있고, 인부들은 그것을 밟고 작업 중이었다.

"정말, 운이 좋았어! 한 발만 앞에 서 있었어도 머리가 박살났을 텐데…… 멍청한……!"

뒷말이 흐지부지 끊어지고, 찰나 홈즈는 건물 안으로 뛰어들어갔다. 계단을 부리나케 올랐고, 6층에 이르러 벨을 눌렀다. 문이 열리자마자 그는 급하게 안으로 들어가 발코니로 향했다. 하인이 기겁하여 쫓아왔지만 그는 전혀 아랑곳하지 않았다. 거기엔 아무도 없었다.

"여기 있던 인부들은 어디로 갔소?"

홈즈가 하인에게 물었다.

"방금 돌아갔습니다."

"어디로 갔소?"

"하인 전용 뒤쪽 층계로 갔습니다."

홈즈가 몸을 내밀어 밖을 보니 아닌게 아니라 두 사내가 자전거를 들고 막 집에서 빠져나가는 참이었다. 자전거를 탄 그들은 곧 시야에서 사라졌다.

"전부터 여기서 일했습니까?"

"저 사람들 말입니까? 아니, 아닙니다. 오늘 아침부터 일했습니다. 모두 처음 보는 얼굴이죠."

홈즈는 다시 왓슨이 있는 곳으로 갔다.

두 사람은 우울한 표정으로 호텔로 돌아왔다. 이틀째인데도 아무 소득 없이 음울한 침묵 속에서 끝나버린 것이다.

다음 날도 홈즈는 별다른 작전을 내보이지 못했다. 두 사람은 앙리 마르탱 가의 벤치에 앉아 바로 앞의 건물 세 채만을 뚫어지게 바라보았다. 그러니 왓슨은 짜증이 나 미쳐버릴 지경이었다.

"도대체 무슨 생각인가, 홈즈? 설마 저 건물 안에서 뤼팽이 걸어나오기를 기다리는 건 아니겠지?"

"그렇진 않네."

"그럼 금발 부인을 기다리는 건가?"

"아니."

"그럼, 도대체 뭔가?"

"나는 지금 사소하더라도 어떤 일이든 일어나기를 기다리고 있네. 뭔가 단서가 될 수 있는 그런 일 말이야."

"만일 아무것도 일어나지 않는다면?"

"그때는 내 속에서 뭔가 일어나겠지. 작은 불티라도 튕기면 화약은 터지니까."

그런데 잠시 후 전혀 예기치 못했던 사태가 일어나 이날 아침의 단조로움을 깨뜨렸다.

신사를 태운 말이 승마용 도로를 달려가다가 하필이면 두 사람이 앉아 있는 벤치 앞에 이르러 높이 발이 치켜올려졌고, 이에 말의 엉덩이가 홈즈의 어깨에 스치듯이 부딪쳤다.

"아니, 이런! 자칫 잘못했으면 내 어깨가 으스러질 뻔했군."

홈즈는 쓴웃음을 지으며 말과 실랑이를 벌이는 신사를 노려보았다. 그 순간 영국인이 재빨리 권총을 빼어들었다. 그보다 더 빠른 동작으로 왓슨이 홈즈의 팔을 붙잡고 늘어졌다.

"갑자기 왜 이러나, 홈즈! 이만한 일로 설마 저 신사를 죽이겠다는 건 아니겠지?"

"놔! 어서 이 손 놓게, 왓슨!"

두 사람 사이에 옥신각신 다툼이 벌어지는 사이 가까스로 말을 달랜 신사는 멀찌감치 사라지고 말았다. 그제서야 왓슨이 의기양양하게 말했다.

"자, 이제 쏘아도 괜찮네."

"어리석은 친구 같으니라구! 저 사내는 아르센 뤼팽하고 한 패야. 그걸 모르겠어?"

홈즈는 치미는 울화에 부르르 몸을 떨었다. 왓슨은 그만 기가 죽었다.

"뭐, 뭐라고! 저… 저 신사가?"

"그렇다네, 저자는 뤼팽과 한 패거리야. 모래자루를 우리 머리에 던졌던 인부들과 마찬가지로 말이야."

"그럴 리가……!"

"아무튼 증거를 손에 넣을 수 있는 기회였는데, 아쉽군."

"그 신사를 죽이면서까지 말인가?"

"아니지. 사람이 아니라 말을 죽인다는 뜻이었네. 자네가 말리지만 않았어도 뤼팽의 무리 가운데 적어도 한 사람을 붙잡을 수 있는 절호의 기회였어. 자넨 아주 서투른 짓을 하고 만 것이야. 이제 알겠나, 이 어리석은 친구야!"

그날 오후는 우울했다. 두 사람은 거의 아무 말도 하지 않았다. 두 사람은 저택과 일정한 거리를 둔 채 클라페이롱 가를 계속하여 배회하고 있었다. 5시쯤 되었을까? 그때 팔짱을 낀 노동자 세 명이 노래를 부르며 두 사람 쪽으로 걸어오고 있었다. 세 사람은 두 사람을 아랑곳하지 않고 몸을 부딪치면서 그대로 지나치려고 했다. 그렇지 않아도 속이 편치 않았던 홈즈가 신경질적으로 노동자들의 앞을 가로막고 섰다. 곧 옥신각신 다툼이 일었고, 홈즈는 곧바로 권투자세를 취했다. 홈즈의 주먹이 한 사내의 가슴과 또 한 사내의 얼굴을 쥐어박아 세 사내 중 두 사람을 해치웠다. 두 사람은 더 이상 대항하지 않았고, 세 사내는 이내 꼬리를 내린 강아지처럼 도망치고 말았다.

"야아, 이제 좀 기분이 풀리는 것 같군. 안 그래도 폭발할 것 같았는데…… 적당히 운동 좀 한 것 같아."

반면 왓슨은 어찌된 일인지 기대듯이 담에 바짝 달라붙어 있었다.

"아니! 어떻게 된 건가, 왓슨? 자네 얼굴이 하얗게 질려 있는 걸?"

홈즈의 둘도 없는 친구 왓슨은 벽에 기대고 앉아 한쪽 팔을 축 늘어뜨리고 있었다.

"나도 어쩌다 이 지경이 됐는지 잘 모르겠네. ……팔이 너무 아프다네, 친구."

"팔이 아프다구? 심한가?"

"그래, 오른팔이……."

왓슨은 팔을 움직이지 못했다. 하는 수 없어 홈즈는 그의 팔을 만져주었다. 처음에는 살살, 그러다가 나중에는 잔뜩 힘을 주어서!

홈즈는 어느 정도 아픈지를 알기 위해서라고 변명했지만, 왓슨은 아주 죽을 맛이었다. 생각보다 훨씬 더 통증이 심한 것 같았으므로 홈즈는 친구를 가까운 약국으로 데리고 갔다. 약국에서 왓슨은 까무러치지 않은 것이 이상할 정도였다. 약제사와 조수가 애를 썼지만 소용없었다. 결국 팔뼈가 부러졌다는 진단이 내려졌다. 당장 외과의사의 수술과 입원이 필요하다는 소견이었다. 응급조치를 하기 위해 환자의 옷을 벗기는데 고통을 참지 못한 왓슨이 비명을 내질렀다.

"자… 됐네… 됐어, 이젠 괜찮아. 조금만 참으면 돼. 5~6주만 지나면 팔은 원래 상태로 될 거야. 아무튼 돼먹지 않은 녀석들에게 본때를 보여주어야겠어! 알았나, 왓슨…… 특히 그 녀석에게…… 이건 모두 뤼팽 때문이야. ……맹세하는데, 언제고 반드시……."

갑자기 홈즈의 말이 끊기는가 싶었는데, 그가 받쳐들고 있던 왓슨의 팔이 밑으로 툭 떨어졌다. 그 때문에 심한 고통을 느낀 왓슨이 화들짝 놀라 비명을 내지르며 펄쩍펄쩍 뛰었다. 그러다가 가엾게도 왓슨은 정신을 잃고 말았다. 홈즈가 자신의 이마를 치며 말했다.

"왓슨, 내게 좋은 생각이 떠올랐어! 이 일들은…… 어쩌면……."

시선을 허공에 고정시킨 채 홈즈는 꼼짝 않고 띄엄띄엄 혼잣말로 중얼거렸다.

"으음, 그래…… 그거였어! 모든 게 밝혀질 거야. 등잔 밑이 어둡다더만…… 좀더 곰곰이 생각했었어야 하는 건데…… 이봐, 왓슨! 자네도 무척 만족할 걸세!"

정신을 잃고 쓰러진 친구를 내버려둔 채 홈즈는 밖으로 나갔고 곧장 25번지를 향해 달려갔다.

건물 앞에 이르러 홈즈는 문의 오른편 돌벽에 새겨져 있는 글씨를 살폈다.

1875년, 건축가 데스탕쥐

그 옆 건물 23번지에도 똑같은 글자가 새겨져 있었다. 사실 거기까진 별로 이상할 것도 없었다. 하지만 저쪽 앙리 마르탱 가에는 과연 무엇이라고 새겨져 있을까? 마차가 한 대 지나갔다.

"마부! 앙리 마르탱 가 134번지…… 빨리!"

마부에게 웃돈까지 얹어준 홈즈는 자리에 앉지도 않고 말을 향해 고래고래 소리를 내질렀다.

"좀더 빨리! 더 빨리!"

봉프 가 모퉁이에 이르렀을 때 홈즈의 가슴은 마구 뛰고 있었다. 사건의 진상은 과연 드러날 것인가?

134번지 저택의 돌벽에도 역시 '1874년, 건축가 데스탕쥐'라고 새겨져 있었다. 뿐만 아니라 이웃한 집에도 똑같은 글자가 새겨져 있었다.

너무 기쁜 탓에 홈즈는 축 늘어진 채 부들부들 몸을 떨었다. 깜깜한 암흑 속에서 한 줄기 빛이 가물거리기 시작했던 것이다. 무수한 길이 얽히고설킨 광대한 숲속에서 그는 이제야 겨우 적의 발자국 하나를 발견해낸 것이다!

홈즈는 즉시 우체국으로 달려갔고, 클로존 성으로 전화를 신청했다. 전화는 백작 부인이 직접 받았다.
"여보세요…… 아, 부인이시군요?"
"홈즈 씨로군요? 그래 진전은 있었나요?"
"네, 비교적 잘 돼 갑니다. 다만 급히 대답을 듣고 싶은 것이 있는데…… 여보세요?"
"네, 말씀하세요."
"클로존 성은 언제 지어진 것이죠?"
"30년 전에 화재가 나서 이후에 다시 재건축되었어요."
"건축가는? 재건축은 언제였습니까?"
"문에 새겨진 것으로는…… 1877년, 건축가 뤼시앵 데스탕쥐로 되어 있더군요."
"대단히 고맙습니다, 부인. 그럼, 안녕히 계십시오!"
우체국에서 나오며 홈즈는 이렇게 중얼거렸다.
"데스탕쥐…… 뤼시앵 데스탕쥐…… 내 기억 속에 있는 이름이로군……."
홈즈는 즉시 도서관을 찾았다. 근대 인명 사전을 빌려 일부 내용을 베껴 적었다.

뤼시앵 데스탕쥐 :

1840년 출생. 로마 그랑프리 수상. 레종 도뇌르 훈장 수여받음. 건축 분야에서 큰 업적을 남겼으며 수많은 저서를 남김······.

홈즈는 약국으로 갔으나 왓슨은 이미 병원으로 이송되어 있었다. 홈즈는 다시 병원으로 향했다. 절친한 그의 친구는 팔에 부목을 댄 채 침대에 누워 있었는데 열에 들뜬 신음을 연신 흘리고 있었다.

"우린 승리자야! 승리자!"

홈즈가 소리쳤다.

"드디어 실마리를 찾았네. 단서를 잡았다구!"

"무슨 단서?"

"목표에 이르는 단서 말일세! 지금부터 우리가 걸어갈 길은 앞길이 훤하다네. 흔적들이 도처에 널려 있다네!"

"담뱃재 같은 것들 말인가?"

사태의 진전에 왓슨도 비로소 흥미를 느꼈는지 겨우 기운을 차리며 물었다.

"바로 그거라네, 왓슨! 방금 난 금발의 여인과 관련된 여러 사건을 하나로 연결짓는 비밀고리를 찾아냈다네! 세 가지 사건의 무대로 사용된 그 집들······ 뤼팽이 하필이면 왜 그 세 집을 선택했는지 그 이유를 알겠는가?"

"글쎄, 왜 그렇지?"

"왓슨, 그 세 집은 한 사람의 건축가가 지었다네. 어떻게 짐작되는 것이 있는가? 하긴 이건 아무나 생각해낼 수 있는 것이 아니라네."

"맞아. 그건 그럴 거야……."

"그래 내가 아니고는 힘들지! 결국 난 알아냈어! ……같은 건축가가 설계한 집이었기에 불가능한 일들이 아주 간단하게 해결되었던 것일세."

"잘 됐군. 축하하네."

"이보게, 왓슨! 이제 난 더 이상 참지 않을 거야. ……벌써 나흘째니까 말일세."

"그렇다면, 이제 6일 남았군."

"허나 지금부터는……."

평소의 그답지 않게 홈즈는 몹시 들떴고, 도무지 차분히 앉아 있지를 못했다.

"왓슨, 우린 거리에서 만난 건달녀석들의 교훈을 잊어선 안 돼. 그들은 자네 팔뿐만 아니라 내 팔까지도 부러뜨릴 수 있었어."

무서운 가정이라는 듯 왓슨이 부르르 몸을 떨었다.

홈즈가 계속 이야기를 했다.

"이번 교훈을 잊으면 안 되네. 이보게, 왓슨…… 우리의 가장 큰 실수는 우리 자신을 드러내놓은 채 뤼팽과 대결을 펼쳤다는 것이야. 그래도 자네만 다쳤으니 천만다행이지 그렇지 않았으면……."

"나도 다행이로군. 양팔이 아닌 한쪽 팔만으로 끝났으

니……."

왓슨이 한숨을 내쉬었다.

"허세만 부리지 않았어도 우린 무사할 수 있었어. 훤한 대낮엔 그들이 감시할 수밖에. 어두운 곳에서 자유로이 행동할 수 있다면, 내가 이길 가능성이 높아……."

"가니마르 경감의 도움을 받게."

"물론이지. '아르센 뤼팽이 저기 있다, 이것이 그의 집이다, 지금 쳐들어가면 그를 잡을 수 있다'라고 할 때, 그때가 되면 가니마르 경감을 앞세우고 갈 것이네. 하지만 그 이전까지는 나 혼자 행동하는 게 편해."

홈즈가 침대 가까이 다가가 한쪽 손을 왓슨의 어깨 - 물론 다친 어깨 - 에 얹었다. 애정이 가득한 시선으로 왓슨을 바라보며 홈즈가 말했다.

"몸조리 잘하게, 친구. 앞으로 자네가 해야 할 일은 내 행적을 찾아내기 위해 혈안이 되어 있는 뤼팽의 부하 두세 명을 이곳 병원에 꼭 붙들어 매두는 일일세. 명심하고 유념해야 할 건 이번 역할이 다른 어떤 역할보다도 굉장히 중요하다는 것이야."

왓슨은 진심으로 고마워하며 대답했다.

"중요한 역할이라니 고맙네. 온힘을 다해 양심적으로 그 역할에 최선을 다하겠네. 그건 그렇고 이제 자네는 이곳에 나타나지 않을 모양이지?"

"친구, 알다시피 난 무척 바쁜 사람일세."

"아무렴 그래야지. 나도 순조롭게 회복될 테니…… 홈즈, 마지막으로 내 부탁 좀 들어주게나. 마실 것 좀 가져다주겠나?"

"마실 것?"

"그래. 열 때문인지 목이 타서 견딜 수가 없군."

"당연히 그렇겠지…… 기다리게나."

침대에서 약간 떨어진 탁자 위에 물병 두세 개가 있었다. 홈즈는 물병을 들다가 문득 탁자 위에 놓인 담뱃갑에 시선이 끌렸다. 파이프를 꺼낸 홈즈가 이내 담배를 쟀다. 몇 모금 연기를 뿜어내던 홈즈는 갑자기 무슨 생각이라도 떠올랐는지 휑하니 밖으로 나갔다. 황당해진 친구는 손이 닿지 않는 물병을 안타깝게 바라보았다.

"데스탕쥐 씨 계시오?"

저택은 말제르브 광장과 몽샤냉 가 모퉁이에 위치해 있었다. 문을 연 하인이 상대방의 이모저모를 유심히 살폈다. 희끗희끗한 머리에 텁석부리 수염, 길고 검은 프록코트에 깔끔한 차림의 키 작은 사내였다. 하인은 사내를 업신여기는 시선으로 바라보았다.

"데스탕쥐 씨가 집에 계시는지 안 계시는지 내가 함부로 말할 수 없소. 명함은 가지고 계십니까?"

사내는 명함 대신 소개장을 내밀었다. 하인은 그 소개장을 데스탕쥐 씨에게로 가지고 갔다. 데스탕쥐 씨는 하인에게 손님을 안내하도록 명령했다.

키 작은 사내가 안내된 곳은 건물 한쪽을 차지하고 있는 둥그런 모양의 제법 큰 방이었다. 그 벽은 책으로 가득 차 있었다.

건축가가 말했다.

"스티크만 씨?"

"네, 그렇습니다."

"독일어 서적의 목록을 정리하는 일은 내 비서가 맡아 했었는데 그만 병이 나고 말았어요. 그래서 나는 당신을 부른 겁니다. 이런 일에 경험은 있습니까?"

"네, 오랜 경험이 있습니다."

스티크만 씨는 강한 억양이 드러나는 독일 사투리로 대답했다.

이리하여 이야기는 금방 끝났고, 뤼시앵 데스탕쥐 씨는 곧 새로운 비서와 함께 일을 시작했다.

아무튼 셜록 홈즈는 일단 현장으로 잠입하는 데 성공했다.

홈즈는 뤼팽의 감시에서 벗어나 뤼시앵 데스탕쥐 씨와 딸 클로틸드가 함께 살고 있는 저택으로 숨어들기 위해 새로운 전략을 세웠다. 무수한 가명을 사용하여 많은 사람을 만났으며 그들에게서 수많은 정보를 얻어냈다. 요컨대 그는 48시간 동안 가장 복잡하고 바쁜 생활을 하지 않으면 안 되었던 것이다.

그 결과 홈즈는 다음과 같은 정보를 알아냈다. 데스탕쥐 씨는 건강이 좋지 않아 휴양할 생각으로 사업에서 손을 뗐고 그동안 수집한 건축 관련 장서에 묻혀 살고 있다. 그는 연극 구경과 때묻은 옛날 책을 뒤적이는 일 외에는 별다른 흥미가 없다.

딸 클로틸드 역시 독특한 그녀만의 생활에 빠져 있다. 아버지와 마찬가지로 그녀는 저택의 한쪽 방에 틀어박혀 좀체로 외출을 하지 않고 있다.

홈즈는 데스탕쥐 씨가 불러주는 책의 제목을 목록에 기입하면서 생각했다.

'사건의 수사에 많은 진전을 보인 것은 아니지만 그래도 약간의 성과는 있는 셈이다. 적에도 이번 기회에 전부는 아니어도 하나의 의문만이라도 해결해야 한다. 과연 데스탕쥐 씨와 아르센 뤼팽은 한패일까? 지금도 뤼팽과 만나고 있는 걸까? 세 채의 집 건축 설계도는 아직 남아 있을까? 어쩌면 다른 곳에 같은 설계의 건축물이 남아 있어 그것을 뤼팽과 그 일당이 이용하고 있는지도 모른다.'

하지만 객관적으로 판단하건대, 데스탕쥐 씨가 아르센 뤼팽과 공범일 가능성은 희박했다. 레종 도뇌르 훈장을 받은 존경할 만한 신사가 도둑과 한 패거리라는 것은 아무래도 가설 자체의 모순이 아닐 수 없었다. 설령 공범 관계에 있다 하더라도 건물은 범죄가 발생하기 30년 전에 지어졌고, 아르센 뤼팽이 범죄에 이용할 수 있도록 일부러 건물을 그리 설계했다는 건 아무래도 설득력이 부족했다.

하긴 아무려면 어떻겠는가! 영국인은 자신의 믿음을 끝까지 밀고 가기로 결심했다. 그는 자신만의 놀라운 감각과 독특한 본능으로 주위의 비밀한 느낌들을 감지했다. 그것은 별로 뚜렷하지 않았지만, 기실 그는 이 저택에 첫발을 들여놓는 그 순간부터 감지했던 것들이었다.

이틀째 되는 날 아침, 그는 아직 이렇다 할 것을 발견치 못했다. 그러다 오후 2시쯤 되었을 때 서재로 책을 찾으러 온 클로틸드 양을 처음으로 보게 되었다. 30대로 보이는 그녀는 밤색 머리칼이었고, 차분하고 말수가 적어 보이는 여인이었다. 고독하게 살고 있는 사람 특유의 무관심한 표정이 얼굴빛에 드러나 있었다. 여자는 데스탕쥐와 몇 마디 말을 나눴을 뿐 홈즈 쪽은 쳐다보지도 않고 휑 하니 서재를 나가버렸다.

오후는 단조롭게 지나갔다. 5시쯤 데스탕쥐 씨는 외출하겠다고 말했다. 홈즈는 서재의 한가운데 둥글게 만들어 붙인 열람석에 혼자 앉아 있었다. 해가 저물기 시작했고 그도 돌아갈 준비를 하고 있었다. 그런데 어딘가에서 부스럭거리는 소리가 들려왔다. 서재 안에 누군가 있는 듯한 느낌이 들었다. 제법 오랫동안 그런 상태가 지속되었다. 그러다가 홈즈는 갑자기 몸을 떨었다. 발코니 위, 그가 있는 바로 옆, 어두컴컴한 그곳에 느닷없이 사람의 그림자 하나가 불쑥 나타났다. 이게 대체 어찌된 일일까? 이 수수께끼의 인물은 언제부터 그의 옆에 있었던 걸까? 대체 어디를 통해 들어온 거야?

계단을 내려온 사내가 참나무 장 쪽으로 다가갔다. 열람석 난간에 드리워진 커튼 뒤에 숨어서 홈즈는 무릎을 꿇고 사내를 지켜보았다. 사내는 장 속의 서류를 뒤지고 있었다. 무엇을 찾고 있는 것일까?

그때 갑자기 방문이 열리고, 데스탕쥐 양이 안으로 들어왔다. 그녀는 뒤따라 들어오는 누군가에게 이야기를 하고 있었다.

"그럼, 외출하지 않아도 되겠군요? 불을 켤게요. 잠깐만요……."

화들짝 놀란 사내는 장의 여닫이문을 닫았고, 큰 창문 뒤쪽으로 가서는 커튼을 잡아당겨 제 몸을 숨겼다. 데스탕쥐 양은 사내를 보지 못한 것일까? 아무 소리도 듣지 못한 것일까? 데스탕쥐 양은 아주 침착하게 전등을 켰고, 그녀의 아버지가 서재로 들어오기를 묵묵히 기다렸다. 두 사람은 곧 나란히 앉았다. 데스탕쥐 양이 가지고 온 책을 펴고 읽기 시작했다.

"비서는 갔나봐요?"

가끔 그녀가 질문을 던졌다.

"응… 보다시피 그런 것 같군."

"아빠는 그 비서가 여전히 만족스러우세요?"

비서가 병이 나 스티크만이라는 자가 대신 와 있다는 것을 그녀는 아직 모르는 것 같았다.

"그래… 여전히……."

데스탕쥐 씨의 머리가 좌우로 조금씩 흔들렸다. 졸고 있는 것이다.

시간이 한참 지났는데도 그녀는 여전히 책을 읽었다. 바로 그때 창문 커튼 한쪽이 젖혀지는가 싶더니 한 사내가 벽을 따라 슬그머니 움직여 방문 쪽으로 갔다. 데스탕쥐 씨의 뒤쪽, 그러니까 클로틸드 양의 맞은편이었다. 덕분에 홈즈는 사내의 얼굴을 똑똑히 볼 수 있었다. 그는 다름 아닌 아르센 뤼팽이었다.

순간 영국인은 뛸 듯이 기뻤다. 그의 계산은 정확했다. 기묘한 사건의 중심이랄 수 있는 곳으로 숨어들자 예상했던 대로 뤼팽이 출현해줬던 것이다.

하지만, 사내의 동작을 알아채지 못했을 리가 없을 텐데도 클로틸드 양은 꼼짝도 하지 않았다. 뤼팽이 거의 문 옆까지 이르러 손잡이에 손을 뻗으려는 순간, 그의 옷이 스쳐 테이블에서 뭔가가 굴러떨어졌다. 그 소리에 데스탕쥐 씨가 깜짝 놀라 눈을 떴다. 아르센 뤼팽은 어느 틈에 모자를 손에 들고 있었고, 미소 띤 얼굴로 노인에게 다가갔다.

"막심 베르몽! 오오, 막심! 무슨 바람이 불어 여기까지 나타난 겐가?"

"선생님과 따님을 만나뵐까 해서 들렀습니다."

"그럼, 여행에서 돌아온 겐가?"

"네, 어제 왔습니다."

"저녁이라도 같이 들겠나?"

"아닙니다. 친구들과 식당에서 만나기로 되어 있습니다."

"그럼, 내일은 어떤가? ……클로틸드, 내일 와 달라고 네가 부탁을 드려보려무나. 그렇지 않아도 요즘 자네 생각을 많이 했었는데 말이야."

"정말입니까?"

"그렇고 말고! 옛날 서류를 이 장 속에 넣어두었는데, 마지막 부분을 찾아냈지 뭔가!"

"어떤 것이죠?"

"거 있잖나, 앙리 마르탱 가의 저택……."

"아니, 그 오래된 서류까지 아직 보관하고 계셨습니까? 별로 쓸모도 없을 텐데……."

세 사람은 둥근 모양의 방에 붙어 있는 작은 응접실로 갔다.

'저자가 과연 뤼팽일까?'

홈즈는 갑자기 의심스러워졌다.

틀림없이 아르센 뤼팽이야……. 아르센 뤼팽과 닮은 것 같으면서도 어딘지 모르게 다른 개성과 특징, 독특한 시선과 머리색깔을 지닌 것 같기도 하고…….

흰 넥타이에 부드러운 셔츠를 입은 사내가 가슴을 펴고 쾌활하게 이야기하기 시작했다. 그의 이야기를 들으며 데스탕쥐 씨는 이따금 폭소를 터뜨렸고, 클로틸드 양의 얼굴에도 은근한 미소가 그려졌다. 두 사람의 미소에 사내는 기쁜 듯 더욱 의기양양해져서 이야기를 떠벌렸다. 사내의 재치와 쾌활함이 더해질수록 클로틸드 양의 얼굴과 목소리는 활기를 띠었고, 그다지 좋지 않게 보이던 인상도 점차 누그러졌다.

'두 사람은 서로 사랑하는 사이인가?' 홈즈는 생각했다. '그러나 대체 클로틸드 데스탕쥐 양과 막심 베르몽 사이에 어떤 공통점이 있다는 걸까? 클로틸드 양은 막심 베르몽이 아르센 뤼팽이라는 것을 짐작이나 하고 있을까?'

저녁 7시가 되었어도 홈즈는 세 사람의 이야기에 귀를 기울였다. 그는 그들에게서 튀어나오는 단어 하나라도 빠뜨리지 않으려고 노력했다. 그러던 홈즈가 적당한 시기가 되자 아주 조심스럽게 계단을 내려갔다. 응접실의 세 사람에게서 들키지 않도록 주의한 것은 물론이다.

밖으로 나온 홈즈는 집 앞에 자동차도 마차도 없는 것을 확인한 후에야 말제르브 가를 뚜벅뚜벅 걸어갔다. 골목에 이르러 홈즈는 그때까지 팔에 걸치고 있던 외투를 입고, 모자를 찌그러뜨려 썼다. 그런 후에 다시 광장 쪽으로 천천히 되돌아갔다. 거기서 그는 데스탕쥐 저택 현관을 우두커니 바라보았다.

그리 오래 지나지 않아 막심 베르몽이 모습을 드러냈다. 그는 콩스탕티노플 가와 롱드르 가를 지나 파리 중심가로 향했다. 물론 백 보쯤 거리를 두고 셜록 홈즈가 그의 뒤를 밟고 있었다.

영국인에게 있어 오늘은 참으로 즐거운 시간이었다! 그는 사냥감의 갓 지나간 발자취를 냄새 맡은 사냥개처럼 크게 숨을 들이삼켰다. 적을 미행하는 일, 그로서는 이 일이 무한한 즐거움이었다. 감시를 당하고 있는 건 이제 자신이 아니라 아르센 뤼팽, 신출귀몰한 아르센 뤼팽인 것이다. 홈즈는 마치 끊을 수 없는 밧줄로 묶어놓은 것처럼 뤼팽을 시선 끝에 잡아두고 있었다. 그리고 그는 산책하는 사람들 틈에 섞여 자기 것이 된 이 사냥감을 바라보며, 마냥 즐거워했다.

하지만 그런 기쁨도 잠시, 곧 기묘한 일이 일어나 그를 깜짝 놀라게 했다. 자기와 아르센 뤼팽 사이에 갑자기 웬 사내들이 끼여들더니 역시 같은 방향으로 걸어가고 있는 것이 아닌가. 그 중 실크 햇을 쓰고 입에 궐련을 문 두 사람이 오른쪽으로, 베레모를 쓴 다른 두 사람은 왼쪽 보도에서 걷고 있었다.

단순한 우연일지도 모른다. 그러나 뤼팽이 담배가게에 들어가자 네 사람은 약속이나 한 듯 발걸음을 멈췄고, 이것을 본 홈즈는 깜짝 놀라야만 했다. 네 사람의 사내는 뤼팽이 가게에서 나와 다시 걸음을 옮기자 역시 뒤를 쫓았다. 홈즈는 조금 전보다 더욱 놀라야 했다.

'이게 어떻게 된 거야? 뤼팽을 미행하는 자들이 나 말고도 또 있다니!'

다른 사람이 아르센 뤼팽을 미행하고 있다는 사실은 홈즈가 아르센 뤼팽을 체포할 수 있는 커다란 즐거움을 앗아갈지도 모른다는 불안감에 사로잡히게 했다. 홈즈는 생각에 골몰했다. 하지만, 결과는 틀림없었다! 네 명의 사내는 자기들의 걸음걸이를 다른 한 사람의 걸음걸이에 맞추고 있었다. 또한 미행을 눈치채지 못하게끔 애써 태연한 태도와 자연스러운 모습을 연출하고 있었다.

'가니마르 경감이 날 속인 것이 아닐까? 자신이 밝힌 것보다 더 많은 것을 알고 있고…… 그렇다면 나를 놀리고 있는 거잖아!'

홈즈는 속으로 생각했다.

그는 네 사내 중 한 사람에게 말을 걸어볼까 생각했다. 그러나 큰길에 가까워지자 사람이 점점 많아졌기 때문에 그는 뤼팽을 놓치지 않으려고 걸음을 빨리 했다. 큰길로 나오자 뤼팽은 에르델 가 모퉁이에 있는 헝가리 식당의 층계를 올라갔다. 출입문은 활짝 열려져 있었다. 홈즈는 큰길 맞은쪽 벤치에 앉아 뤼팽이 꽃으로 장식한 호화스러운 식탁에 앉는 것을 보았다. 거기에는 연미복을 입은 세 명의 신사와 두 명의 숙녀가 점잖게 앉아 있다가 반갑게 뤼팽을 맞았다.

셜록 홈즈가 네 사내를 눈으로 찾았다. 그들은 옆 카페에서 집시들의 연주를 듣고 있는 군중들 틈에 섞여 있었다. 이상하게도 그들은 아르센 뤼팽에게는 별로 관심이 없고, 오히려 주위 사람들에게 세심한 주의를 기울이고 있었다.

그때 갑자기 네 사람 중 한 사내가 호주머니에서 궐련을 한 개비 꺼내들고는 프록시 코트에 실크 햇을 쓴 어느 신사에게 다가갔다. 신사는 자신이 피우고 있던 엽궐련을 사내에게 내밀었다. 겉보기엔 담뱃불을 빌리는 행동으로 보였지만 두 사람은 지나치게 오래 붙어 있었다. 홈즈가 보기엔 마치 담소라도 나누는 것 같았다. 갑자기 실크 햇의 신사가 층계를 올라갔다. 그러더니 식당을 한 바퀴 둘러보았다. 신사는 뤼팽 쪽으로 곧장 다가가 그와 잠시 이야기를 나눈 다음 옆의 테이블에 앉았다. 그제서야 홈즈는 그 신사가 앙리 마르탱 가에서 자신을 말로 치고 달아났던 사내라는 것을 눈치챘다.

홈즈는 비로소 깨달았다. 아르센 뤼팽은 미행을 당하고 있었던 게 아니라 사내들의 보호를 받고 있었다는 것을! 사내들은 뤼팽과 한 패거리였던 것이다! 사내들은 뤼팽의 충실한 경호원이자, 의장대였다. 주인이 위험에 처할 경우를 대비하여 늘 근처를 서성거리다가 그 위험성을 알려주고, 그의 안전을 지킬 만반의 준비를 갖추고 있는 것! 네 명의 사내도 프록시 코트의 신사도 역시 한 패거리였던 것이다!

영국인은 전율을 느꼈다. 자신이 과연 저렇게 철저하게 경호를 받고 있는 뤼팽을 체포할 수 있을까? 저리 뛰어난 우두머리 밑에서 훈련된 부하들이라면 그 위력은 맞서보지 않아도 능히 짐작할 수 있을 것 같았다.

그는 수첩을 한 장 뜯어 연필로 몇 줄 갈겨쓴 다음 그것을 봉투에 넣었다. 그리고는 벤치에 누워 빈둥거리고 있는 소년에게 건네주며 말했다.

"애야, 당장 마차를 타고 이 편지를 샤트레 광장, 스위스 여관의 카운터를 보는 아가씨에게 전해주거라. 당장, 서둘러야 한다!"

홈즈는 소년의 손에 5프랑짜리 동전을 하나 쥐어주었다. 소년은 바람같이 달려 곧 시야에서 사라졌다.

삼십 분이 지났다. 사람들은 더욱 많아졌고, 그런 탓에 뤼팽의 부하들을 홈즈는 잘 살필 수가 없었다. 그때 누군가가 그를 살짝 건드리며 속삭였다.

"홈즈 씨, 무슨 일로 날 보자고 했소?"

"오, 가니마르 경감!"

"당신의 쪽지를 전해받고 곧장 달려오는 길입니다. 대체 무슨 일이죠?"

"저기에 그가 있습니다."

"뭐라고요?"

"저기…… 식당 구석, 오른쪽에 몸을 구부리고 있는…… 보시오! 보이십니까?"

"전 안 보이는데요?"

"옆자리의 숙녀에게 샴페인을 따라주는 남자 말입니다."

"아닙니다. 저자는 그가 아니에요."

"아니! 틀림없이 그가 맞습니다."

"좋소. 다시 한 번 자세히 살펴보리다! ……허 참…… 아, 비슷한 것 같기도 하군."

가니마르는 솔직하게 말했다.

"저기에 있는 다른 사람들도 한패입니까?"

"아니오. 바로 옆에 앉은 여자는 클리브뎅 양이고, 다른 여자는 클리스 후작 부인입니다. 마주앉아 있는 남자는 런던 주재 스페인 대사입니다."

가니마르 경감이 선뜻 한 발짝 앞으로 내디뎠다. 얼른 셜록 홈즈가 그를 제지했다.

"어림도 없는 짓! 당신은 혼자잖소!"

"저자도 혼자요!"

"아니오. 그의 부하들은 이곳 큰길에만도 사방에 쫙 깔려 있소. 물론 식당 안에도 있구요."

"허나 내가 아르센 뤼팽의 목덜미를 부여잡고 녀석의 이름을 소리치면, 안에 있는 손님들 모두 내 편이 되어줄 겁니다."

"충고하건대 그보다는 경찰을 부르는 편이 훨씬 나을 거요."

"아르센 뤼팽의 부하들이 주위를 경계하고 있다면서요? 그렇게 되면 금방 눈치를 채지 않겠습니까? 홈즈 선생, 사정이 이렇게 된 이상 망설이고 말고 할 것이 어딨겠습니까?"

가니마르의 말은 옳았다. 홈즈도 그렇게 생각했다. 위험을 무릅쓰더라도 이런 절호의 기회를 놓치기는 아까운 법이다. 허나, 홈즈는 가니마르 경감에게 한마디 충고를 하는 것을 잊지 않았다.

"되도록 당신의 접근이 발각되지 않도록 주의해 주시오."

홈즈는 그렇게 말한 뒤 신문 판매대 뒤쪽에 몸을 숨겼다. 뤼팽은 옆에 앉아 있는 여자 쪽으로 몸을 기울인 채 미소짓고 있었다.

가니마르는 호주머니에 두 손을 깊게 찔러 넣고 똑바로 큰길을 걸어갔다. 그러다 발길이 건너편 보도에 닿자 식당의 계단으로 방향을 틀어 기세 좋게 훌쩍 뛰어올랐다.

그때 요란한 휘파람 소리가 울렸다. 뤼팽이 있는 자리로 곧장 달려가려던 가니마르는 느닷없이 그의 앞을 막아선 한 사내에 의해 제지당했다. 지배인이었다. 지배인은 추레한 행색의 노형사를 고급식당의 분위기를 망치려는 괴한으로 인식했고, 필사적으로 경감을 밖으로 밀쳐내고자 했다. 가니마르 경감은 순간 주춤하지 않을 수 없었다. 그때 프록시 코트 차림의 신사가 그들 앞에 나타났다. 신사는 오히려 경감의 편을 들어주었다. 지배인과 심한 말다툼을 벌이기도 했다. 지배인은 노형사를 밀쳐내고자 했고, 신사는 가니마르 경감을 부축해 주었다. 이 때문에 가니마르는 옴짝달싹 못한 상태로 결국 계단 아래로 밀려나고 말았다.

사람들이 모여들었다. 느닷없는 소동에 급히 두 경관이 달려왔지만, 사람들을 비집고 들어갈 수 있는 형편이 아닌지라 결국 꼼짝도 하지 못했다.

그러다 한순간 마술을 부린 듯 사람들의 소동이 멎었다. 지배인은 자신이 오해했음을 깨닫고 가니마르에게 사과했다. 프록시 코트의 신사도 더 이상 문제를 일으키지 않았다. 군중들은 하나둘씩 사방으로 흩어졌다. 결국 경관도 돌아갔다. 가니마르는 여섯 사람이 앉아 있던 테이블로 후닥닥 달려갔다. 그러나 그곳에는 다섯 사람밖에 없었다! 그는 주위를 둘러보았다. 입구 말고는 도망칠 통로가 없었다.

"여기에 있던 사람 어딨죠?"

가니마르가 대뜸 다섯 손님에게 물었다.

"당신들은 여섯 사람이었잖습니까? 한 사람은 대체 어디로 사라진 겁니까?"

"아, 데스트로 씨 말이군요?"

"아니, 그는 아르센 뤼팽입니다!"

종업원이 다가왔다.

"그분은 방금 2층으로 올라가셨습니다."

가니마르는 후닥닥 2층으로 올라갔다. 2층은 여러 개의 방으로 나뉘어 있었는데, 큰길로 통하는 뒷문이 있었다!

"이런! 또 나보다 빨랐어!"

가니마르 경감이 억울하다는 듯 소리쳤다.

물론 가니마르보다 빨랐지만 그렇다고 뤼팽이 멀리 달아난

것은 아니었다. 뤼팽은 기껏 2백 미터 거리, 마들레느와 바스티유 사이를 오가는 합승마차에 몸을 싣고 있었다. 합승마차는 세 마리의 말에 이끌려 유유히 오페라 광장을 가로질러 카퓌신 대로를 지나치고 있었다. 승강구에선 실크 햇을 쓴 두 사내가 이야기를 나누고 있었고, 계단 위쪽 2층 좌석 맨 앞에는 몸집이 자그마한 노인이 앉아 꾸벅꾸벅 졸고 있었다. 그는 다름 아닌 셜록 홈즈였다.

마차의 움직임에 머리를 흔들거리면서 영국인은 속으로 중얼거렸다.

'왓슨이 내 모습을 보았다면 무척이나 자랑스러워했을 텐데! 나 참…… 휘파람 소리가 들리는 순간 이미 일은 그르쳤던 건데 가니마르는 그걸 모르다니! 나처럼 식당 주위를 감시하는 편이 훨씬 좋았지. 아무튼 아르센 뤼팽, 정말 간단한 상대가 아니로군!'

종점에 다다랐다. 홈즈가 살짝 고개를 들어 아래를 살폈다. 아르센 뤼팽이 두 경호원 사이를 지나 마차에서 내리고 있었다. 뤼팽이 이렇게 소리쳤다.

"에트와르로!"

홈즈는 걸어가는 두 사내를 미행했다. 그들은 에트와르로 가서 샬그렝 가 40번지에 위치한 좁은 집의 현관벨을 눌렀다. 사람의 왕래가 적은 모퉁이인지라 홈즈는 두 사내가 안으로 들어간 뒤 건물의 그늘에 몸을 숨겼다.

1층의 두 창문 가운데 하나가 열리더니 베레모를 쓴 사내가 고개를 내밀었다. 그가 덧창을 닫았다. 덧창 위쪽의 작은 창으로 불빛이 새어나왔다.

10분쯤 지나서 한 신사가 현관의 벨을 눌렀다. 잠시 후 다른 사내가 한 사람 나타났다. 그리고 한 대의 택시가 앞에 멈춰 서더니 두 사람이 내렸다. 홈즈는 보았다. 아르센 뤼팽과 망토로 몸을 감싼 어느 부인이었다.

'저 여자가 금발의 여인임에 틀림없다!'

택시가 멀어지는 것을 보며 홈즈가 속으로 중얼거렸다.

홈즈는 잠시 기다렸다가 집 쪽으로 다가갔다. 창턱을 기어올라가 발돋움을 한 채 빛이 새어나오는 작은 창으로 안을 엿보았다.

벽난로에 기대어 선 아르센 뤼팽이 활기찬 모습으로 이야기를 했고, 그를 빙 둘러싼 다른 사람들이 열심히 경청을 했다. 그들 속에는 프록시 코트의 신사도, 식당의 지배인도 있었다. 허나 안락의자에 앉아 있는 금발의 여인은 홈즈 쪽으로 등을 보이고 있어 얼굴을 볼 수가 없었다.

'회의를 하는 거로군.'

홈즈는 생각했다.

'오늘 밤에 벌어진 일이 아무래도 신경 쓰이겠지. 아아! 저 녀석들을 한꺼번에 일망타진해버렸으면 좋으련만……!'

그때 그들 중 한 사람이 움직였기 때문에 홈즈는 얼른 바닥으로 뛰어내려 어둠 속으로 몸을 숨겼다. 프록시 코트의 신사와 지배인이 집에서 나왔다. 그리고 2층의 불이 켜지더니 누군가가 덧창을 모두 닫았다. 그러더니 위층과 아래층 모두 다시 캄캄해졌다.

'여자와 뤼팽은 아래층에 있다. 두 부하는 2층에 있는 모양이군.'

홈즈는 아르센 뤼팽을 놓칠까 염려되어 밤늦게까지 꼼짝하지 않고 자리를 지켰다. 새벽 4시쯤 되었을 때 순찰하는 두 명의 경관을 발견했다. 홈즈는 경관에게 다가가 사정 이야기를 한 다음 집을 감시해 주도록 부탁했다.

홈즈는 페르고레즈 가에 있는 가니마르 경감의 집으로 가 잠자고 있던 그를 깨웠다.

"다시 놈을 잡았소!"

"아르센 뤼팽 말이오?"

"그렇소."

"감시하고 있다면 더 자도 될 것 같은데…… 아무튼 경찰서로 가봅시다."

두 사람은 메스니르 가에 있는 드쿠앙트르 서장의 집으로 갔다. 그러고 나서 두 사람은 대여섯 명의 경관을 데리고 샬그렝 가로 갔다.

집을 감시하고 있던 두 경관에게 홈즈가 물었다.

"별다른 일은 없었소?"

"없었습니다."

하늘 끄트머리가 조금씩 훤해지고 있었다. 준비를 끝낸 경찰서장이 건물 관리인의 숙소를 급습했다. 관리인 여자는 뜻밖의 침입에 화들짝 놀랐으면서도, 서장의 질문에 1층에는 아무도 살지 않는다고 대답했다.

"사는 사람이 없다니, 대체 그게 무슨 소리요!"

가니마르 경감이 관리인을 윽박질렀다.

"사실입니다. 2층엔 르루 형제가 빌려 살고 있고, 그들의 시골 친척들을 위해 아래층엔 세간살이만 들여놓았을 뿐입니다."

"친척이라니, 신사와 부인 말인가?"

"……네."

"어젯밤에 그들과 함께 이곳에 왔던 사람들은 어딨지?"

"글쎄…… 저는 잠에 빠져서…… 하지만 누가 왔으리라고 생각되진 않습니다. 방 열쇠를 제가 아직 가지고 있거든요."

서장은 열쇠를 건네받아 현관과 반대쪽 문을 열었다. 아래층엔 방이 두 개였는데, 모두 빈 상태였다.

"이럴 수가! 난 분명 두 사람을 보았어!"

홈즈가 비명처럼 소리쳤다.

서장이 차갑게 비웃었다.

"그야 보셨겠지요. 하지만 그들은 여기에 없군요."

"2층으로 올라가 봅시다. 2층에는 틀림없이 있을 겁니다."

"2층에는 르루 씨 형제가 살고 있다잖소!"

"그들에게 물어볼 수도 있지 않겠습니까?"

그들은 층계를 올라갔다. 서장이 초인종을 눌렀다. 두 번째 초인종이 울렸을 때 뤼팽의 경호원임이 분명한 사내가 셔츠 차림으로 모습을 드러냈다. 그는 크게 화를 냈다.

"대체 무슨 일이오! 왜 자는 사람을 함부로 깨우고……?"

이렇게 말하던 사내의 눈동자가 갑자기 휘둥그레졌다.

"이런! 꿈도 아니고 갑자기 이게 무슨 일이람! 드쿠앙트르 서장님 아니십니까? ……어라? 가니마르 경감님은 또 웬일이세요? 대체 어찌된 일이죠?"

갑자기 사람들에게서 웃음이 터져나왔다. 그중에서도 가니마르 경감은 배꼽을 부여잡고 얼굴이 시뻘겋게 변할 정도로 포복절도했다.

"자네였나, 르루?"

가니마르가 더듬더듬 말했다.

"아아, 참으로 재미있군. ……르루가 아르센 뤼팽과 공범이라니! ……아아, 정말 재밌어! 그래, 자네 아우는 지금 집에 있나?"

"네. ……에드몽! 가니마르 경감님께서 오셨다!"

한 사내가 부랴부랴 방 안에서 뛰어나왔다. 그를 본 가니마르 경감의 웃음소리가 더욱 커졌다.

"나 참, 이런 일이 생길 줄은 꿈에도 몰랐어! 이봐, 자네들은 지금 큰 위험에 빠져 있다구! 큰일이 벌어진 거야! ……허나, 걱정 말게. 운 좋게 이 가니마르가 버티고 있으니 말이야……."

경감이 홈즈에게 두 사람을 소개해 주었다.

"홈즈 선생, 이쪽은 최정예의 치안국 형사인 빅토르 르루, 또 이쪽은 인체 측정과의 선임 계장 에드몽 르루……."

납치

　　셜록 홈즈는 할 말을 잃었다. 변명을 한다 해도 씨도 안 먹힐 것 같았다. 그래도 저 두 사내를 윽박질러 봐? 그러나 이 역시 소용이 없을 것이다. 당장 증거도 없을 뿐더러 또 증거를 찾을 시간 여유도 없다. 더욱이 그의 말을 아무도 믿어 주지 않을 것이 뻔했다.
　이를 악물고 두 주먹을 불끈 쥔 홈즈는 의기양양한 가니마르 경감 앞에서 더 이상 체면 구기는 모습을 보이긴 싫었다. 그리하여 홈즈는 사회의 기둥인 르루 형제에게 정중하게 사과하고 자리를 물러났다. 한데 현관에 이르러 홈즈는 갑자기 지하실 입구로 통하는 낮은 문 쪽으로 급히 방향을 바꾸더니 적색의 자그마한 돌 하나를 집어들었다. 그 돌은 석류석이었다.

 밖으로 나오자마자 홈즈는 뒤돌아 가서 40번지라 적힌, 돌벽에 새겨진 글씨를 읽었다

건축가 뤼시앵 데스탕죄, 1877년.

 옆의 42번지에도 같은 글이 새겨져 있었다.
 '역시 이중 출입문이었어. 40번지와 42번지는 서로 통하는 게 분명해. 아, 어째서 이것을 진작 생각하지 못했을까? 어젯밤 두 경관과 함께 내가 감시를 하고 있었어야 했는데……'
 홈즈가 두 경관에게 물었다.
 "어제 내가 떠난 다음에 이쪽 집에서 두 사람이 나오지 않았습니까?"
 홈즈가 이웃집 현관을 손가락으로 가리켰다.
 "네, 신사 한 분과 부인 한 분이 나왔습니다."
 홈즈가 가니마르의 팔을 잡아끌었다.
 "가니마르 씨, 나의 실수가 그렇게 즐거웠소. 너무 웃음이 컸던 거 아닙니까!"
 "아, 미안하오. 놀리고자 하는 뜻은 없었소."
 "물론 그렇겠지요. 허나 이번 일은 이쯤에서 그만 접고…… 아무튼 저는 뤼팽을 반드시 체포할 것입니다."
 "물론 그래야지요."
 "오늘이 7일째입니다. 사흘 뒤 나는 런던으로 돌아가야 합니

다."

"오, 저런!"

"그래서 부탁이 있는데…… 화요일과 수요일 사이에 당신의 도움이 필요하오. 즉시 출동할 수 있도록 대기해주었으면 싶습니다."

"오늘과 같은 출동 말입니까?"

가니마르 경감이 비웃듯이 말했다.

"그렇소, 이번과 비슷할 겁니다."

"그래, 결과는 어떻게 되리라고 생각하십니까?"

"당연히 뤼팽을 체포하게 될 거요."

"그거 진담이오?"

"내 명예를 걸고 맹세하오."

가니마르와 작별 인사를 나눈 뒤 홈즈는 가장 가까운 호텔로 찾아들었다. 거기서 잠시 휴식을 취했다. 다시 기운을 되찾은 홈즈는 다시 샬그렝 가로 갔다. 관리인 여자에게 금화 한 닢을 쥐어주었다. 르루 형제가 외출 중이며, 집주인이 하밍기트라는 자임을 알아냈다. 홈즈는 촛불을 들고 석류석을 주웠던 작은 문을 통해 지하실로 내려갔다.

층계 아래쪽에서 그는 같은 종류의 석류석을 발견했다.

'생각했던 것과 같아. 여기로 연결되어 있었던 거야. ……아래층에 사는 사람이 사용하는 저장 창고인 모양인데 만능열쇠로 열리는지 볼까? ……열리는군…… 됐어. 포도주 선반을 좀 조사해 봐야겠어. 그래 맞았어! 누군가 먼지를 닦았군…… 바닥

에도 발자국이 있군…….'

그때 어렴풋이 소리가 들려왔다. 홈즈는 동작을 멈추고 얼른 문을 닫았다. 촛불을 끄고 궤짝 더미 뒤에 몸을 숨겼다. 잠시 후 철제선반이 하나 조심스럽게 돌아가더니 그 뒤쪽의 벽이 뒤집혀졌다! 램프 불빛이 비쳤다. 팔 하나가 보이는가 싶더니 웬 사내가 모습을 드러냈다.

사내는 무엇인가를 찾는지 몸이 구부정했다. 사내는 왼손에 상자를 들고 있었는데, 거기에다가 무엇인가를 열심히 집어넣었다. 그러고는 자기의 발자국은 물론 뤼팽과 금발의 부인이 남겼을 발자국을 말끔히 지워 없애면서 선반 쪽으로 다가갔다.

홈즈는 와락 사내에게 덤벼들었다. 사내는 비명소리를 내지르며 쓰러졌다. 홈즈와 사내는 엎치락뒤치락했으나 사내의 발목과 손목은 그리 오래지 않아 결박을 당했다.

영국인이 물끄러미 사내를 내려다보았다.

"얼마면 털어놓겠나? 얼마면 알고 있는 모든 것을 말하겠어?"

사내가 대답 대신 비웃는 듯한 미소를 흘렸다. 홈즈는 자신의 질문이 쓸데없는 짓이었음을 깨달았다.

홈즈는 포로의 호주머니를 뒤졌다. 열쇠꾸러미와 손수건, 사내가 들고 있던 작은 상자가 전부였다. 상자 속에는 홈즈가 주웠던 것과 같은 석류석이 열두어 개쯤 들어 있었다. 보잘것없는 수확물이었다.

홈즈는 이 사내를 어떻게 처리할까 망설였다. 경관이 오기를 기다려 그들에게 넘길 것인가? 아니면 이 사내의 친구들을 기다렸다가 한꺼번에 넘겨버려? 그러나 그런들 무슨 소용이겠는가? 그렇게 한들 뤼팽을 이길 수 있는 방법이 갑자기 생겨난단 말인가?

선뜻 결정을 못하고 홈즈는 망설였다. 그러던 홈즈가 한순간 쉽게 결정을 내렸다. 홈즈는 상자 속에 적혀 있는 글귀를 유심히 살폈다. '라페 가 보석상 레오나르'.

홈즈는 사내를 놓아주기로 결심했다. 선반을 본래대로 해두고, 지하실 문을 닫고 나와 그곳을 빠져나갔다. 홈즈는 우체국으로 갔다. 그곳에서 그는 데스탕쥐 씨에게 전보를 쳤다. '급한 사정이 있어 내일 출근할 것 같습니다'라는 내용이었다. 그런 다음 그는 곧장 보석상으로 찾아가 석류석을 내밀었다.

"마님 심부름으로 이것을 가지고 왔습니다. 여기서 사신 보석에서 떨어진 것이라고 합니다."

홈즈의 짐작은 들어맞았다. 가게주인이 대답했다.

"네… 마님으로부터 전화를 받았습니다. 곧 들르겠다고 하시더군요."

오후 5시, 보도 위를 서성거리던 홈즈는 두터운 베일로 얼굴을 감싼 귀부인을 발견했다. 그녀의 태도는 어딘지 수상쩍어 보였다. 귀부인은 카운터 위에 석류석이 붙은 낡은 보석을 꺼내놓았다. 홈즈는 유리창을 통해 귀부인의 동태를 살폈다.

밖으로 나온 여자는 빠른 걸음으로 클리시 쪽으로 올라가 영국인이 알지 못하는 골목길로 꺾어들었다. 날이 어두워지고 있어 홈즈는 여자의 뒤를 쫓는 데 전혀 어려움이 없었다. 여자는 두 동으로 나누어져 있는 5층짜리 건물 안으로 들어갔다. 여러 사람들이 세들어 살고 있는 건물이었다. 여자는 3층에서 걸음을 멈추었고 곧 안으로 들어갔다. 2분쯤 후 홈즈는 사내로부터 빼앗은 열쇠꾸러미를 꺼내어 하나씩 시험해 보았다. 네 번째 열쇠를 넣었을 때 자물통이 열렸다.

안은 텅 비었고 짙은 어둠에 잠겨 있었다. 문은 모두 열려 있었다. 그러나 복도 끝에서 희미한 램프 불빛이 새어나오고 있었다. 홈즈는 그쪽으로 살금살금 다가갔다. 응접실과 방을 가르는 유리 칸막이 너머로 베일을 두른 여자의 모습이 보였다. 여자는 옷과 모자를 벗어 방 안에 하나밖에 없는 의자 위에 걸쳐놓고 실내옷으로 갈아입고 있었다.

벽난로 쪽으로 걸어가더니 여자가 벨 스위치를 눌렀다. 그러자 벽난로의 오른쪽 석판 반쪽이 스르륵 옆으로 열리더니 통로가 생겨났다. 여자는 머뭇거리지 않고 램프를 들고 그 안으로 들어갔다.

방법은 간단했다. 홈즈도 같은 방법으로 안으로 들어갔다.

홈즈는 어둠 속을 손으로 더듬으며 앞으로 나아갔다. 그러다가 부드럽고 물렁한 것이 얼굴에 와 닿는 것을 느끼고 깜짝 놀라 성냥을 그었다. 불빛에 비친 것들은 옷걸이에 걸린 양복과 부인복들이었다. 홈즈는 그것들을 헤치며 앞으로 나아갔다. 결국 홈즈는 휘장이 드리워진 문 앞에 이르렀다. 낡은 휘장 틈새로 불빛이 새어나오고 있었다.

 아주 가까운 거리에 금발 부인으로 추정되는 여자가 서 있었다.

 여자는 곧 램프를 끄고 전등을 켰다. 홈즈는 비로소 그녀의 얼굴을 밝은 불빛 속에서 바라볼 수 있었다. 그토록 밝히고 싶었던 금발 부인의 정체는 다름 아닌 클로틸드 데스탕쥐였다!

 오트렉 남작의 살인범이자 푸른 다이아몬드를 훔친 범인이 클로틸드 데스탕쥐였다니! 아르센 뤼팽의 여자친구가 바로 클로틸드 데스탕쥐였다니! 그녀가 금발 부인이었다니!

 '제길……. 나도 정말 바보로군. 뤼팽의 여자친구가 금발인데 클로틸드 양이 밤색 머리라는 것 때문에 두 사람을 비교해 보려고도 하지 않았다니! 금발 부인이 남작을 죽이고 다이아몬드를 훔친 뒤에도 여전히 금발로 있으리라 생각했었다니!'

 홈즈는 눈에 보이는 화사한 벽지와 귀중한 실내장식품만으로도 품위 있는 여자의 방이라는 것을 알 수 있었다. 클로틸드는 마호가니로 만든 의자에 앉아 두 손으로 머리를 감쌌다. 클로틸드는 울고 있었다. 창백한 볼 위로 굵은 눈물이 방울방울 흘러내려 그녀의 입을 타고 흘렀다. 그녀의 옷이 젖었다. 눈물은 끊임없이 솟아나오는 샘물처럼 계속하여 흘러내렸다. 여자의 눈물은 이루 말할 수 없는 슬픈 감정을 불러일으켰다.

 그때 여자의 뒤쪽 방문이 열리더니 아르센 뤼팽이 모습을 드러냈다.

두 사람은 한마디도 하지 않고 오랫동안 서로의 얼굴을 마주 바라보았다. 이윽고 무릎을 꿇은 뤼팽이 머리를 그녀의 가슴에 기대며 여자를 살며시 끌어안았다. 여자를 끌어안는 그 몸짓에는 깊은 사랑과 끝없는 연민이 깃들여 있었다. 두 사람은 그 상태로 움직이지 않았다. 침묵이 흘렀고, 그녀의 눈물도 서서히 사라지고 있었다.

"당신을 정말로 행복하게 해주고 싶었는데……."

뤼팽이 중얼거렸다.

"저는 지금도 행복해요."

"아니오! 당신은 지금 울고 있지 않소. 당신의 눈물이 내게는 더없이 가슴 아프오, 클로틸드!"

부드럽고 상냥한 뤼팽의 목소리에 여자는 깊이 빠져든 얼굴이었다. 여자는 자신의 희망과 행복을 찾아 귀를 활짝 열고 있는 것이리라. 여자의 입가에 부드러운 미소가, 그러나 아직은 슬픈 미소가 떠올랐다. 뤼팽이 애원하듯 그녀에게 말했다.

"슬퍼하지 마오, 클로틸드……. 슬퍼하면 안 돼. ……당신의 슬픔을 난 허락할 수 없어……."

여자가 뤼팽에게 희고 화사한 손을 내어 보이며 우울하게 말했다.

"이 손이 내 손인 한 저는 슬플 수밖에 없어요, 막심."

"왜 그렇지?"

"이 손이 사람을 죽였으니까요."

"아무 말 하지 마오, 클로틸드! 그런 생각을 해선 안 되오. 과거는 지나갔소. 과거는 이제 아무런 문제가 되지 않소."

막심은 여자의 가늘고 흰 손에 연속하여 입을 맞추었다. 여자는 키스를 받을 때마다 무서운 기억이 조금씩 사라지는 듯 보다 밝은 미소로 사내를 바라보았다.

"오, 막심! 저를 사랑해줘요…… 어떤 여자도 저만큼 당신을 사랑하지 못해요! ……저는 당신을 기쁘게 해주기 위해 노력했어요! 당신이 제게 명령하진 않았지만, 저는 당신의 은밀한 욕망에 따라 행동했어요……. 저의 본능과 양심이 반대했지만 저는 어쩔 수 없었어요! 그리고 앞으로도 그건 마찬가지일 거예요. 전 언제나 준비가 되어 있어요!"

뤼팽은 괴로운 표정으로 이렇게 말했다.

"아아, 클로틸드! ……어쩌자고 나는 당신을 이 험난한 세계로 끌어들였단 말인가! ……나는 당신이 5년 전에 사랑했던 막심 베르몽으로 계속 남아 있었어야 했소. 지금의 내 모습을 당신에게 보이지 말았어야 했소! 그랬으면 더욱 좋았을 텐데……!"

여자가 나지막한 목소리로 대답했다.

"저는 지금의 당신도 이전의 당신만큼 사랑하고 있어요. ……조금도 후회하지 않아요."

"아니오! 당신은 떳떳하고 밝았던 예전의 삶을 그리워하고 있소."

"아니에요. 당신만 내 곁에 있어준다면 전 아무것도 아쉬울 게 없어요!"

여자는 정열적으로 말했다.

"제 눈이 당신을 바라보고 있다면 어떠한 잘못도 죄악도 상관없어요. 당신과 떨어져 지내며 불행해하고 괴로워하고 또 울곤 하는 그런 생활은 참을 수 없어요! 당신의 사랑이 모든 것을 없애줘요……. 저는 어떤 일이라도 참아낼 수 있어요. 당신만 저를 사랑해 주신다면, 기꺼이……!"

"나는 단지 당신을 이용하기 위해서 당신을 사랑하는 것이 아니오. ……클로틸드, 당신을 진심으로 사랑하고 있으므로 사랑하는 것이오."

"정말이에요?"

여자는 기쁜 목소리로 반문했다.

"당신의 사랑을 믿듯이 나도 나의 사랑을 믿고 있소. 다만 내 생활은 거칠고 위험하오. 그래서 당신이 원하는 만큼 당신을 위해 시간을 보낼 수가 없는 거요."

여자의 표정이 갑자기 변했다.

"어떻게 된 거죠? 또 위험해졌나요? 어서 이야기해줘요."

"아니, 아직 그리 대단한 일은 없소. 그러나……."

"그러나?"

"그가 냄새를 맡은 것 같소."

"홈즈 말인가요?"

"그렇소. 헝가리 식당 사건에 가니마르 경감을 출동시킨 건 홈즈 그자였소. 어젯밤 샬그렝 가에 두 명의 경관을 배치시킨 것도 역시 그자의 소행이오. 증거도 있소. 가니마르 경감이 오늘 아침 그 집을 수색할 때 홈즈도 함께 있었소. 게다가…….”

"게다가?"

"걱정인 건 부하 한 명의 행방이 묘연하다는 거요."

"관리인 쟈니오 말인가요?"

"그렇소."

"오늘 아침 제가 그를 샬그렝 가로 보냈어요. 브로치에서 떨어진 석류석을 주워달라고 부탁했어요."

"의심할 여지없이 홈즈가 그를 함정에 빠뜨린 것 같소."

"그럴 리가! 석류석은 라페 가의 보석상에 정확히 전달되었어요!"

"뭐라구! 그럼 그 후엔 어찌되었소?"

"오오, 막심! 무서워요!"

"무서워할 건 없소. 하지만 솔직히 말해 상황이 아주 안 좋아졌소. 그는 뭔가를 알고 있는 것 같소. 그는 어디에 숨어 있을까? 혼자 떨어져 행동할 때 그는 우리에게 두려운 존재인 게 분명하오! 그자를 드러나게 해야 하는데…… 문제는 우리가 쓸 수 있는 방법이 그다지 많지 않다는 거요."

"그럼 어떻게 하죠?"

"아주 신중하게 행동할밖에! 클로틸드, 오래 전부터 나는 거처를 옮길 생각이었소. 당신도 알고 있는 난공불락의 그곳 은신처로 말이오. 그런데 홈즈가 뛰어드는 바람에 예정이 조금 빨라졌소. 그가 뛰어들면 반드시 목적을 이룬다고 생각해야 하오. 그러므로 나는 서둘러 이사를 할 것이오. 이사는 모레 수요일,

정오까지! 2시까지는 우리들의 흔적들을 말끔히 없애버려야 하오. 이 일은 결코 간단한 일이 아니오. 그러니 그때까지는……."

"……그때까지는요?"

"우리 서로 만나지 말고…… 그 누구에게도 들키지 않도록 조심해야 하오. 외출도 삼가야 하오. 나는 나 자신에 대해서는 아무것도 걱정하지 않소. 다만 당신에 대한 일이라면 하나에서부터 열까지 모두 걱정이오."

"그 영국인이 나까지 눈치챌 수는 없을 거예요!"

"그 자라면 무엇이든 가능하오. 모든 것을 완벽하게 처리해야 하오. ……어제만 해도 나는 옛날 장부들을 찾고자 거기에 갔었소. 아무래도 좀 위험하니까! 한데 당신 아버지한테 그만 들키고 말았소. 그렇듯이 위험은 어디에나 존재하오. ……나는 그가 어둠 속을 서성거리며 조금씩 접근해 오는 것을 느낄 수 있소. 그는 우리를 감시하고 있소. 우리들 주위에 그물을 치고 있다는 것을 느낄 수 있소. 나의 직관은 틀린 적이 없었소!"

"그럼, 어서 가세요, 막심!"

여자가 말했다.

"그리고 이제 내 눈물 따윈 잊어버리세요. 저도 기운을 차려 위험이 사라질 때까지 버텨내며 당신을 기다리겠어요. 안녕, 막심!"

여자는 오랫동안 그를 포옹했다. 그리고 자기 쪽에서 먼저 그를 밀어냈다. 홈즈는 멀어져 가는 두 사람의 발소리를 들었다.

전날부터 무슨 일이 있어도 끝장을 봐야 한다고 생각했던 홈즈는 더욱 더 흥분하여 밖으로 뛰쳐나갔다. 복도 끄트머리 쪽으로 계단이 있었다. 그가 막 계단을 내려가고자 했을 때 문득 아래층에서 이야깃소리가 들려왔다. 순간적이지만 홈즈는 또 다른 아치 형 복도를 지나는 편이 좋겠다고 판단했다. 그는 계단을 내려갔다. 그런데 반쯤 열려진 한 문을 통해 그는 전부터 보아왔던 눈에 익은 가구들 - 모양이며 위치까지 익숙한 - 을 보고 깜짝 놀랐다. 그는 둥글고 큰 방으로 들어갔다. 그곳은 다름 아닌 데스탕쥐 씨의 서재였다!

'훌륭해! 멋져! 이제야 모든 걸 알겠어. 클로틸드 양, 즉 금발 부인의 방은 옆집의 한 방과 통해 있었어. 또 그 집은 말제르브 광장이 아니라 이웃한 몽샤냉 가 쪽으로 연결되어 있던 거야. 기막혀! 클로틸드 데스탕쥐 양이 결코 외출하지 않는다는 평판을 들으면서도 어떻게 애인을 만나러 다녔는지 알 만해. 또 아르센 뤼팽이 어젯밤 어떻게 하여 서재의 열람석에서 바로 내 눈앞에 나타났는지도 말이야. 그래, 서재와 옆집 사이에는 또 다른 비밀 통로가 있을 거야.'

그리하여 그는 결론을 내렸다.

'이젠 건축가 데스탕쥐라는 글귀가 새겨진 한 집만 더 찾으면 돼. 이렇게 되면 여기 온 이상 장롱 속을 뒤져보지 않을 수 없겠군. 적어도 자료를 손에 넣기 위해서라도 말이야.'

홈즈는 열람석으로 올라가 난간의 휘장 뒤로 몸을 숨겼다. 그는 밤늦게까지 거기에 숨어 있었다. 하인이 와서 전등을 껐고, 한 시간 뒤 영국인은 손전등을 켜고는 장롱 쪽으로 다가갔다.

홈즈가 생각했던 대로 장롱에는 건축가의 오래된 문서들과 설계도들, 회계장부 등이 들어 있었다. 둘째 칸에는 연대순으로 서류철들이 가지런히 놓여 있었다.

그는 서류철을 집어들고 얼른 목차를 살폈다. 특히 그는 'H'를 잘 살펴보았다. 그러다 그는 '63'이라고 씌어진 곳에서 '하밍기트(Harminggeat)'라는 글자를 찾아냈고, 재빨리 63쪽을 펼쳤다.

하밍기트, 샬그렝 가 40번지.

다음, 홈즈는 주문한 사람 소유의 건물에 난방 장치를 하기 위한 공사의 시공 내용을 꼼꼼히 살폈다. 그러다가 서류의 여백에 'M. B. 문서 참조'라고 적힌 메모를 발견했다.

홈즈는 중얼거렸다.

'옳지! M. B. 문서라면…… 내가 찾던 바로 그 문서가 틀림없겠군. 이것으로 뤼팽의 주소를 알게 된 것인가?'

홈즈는 나머지 서류도 자세하게 살폈다. 아침이 다 되어서 홈즈는 결국 문제의 서류를 찾아냈다.

문서는 열다섯 장이었다. 각기 하밍기트 씨에 관한 내용, 클라페이롱 가 25번지의 주인 바니텔 씨를 위한 공사 내용, 앙리 마르탱 가 134번지 오트렉 남작에 대한 것, 클로존 성채, 나머지 열한 장은 파리 각처의 건물주에 관련한 서류였다.

홈즈는 이 열한 명의 주소와 이름을 수첩에 적어넣었다. 그러고는 서류를 본래대로 정리해두고, 창문을 열고 덧창을 닫은 다음 사람이 보이지 않는 광장으로 빠져나왔다.

호텔로 돌아온 홈즈는 엄숙한 표정으로 파이프에 불을 붙여 물었다. 그러고는 M. B. 즉 아르센 뤼팽의 다른 이름인 막심 베르몽의 문서로부터 추론할 수 있는 결론을 얻고자 자욱한 담배 연기에 싸여 생각을 집중했다.

아침 8시. 홈즈는 가니마르 경감에게 전보를 쳤다.

> 오늘 아침, 페르고레즈 가로 갈 것입니다. 거기서 한 사내를 체포해야 하는데 그 중요한 일을 당신께 맡길까 합니다. 오늘 밤부터 내일 수요일 정오까진 어디 나가지 말고 집에 붙어 있으시오. 물론 30명 정도의 부하를 언제든 출동할 수 있도록 대기시켜 놓아야 합니다.

홈즈는 대로로 나가 대기하고 있던 택시들 중 하나를 골라 탔다. 운전사는 무척 인상이 좋아 보이는 자였다. 홈즈는 택시를 말제르브 광장 쪽으로 달리게 했다. 그는 데스탕쥐 씨의 집에서 50보쯤 더 지나간 곳에서 내렸다.

홈즈가 운전기사에게 말했다.

"바람이 차니 창문을 닫고 옷깃도 여미고 느긋하게 기다려주시오. 한 시간 반 정도 되거든 시동을 걸어두고, 내가 돌아오면 곧장 페르고레즈 가로 출발해 주시오."

저택의 현관 앞에서 홈즈는 잠시 망설였다. 뤼팽이 이사할 준비를 하고 있는데, 이처럼 금발 부인에게 얽매어 있는 것이 과연 옳은 일일까? 건물 목록을 토대로 뤼팽의 은신처를 찾는 쪽이 더 좋지 않을까?

'아니야.' 홈즈는 생각했다. '금발 부인을 잡아두기만 하면 승리는 나의 것이지!'

홈즈가 벨을 눌렀다.

데스탕쥐 씨는 벌써 서재에 나와 있었다. 홈즈는 열심히 일을 하는 척하면서 클로틸드 양의 방으로 올라갈 구실을 모색하고 있었다. 그런데 클로틸드 양이 걸어들어 오더니 아버지에게 아침인사를 하고, 다시 옆의 작은 객실로 들어가더니 무엇인가를 쓰기 시작했다.

홈즈가 자기 자리에서 보고 있노라니, 그녀는 테이블 위에 몸을 숙이고 가끔 펜을 멈춘 채 생각에 잠긴 얼굴이 되곤 했다. 그는 기회를 엿보았다. 이윽고 아무 책이나 한 권 빼어들고는 데스탕쥐 씨에게 이렇게 말했다.

"이 책은 아가씨께서 제게 부탁한 책입니다. 눈에 띄는 대로 곧바로 가져오라고요."

홈즈는 클로틸드가 있는 작은 객실로 들어가 클로틸드 양을 가로막고 섰다. 그러니 데스탕쥐 씨의 눈에 그녀는 보이지 않았다.

"저는 데스탕쥐 씨의 새로운 비서 스티크만입니다."

"그래요……."

클로틸드가 차분하게 대답했다.

"그럼 아버지가 비서를 바꾸신 거군요."

"그렇습니다. 실은 드릴 말씀이 있는데요…….."

"좋아요, 앉으세요. 제가 하던 일은 거의 다 끝났어요."

그녀는 편지에 내용을 좀 더 쓴 다음 서명을 하고는 봉투에 넣었다. 그러고는 재봉사에게 전화를 걸어 주문했던 여행용 망토를 서둘러 완성해 달라고 부탁했다. 그리고 나서야 그녀는 홈즈 쪽으로 몸을 돌렸다.

"자, 이제 말씀하세요. 그런데 아버지 앞에서 하면 안 되는 얘기인가요?"

"네, 안 됩니다. 뿐만 아니라 목소리도 나지막하게 해주십시오. 데스탕쥐 씨는 차라리 모르는 게 나을 테니까요."

"왜죠?"

"충격을 받으실 수 있으니까요."

"아버지께서 듣지 못할 얘기는 없어요. 그런 얘기라면 저도 듣고 싶지 않군요."

"그래도 제 이야기를 들어야만 할 겁니다."

두 사람은 순간 동시에 자리에서 일어났다. 그러곤 서로를 노려보았다.

"좋아요. 말해 보세요."

홈즈 역시 선 채로 말을 했다.

"몇 가지 사소한 것이 신경을 거슬리더라도 양해를 부탁드립니다. 허나 지금부터 말씀드리는 이야기에 대해 대체로 인정하실 거라고 믿습니다. 그건 제가 보증합니다."

"서론은 필요 없으니 요건만 말씀하세요."

홈즈는 그녀가 이미 자신을 경계하고 있다는 것을 느꼈다.

"좋습니다! 본론으로 들어가겠습니다. 5년 전, 당신 아버지께서는 막심 베르몽이라는 사람을 만났습니다. 그는 자신을 사업가 또는 건축가로 소개를 했을 것입니다. 아무튼 데스탕쥐 씨는 그 젊은이가 마음에 들었습니다. 그리고 그 즈음엔 건강상의 문제로 일을 원활하게 하지 못하고 있는 처지였죠. 하여 데스탕쥐 씨는 오랜 단골에게서 들어오는 부탁을 그 젊은이에게 대신 맡도록 배려하였습니다. 그 일을 베르몽 씨는 잘 해낼 수 있다고 믿은 거지요."

홈즈는 이야기를 잠시 중단했다. 그녀의 창백한 얼굴이 점점 더 하얗게 질리고 있었다. 그러나 그녀의 목소리만큼은 여전히 차분했다.

"지금 하신 말씀이 저와 무슨 상관이 있는지 잘 모르겠군요. 더욱이 흥미도 느껴지지 않는군요."

"데스탕쥐 양, 정히 그렇다면 막심 베르몽 씨의 원래 이름을 밝혀야 하겠군요. 그의 진짜 이름은…… 아르센 뤼팽입니다."

순간 여자가 돌연 웃음을 터뜨렸다.

"어처구니없는 소리! 아르센 뤼팽? 막심 베르몽 씨가 아르센 뤼팽이라고요?"

"사실입니다, 데스탕쥐 양. 제 명예를 걸고 확신할 수 있습니다. 아직 납득이 되지 않는다면 좀더 보충 설명을 해드리죠. 아르센 뤼팽은 그의 계획을 완성하기 위하여 이곳에 여자친구를 만들어놓은 겁니다. 아니, 친구 정도가 아니라 맹목적이고 헌신적인 공범 한 사람을 만들어놓은 겁니다!"

하지만 여자는 너무나 태연자약하게 행동하여 홈즈를 놀라게 했다. 차분한 어투는 조금도 변함이 없었다.

"당신이 제게 그런 엉뚱한 얘기를 하는 이유를 모르겠군요. 하긴 알고 싶지도 않습니다. 그러니 더 이상 아무 말 하지 말고 여기서 나가주세요."

"저도 여기에 언제까지고 머물러 있을 생각은 전혀 없습니다."

홈즈 역시 여자와 마찬가지로 침착했다.

"그러나 여기서 혼자 나가지는 않을 작정입니다."

"그게 무슨 뜻이죠? 혼자 나가지 않겠다니요?"

"당신과 함께 나갈 겁니다."

"저를요?"

"그렇습니다, 데스탕쥐 양. 함께 이 집을 나가주셔야 하겠습니다. 아무 말도 하지 말고 엉뚱한 행동도 허락하지 않겠습니다."

이상한 건 두 사람이 이런 대화를 나누는 동안에도 절대 냉정함을 잃지 않았다는 것이다. 서로 다른 의지가 격렬하게 싸우는 게 아니라, 의견이 맞지 않는 두 사람이 정중하게 의논을 나누는 것처럼 보였다.

데스탕쥐 씨는 여전히 자신의 책을 정리하는 일에 몰두해 있었다.

클로틸드는 어깨를 으쓱거리고는 자리에 앉았다. 홈즈는 회중시계를 꺼내어 시간을 확인했다.

"현재 10시 30분입니다. 오 분 뒤에 같이 나갑시다."

"제가 거부한다면요?"

"그땐 데스탕쥐 씨에게 모든 걸 이야기하겠습니다."

"무슨 이야기를 한다는 거죠?"

"막심 베르몽 씨의 인생과 공범자의 이중생활을 이야기해야겠죠."

"공범자?"

"이른바 '금발의 귀부인'으로 불렸던 여인 말이오!"

"도대체 무슨 증거로 그런 말씀을 하시는 거죠?"

"저는 당신 아버지를 샬그렝 가로 데리고 가 아르센 뤼팽이 직접 지휘 감독했던 40번지와 42번지, 그곳의 비밀 통로를 보여 줄 수도 있습니다. 물론 지난 밤에 당신들 두 사람이 이용했던 통로입니다."

"그러고요?"

"그것으로 불충분하다면 데스탕쥐 씨와 함께 드티낭 변호사의 집을 방문해야겠죠. 그러고 나서 당신과 아르센 뤼팽이 가니마르 경감을 따돌린 비밀 통로를 따라 함께 걸어내려갈 것입니다. 물론 이웃한 건물의 출구는 클라페이롱 가가 아닌 바티뇰 대로로 통해 있겠죠."

"그리고 나서는?"

"데스탕쥐 씨를 클로존 성으로 데리고 가겠습니다. 데스탕쥐 씨는 그 성의 보수 공사 때 아르센 뤼팽이 공사한 작업 내용을 잘 알고 있을 테니 비밀 통로를 찾아내는 건 그다지 힘들지 않을 겁니다. 그렇게 되면 금발의 귀부인이 밤에 몰래 백작 부인의 거실로 어떻게 들어갔으며 푸른 다이아몬드를 어떻게 가져갈 수 있었는지도 확인할 수 있겠죠. 그리고 2주일 후, 블라이센 영사의 방으로 들어가 가짜 푸른 다이아몬드를 왜 가루비누 병 속에 감추었는지…… 솔직히 이 점이 저로서도 상당한 고민거리입니다. 여자의 하찮은 감정 때문인지도 모르겠지만, 나로서는 이해할 수가 없는 행동이거든요. 하지만 그 점도 곧 해명이 되겠죠."

"그리고 또 있습니까?"

"데스탕쥐 씨를……."

홈즈는 한층 더 심각한 목소리로 말했다.

"앙리 마르탱 가 134번지로 데려가야죠. 그런 다음 오트렉 남작이 어떻게……."

"잠깐, 잠깐만!"

갑자기 여자가 기겁했다.

"그건 안 돼요! ……그럼, 당신은 내가…… 내가……."

"그렇습니다. 저는 당신이 오트렉 남작을 살해한 범인이라고 말하고 있는 겁니다!"

"아니에요, 아니에요! 그건 너무 억울해요!"

"당신은 오트렉 남작을 살해했습니다. 당신은 푸른 다이아몬드를 훔치기 위해 앙트와네트 블레아라는 이름으로 남작 집에 하녀로 들어갔고, 결국 남작을 살해했습니다."

그녀는 어쩔 줄 몰라 하며 기도하듯 중얼거렸다.

"말하지 말아요, 부탁이에요! 그 정도로 자세히 안다면 제가 남작을 고의로 죽이지 않았다는 것도 잘 알고 있을 거 아네요?"

"당신이 오트렉 남작을 고의로 살해했다곤 생각하지 않습니다. 데스탕쥐 양, 오트렉 남작은 오귀스트 수녀만이 알고 있는 정신 착란성 발작 증세를 갖고 있었습니다. 그걸 가라앉힐 수 있는 사람은 오귀스트 수녀뿐이죠. 저는 오귀스트 수녀에게서 직접 그 말을 전해들었습니다. 결국 그녀가 없는 사이 남작은 정신 착란을 일으켰고, 발작 증상이 나타난 겁니다. 그래서 당신에게 덤벼들었겠죠. 당신은 그와 난투를 벌이다가 자신의 목숨이 위험해지자 남작을 비수로 찌른 겁니다. 당신은 자신의 행동이 무서워져 엉겁결에 벨을 눌렀고, 목적하던 푸른 다이아몬드는 뽑아내지도 못 하고 후닥닥 도망을 친 겁니다. 하지만, 잠시 후 당신은 이웃집 하인으로 일하는 뤼팽의 부하를 데리고 돌아와 남작을 침대로 옮기고 방을 깨끗하게 정리했습니다. 그러나 이번에도 푸른 다이아몬드를 죽은 사람의 손가락에서 빼낼 엄두는 내지도 못 했습니다. ……이것이 사건의 진상입니다. 되풀이해 말하지만, 당신은 남작을 살해하진 않았습니다. 허나 당신의 손은 남작을 찔렀습니다."

여자는 가녀린 손을 깍지낀 채 이마를 짚고 있었다. 그녀는 오랫동안 꼼짝 않고 있었다. 잠시 후 그녀는 손가락을 풀고 괴로움에 찬 표정으로 이렇게 말했다.

"당신이 아버지에게 털어놓으려는 게 지금 한 얘기가 전부인가요?"

"그렇습니다. 그리고 저는 그 증인으로 금발 부인을 알고 있는 제르보아 양, 앙트와네트 블레아를 알고 있는 오귀스트 수녀, 드 레알 부인을 알고 있는 클로존 백작 부인을 소개해 드릴 수 있습니다."

"그것이 가능할까요? 괜히 겁을 주려는 수작 아닌가요?"

여자는 절박한 상황에서도 냉정함을 잃지 않으려고 노력했다.

갑자기 홈즈가 자리에서 벌떡 일어나더니 서재 쪽으로 뚜벅뚜벅 걸어갔다. 당황한 클로틸드가 얼른 그를 붙잡았다.

"잠깐만요!"

클로틸드는 곰곰한 생각에 잠겼다가 이윽고 차분한 어조로 이렇게 말했다.

"당신…… 셜록…… 홈즈 씨인가요?"

"그렇소!"

"저를 어떻게 하실 생각이죠?"

"어떻게 할 거냐고요? 저는 아르센 뤼팽에게 선전포고를 했으므로, 승리자가 되지 않으면 안 됩니다. 당신은 귀중한 인질이고 적에게 상당한 치명타를 줄 수 있죠. 데스탕쥐 양, 저는 당신을 내 친구에게 잠시 맡겨둘 생각입니다. 물론 목표물이 내 손아귀에 들어오는 날 당신은 즉시 자유의 몸이 될 것입니다."

"그뿐인가요?"

"그뿐입니다. 저는 당신 나라의 경찰이 아닙니다. 따라서 사법관의 권리 따위엔 관심이 없습니다."

여자는 마음을 결정한 모양이었다. 그러나 잠깐 기다려 달라고 홈즈에게 부탁했다. 그녀는 눈을 감았다. 홈즈가 보기에 그녀는 자신의 신변에 닥친 위험에는 거의 무관심한 것 같았다.

'……이 여자는 자신이 위험에 빠졌다고 생각하지 않는 것 같군. 그래, 아무튼 뤼팽이 지켜준다고 믿고 있을 테니까. 뤼팽과 함께 있는 한 불안을 느끼지 않는 것이겠지. 뤼팽은 전지전능하다는 강한 믿음이 있는 것이겠지!'

"데스탕쥐 양."

홈즈가 말했다.

"나는 오 분이라고 했는데 삼십 분도 넘었습니다."

"홈즈 씨, 제 방에 가서 필요한 물건을 가져와도 되겠는지요?"

"좋으실 대로. 허나 그렇게 하신다면 저는 몽샤냉 가로 가서 기다려야겠군요. 그곳 건물의 관리인인 쟈니오와는 아주 절친한 사이니까요."

"아…… 이미 알고 있군요!"

여자는 소스라치게 놀라는 표정이었다.

"모든 것을 다 알고 있다고 생각하십시오."

"좋아요! 그럼 하녀를 시켜 가져오게 하겠어요."

여자는 벨을 눌러 모자와 옷을 가져오게 했다.

홈즈가 마지막으로 말했다.

"데스탕쥐 씨에게 외출하는 이유에 대해 알려야 할 것 같군요. 어쩌면 며칠 동안 못 돌아오게 될지도 모르니까요."

"필요 없어요. 저는 곧 돌아올 테니까요."

두 사람 사이에 팽팽한 긴장감이 감돌았다. 그러나 두 사람은 곧 빙긋이 웃었다.

"당신은 그를 무척 믿고 계시는군요?"

홈즈가 말했다.

"맹목적으로, 무조건, 그를 신뢰합니다!"

"그가 하는 일은 무엇이든 옳다고 생각하죠? 그가 목표로 한 일은 모든 게 성취된다고 믿겠죠? 그래서 당신은 그를 위해서라면 자신의 모든 것을 바칠 각오가 되어 있구요?"

"저는 그를 사랑할 뿐입니다."

여자가 열정에 북받치는 목소리로 대답했다.

"그가 당신을 구해줄 것이라고 믿습니까?"

여자는 그 말에 대해 어깨를 으쓱거리고는 아버지 쪽으로 걸어갔다.

"아빠, 스티크만 씨와 함께 외출 좀 해야겠어요. 국립 도서관에 가야 할 일이 생겼어요."

"점심 식사 전에는 돌아오겠지?"

"어쩌면…… 아니…… 하지만 너무 걱정 마세요."

그리고 나서 그녀는 홈즈에게 분명한 목소리로 또박또박하게 말했다.

"자, 먼저 가시죠."

"엉뚱한 생각은 갖지 마시오."

"전혀."

"당신이 도망치고자 시도하면 난 당신에 대해 여기저기 떠벌릴 거요. 그럼, 체포되어 감옥에 가야 할 거요. 금발 부인에 대해선 이미 영장이 나와 있는 상태란 걸 잊지 마시오."

"도망치지 않겠다고 제 명예를 걸고 맹세하죠!"

"그 말을 믿겠소. ……갑시다."

홈즈가 지시한 대로 광장 맞은편에는 택시가 대기하고 있었다. 역시 바람이 찼는지 옷깃을 잔뜩 여미고, 머플러로 목을 감고 모자를 푹 눌러쓴 모습이었다. 택시는 시동이 걸려진 상태였다. 홈즈는 클로틸드 양에게 문을 열어주었고, 자신은 그 옆자리에 앉았다.

택시는 즉시 출발했다. 대로로 나와 오슈 가와 그랑드 아르메 가를 지났다.

홈즈는 깊은 생각에 잠겨 앞으로의 계획을 세우고 있었다.

'가니마르 경감은 지금 집에 있겠지. 이 여자를 그에게 맡겨야 하나? 이 여자가 누구라는 것을 이야기해 줄까? 아니, 그렇게 되면 경감은 이 여자를 당장 유치장에 처넣으려 할 거야. 그럼 모든 일이 엉망이 되고 말아. 일단 M. B. 목록을 다시금 훑어봐야 해. 그러고 나서 뤼팽을 추적하는 거야. 그리고…… 오늘 밤이나 내일 아침에는 약속대로 가니마르 경감에게 아르센 뤼팽을 넘겨주는 거야.'

드디어 목적을 달성할 수 있게 되었다는 사실 때문에 홈즈는 다소 흥분했다. 그가 판단하기에는 앞으로 별다른 장애 요소는 없을 것 같았다. 홈즈는 흐뭇한 마음에 연신 손을 비볐다. 홈즈는 평소 자신의 성격과는 어울리지 않는 명랑한 목소리로 이렇게 외쳤다.

"데스탕쥐 양, 제가 이렇게 드러내놓고 기뻐한다고 해서 너무 기분 나빠하지는 마십시오. 이번 일은 저로서도 힘든 싸움이었기 때문이오. 그런 만큼 기분도 특별하군요."

"정당한 승리인 만큼 당연히 기뻐할 권리가 있겠지요."

"고맙습니다. 한데…… 가만, 길이 이상한걸! 운전기사가 내 말을 잘못 알아들은 것 같군."

택시는 시외로 향하고 있었다. 페르고레즈 가는 도심 쪽이 아니던가!

홈즈는 운전석을 가로막고 있는 유리문을 내렸다.

"운전기사 양반, 길을 잘못 든 것 같소. 페르고레즈 가로 가주시오!"

그러나 운전기사는 묵묵부답이었다. 홈즈는 목소리를 높여 다시 한 번 목적지를 말했다.

"페르고레즈 가로 가자고 했소!"

그래도 운전기사는 대답이 없다.

"아니, 이 양반이 귀가 먹었나? 아니면 일부러 못 들은 척하는 건가? 아무튼 난 이런 곳에 볼일이 없으니 당장 페르고레즈 가로 차를 되돌리시오!"

그러나 여전한 침묵! 영국인은 갑자기 불안해졌다. 클로틸드 양을 보니, 뭔지 알 수 없는 미소가 그녀의 입가에 달라붙어 있었다.

"아니, 왜 웃는 거요?"

홈즈는 퉁명스럽게 물었다.

"어이없는 해프닝이 벌어졌지만 당신의 문제하곤 하등 상관이 없을 것이오!"

"그야 그렇겠지요!"

그때 문득 어떤 생각 하나가 홈즈의 머릿속을 스쳤다. 그는 엉거주춤 몸을 반쯤 일으켜 운전석에 앉은 사내를 유심히 살폈다. 처음 보았던 운전사와 달리 어깨가 조금 여위고 몸집의 균형도 잘 잡혀 있었다. 홈즈는 머리칼이 바짝 곤두서는 것을 느꼈다. 순간 무서운 생각이 그의 머릿속을 강하게 쳤다. 운전석의 사내는…… 아르센 뤼팽!

"홈즈 씨, 오랜만에 산책을 나왔을 텐데 기분이 좀 어떻습니까?"

"좋소! 아주 상쾌하오!"

홈즈가 강하게 대꾸했다.

떨리는 목소리와 마음의 동요를 드러내지 않고자 홈즈는 최선을 다했다. 이제껏 이토록 속감정을 감추고자 노력했던 적이 있었던가 싶을 정도로 홈즈는 당황스러웠다. 허나 그것도 잠시 그의 마음속 깊은 곳에서 거센 분노가 한꺼번에 솟구쳤다.

홈즈는 권총을 꺼내들어 데스탕쥐 양을 겨누었다.

"당장 차를 세우시오, 아르센 뤼팽! 그렇지 않으면 이 아가씨는 총알세례를 받아야 할 거야!"

"쏘려거든 볼에다 겨누시오. 그래야 관자놀이로 관통할 테니까."

뤼팽은 뒤도 돌아보지 않고 대답했다.

클로틸드 양이 말했다.

"막심, 너무 빨리 달리지 말아요. 길이 미끄러워 무서워요."

여자는 여전히 미소를 지은 채 걱정이라는 듯 도로를 주시하였다.

"얼른 세워! 세워, 어서! 이러다간 정말 내가 무슨 짓을 할지 몰라!"

권총의 총신이 여자의 물결치는 머리에 닿았다.

여자가 느긋하게 중얼거렸다.

"막심 저 사람은 결코 신중한 사람이 아니랍니다. 이렇게 속력을 내다간 언제 차가 뒤집어질지 모르는데…… 걱정이에요."

홈즈는 협박을 포기하고 총을 주머니에 도로 집어넣었다. 그러곤 차에서 뛰어내릴 작정인지 문 손잡이를 손으로 잡았다.

차분한 목소리의 클로틸드가 영국인에게 말했다.

"홈즈 씨, 조심하셔야 할 거예요. 우리 뒤쪽으로 차 한 대가 쫓아오고 있으니까요."

고개를 내밀어 살펴보니 그녀의 말은 사실이었다. 과연 큰 차 한 대가 뒤를 쫓아오고 있었다. 차는 앞이 뾰족하고 핏빛처럼 빨간색이었다. 차 안에는 험상궂은 인상의 네 사내가 앉아 있었다.

'……당했군. 좋아, 가는 데까지 가보도록 하지 뭐.'

홈즈는 생각했다.

홈즈는 모든 걸 운명에 맡겨놓기로 했는지 느긋하게 팔짱을 꼈다. 차는 세느 강을 건너 쉬레느, 뤠이, 샤투를 지났다. 그동안 홈즈는 꼼짝 않고 앉아 분노만을 삭였다. 처음의 운전사가 어찌하여 아르센 뤼팽으로 뒤바뀌게 된 걸까? 그는 아침 대로에서 만난 인상 좋은 젊은이가 미리 배치시킨 공범자라고는 생각하지 않았다. 더욱이 홈즈는 자신의 계획을 그 누군가에게 발설한 적도 없었다. 한데 아르센 뤼팽은 알고 있었다! 홈즈가 자신의 정체를 클로틸드 양에게 얘기했을 때부터 두 사람은 한시도 떨어져 있지 않았다. 그런데…… 어떻게?

그때 문득 생각 하나가 홈즈의 머릿속을 스쳤다. 재봉사와 나누었던 클로틸드의 전화 통화! 그제서야 홈즈는 모든 것이 이해가 되었다. 영리한 클로틸드는 직감적으로 자신에게 닥쳐온 위험을 느끼고 찾아온 사람이 누구인지 짐작했던 것이다. 그리고 냉정하고 자연스러운 태도로 자신의 위험을 미리 약속한 그들만의 언어로 뤼팽에게 알려준 것이다.

아르센 뤼팽이 언제 도착했고, 시동이 걸려 있는 택시를 수상쩍게 생각한 이유가 무엇인지, 어떻게 운전사를 매수했는지는 사실 별 문제도 아니었다. 그러나 이런 문제보다 홈즈 자신을 격노케 하는 일이 있었다. 바로 클로틸드의 태도였다. 사랑에 빠진 가녀린 여자라고만 생각했는데, 그것이 아니었다. 그녀의 모든 표정과 행동은 가식적인 것이었다. 너무나 완벽하여 노회한 셜록 홈즈도 그만 속아넘어갔던 것이다.

도대체 뤼팽의 힘은 어디까지인가? 얼마나 강력한 힘을 가졌기에 이 가녀린 여자에게 그토록 대단한 열정을 불어넣을 수 있단 말인가? 이런 사내를 상대로 어찌 싸워야 좋을까?

차는 생 제르망 언덕으로 올라갔다. 차는 거기서부터 5백 미터쯤 지날 때까지 천천히 속도를 줄였다. 뒤따라오던 다른 차 한 대가 가까이 다가왔고, 곧 두 차는 멈췄다. 주위엔 사람의 그림자도 보이지 않았다.

"홈즈 씨, 차를 바꿔 타셔야겠습니다. 이 차는 형편없이 느리군요."

"뭐, 달리 방법이 없겠군요."

"뿐만 아니라…… 이 머플러를 드릴까 합니다. 그리고 이 샌드위치도요. 앞으로 빨리 달릴 테니 찬바람이 만만치 않을 겁니다. 또 저녁을 언제 드시게 될지 장담할 수 없는 형편이라서요."

네 사내는 이미 차에서 내린 상태였다. 그 가운데 한 사내가 다가와 쓰고 있던 안경을 벗었다. 그는 헝가리 식당에서 프록시코트를 입고 있던 바로 그 신사였다. 뤼팽이 그에게 말했다.

"이 차를 돌려주도록 하게. 레정드르 가 오른쪽 선술집에서 기다리고 있을 거야. 약속한 천 프랑의 잔금도 치르게. 아, 깜박 잊었군! 홈즈 씨에게 자네의 보안경을 드리게나."

뤼팽은 데스탕쥐 양과 잠시 이야기를 나눈 다음 핸들을 잡고 차를 출발시켰다. 운전석엔 뤼팽, 옆자리엔 홈즈, 뒷자리에는 부하 한 사람이 탔다. 뤼팽이 '빨리 달린다'고 했던 말은 괜한 소리가 아니었다. 처음부터 눈이 핑핑 돌 정도로 뤼팽은 속력을 냈다. 지평선이 신비스러운 힘에 의해 이끌려 다가왔다가 순식간에 깊은 못으로 끌려들어 가듯 사라졌다. 나무도 집도 들판도 숲도 못에 가까워진 격류처럼 바쁘게 사라졌다.

뤼팽과 홈즈는 한마디도 나누지 않았다. 그들의 머리 위로는 일정한 간격을 두고 늘어선 포플러 나무의 잎사귀들이 리듬을 만들어 소리를 내고 있었다. 그들은 수많은 마을들을 뒤로하고 계속하여 앞으로 나아갔다. 망트, 베르농, 가이용…… 등등. 언덕에서 언덕으로 차는 계속하여 달렸고, 봉 스크르에서 캉틀뤼, 르왕과 그 외곽지대, 항구와 굉장히 긴 하안(河岸) 방파제 위를 쉬지 않고 달려나갔다.

이어, 뒤클레르, 코드베크, 코 지방의 완만한 지형을 스치듯 달려 리유보느와 퀴뵈프를 지나쳤다. 이윽고 차는 세느 강 하구에 이르렀다. 선착장 끝에는 굴뚝에서 검은 연기를 뿜어내는 소박하지만 튼튼해 보이는 배 한 척이 정박해 있었다.

드디어 차가 멈추었다. 두 시간 동안 차는 마흔 개가 넘는 지명들을 지나쳐온 것이다!

푸른색 작업복에 금줄을 두른 모자를 쓴 사내가 다가와 뤼팽에게 인사했다.

"안녕하시오, 선장!"

뤼팽이 소리쳤다.

"전보를 받았소?"

"받았습니다."

"제비호는 준비가 되었소?"

"준비되어 있습니다."

"자, 그럼…… 홈즈 씨!"

영국인은 주위를 둘러보았다. 약간 떨어진 카페 테라스와 다른 카페에 한 무리의 사내들이 있었다. 잠시 망설였지만 홈즈는 저항을 포기했다. 반항한들 옴짝달싹 묶인 채 배 밑바닥에 처넣어질 것이 뻔했다. 그는 결국 영불해협을 건너가게 될 것이었다. 뤼팽은 조그마한 다리를 건너 배의 선장실로 들어갔다.

선장실은 넓었으며 깨끗이 정돈되어 있었다.

뤼팽은 문이 닫히자마자 홈즈에게 물었다.

"당신이 알고 있는 게 도대체 뭐요?"

"모두 다."

"모두 다? 구체적으로 말해보시오!"

뤼팽의 목소리는, 늘상 그렇듯이 영국인을 대하는 조금은 익살맞으면서도 정중함이 묻어나는 그런 목소리가 아니었다. 언제나처럼 상대방을 지배하는 습관, 상대가 비록 셜록 홈즈라 하더라도 예외 없이 복종해야 한다는 듯 명령조였다.

두 사람은 적으로서 서로를 마주 노려보았다. 다소 흥분한 탓인지 뤼팽이 신경질적으로 내뱉었다.

"이제까지 여러 번 당신은 내 앞에 나타났었지. 모두 쓸데없는 일이 되었지만. 허나 나는 당신이 쳐둔 그물을 피해 가느라 그때마다 시간을 낭비해야 했소. 이젠 그것도 싫증이 났소. 경고하건대, 당신에 대한 나의 태도는 당신의 대답에 달려 있다는 것을 명심하시오. 대체 당신은 무얼 알고 있다는 거요?"

"되풀이해 말하지만, 나는 모두 다 알고 있소."

아르센 뤼팽이 치미는 화를 삭이며 분명한 어조로 말했다.

"좋아! 당신이 알고 있다고 자신하는 그것에 대해 내가 말해 보지. 당신은 내가 막심 베르몽이라는 이름으로 데스탕쥐 씨가 건축한 건물 열다섯 채의 집을 다시 개조했다고 생각하겠지?"

"그렇소."

"그중 당신은 이미 네 채를 알고 있을 테고?"

"그렇소."

"그리고 나머지 열한 채의 목록도 가지고 있을 테고요?"

"그렇소."

"그 목록은 어젯밤 데스탕쥐 씨의 집에서 훔쳐냈을 것이고요?"

"그렇소."

"그리고 그 열한 채의 건물 가운데 나와 내 친구들의 은신처가 있다고 믿고 있겠지요. 하여 가니마르에게 그에 대한 조사를 부탁했겠지요?"

"그건 그렇지 않소."

"그렇다면?"

"나는 혼자 행동했소. 조사도 물론 혼자 할 것이고 말이오."

"그렇다면 나로서는 아무것도 겁낼 게 없겠군. 당신은 내 손아귀에 있으니까 말이오."

"내가 당신 수중에 있는 한 걱정할 건 아무것도 없을 거요."

"결국 그 말은 탈출을 시도하겠다는 뜻이겠군요?"

"그렇소."

아르센 뤼팽은 좀 더 가까이 영국인에게로 다가갔다. 그러고는 무척 상냥하게 어깨에 손을 올려놓으며 말했다.

"잘 들으시오, 홈즈 선생. 나는 당신의 말에 별로 신경 쓰지 않소. 지금 당신의 처지를 생각해 보시구려. 그럴 형편이 아니지 않소. 그러니 이제 그만 끝냅시다."

"나도 진심으로 원하는 바요."

"홈즈 씨, 이 배가 영국 해안에 닿을 때까지 도망치지 않겠다고 약속해 주시오."

"모든 수단을 다 써서 도망치는 데 힘쓸 것을 약속하오!"

홈즈가 당당하게 대답했다.

"젠장! 뭔가 착각을 하는 것 같은데…… 내 말 한마디로 당신의 처지는 완전히 달라질 수 있소. 여기에 있는 사람들은 하나같이 나를 맹목적으로 따르고 복종하오. 내가 명령만 내리면 그들은 당신 목에 쇠사슬도 감을 사람들이오!"

"쇠사슬도 끊을 수는 있소."

"바닷속으로 던져버릴 수도 있소."

"나는 수영 솜씨가 좋은 편이오."

뤼팽이 웃음을 터뜨렸다.

"대답 한번 시원하시군. 용서하시오, 내가 너무 흥분했던 것 같소. ……자아, 결론을 말하겠소. 아무튼 이 모든 것이 나와 내 친구들의 안전을 위해 필요한 조치라는 것을 부디 이해해 주기 바라오!"

"물론 인정하오. 허나 소용없을 거요."

"좋소. 아무튼 나의 조치에 대해 야박하다고 나를 탓하지 않앉으면 좋겠소."

"당신의 당연한 선택이라 생각하오."

"그럼 됐소!"

뤼팽은 문을 열고 선장과 두 명의 선원을 불렀다. 그들은 영국인을 붙들고 몸수색을 한 다음 두 발을 족쇄로 채워 선장의 침대에 단단히 붙들어 맸다.

"그만하면 됐어!" 하고 뤼팽이 말했다.

"실례인 줄 알지만 당신이 너무 완고하고 또 사태가 심각하기 때문에 나로서도 어쩔 수 없다는 점 이해해 주시오."

선원이 물러가고 뤼팽이 선장에게 이렇게 당부했다.

"선장, 승무원 한 사람을 홈즈 씨에게 붙여주시오. 그리고 당신도 수시로 들여다보시오. 불편함이 없도록 각별히 신경 써 주시오. 홈즈 씨는 포로가 아니라 손님이라는 점 잊지 마시오. ……선장, 지금 몇 시요?"

"2시 5분입니다."

뤼팽은 자기 시계를 보고 나서 다시 선실 벽에 걸린 괘종시계를 올려다보았다.

"2시 5분이라…… 영국의 사우샘프턴에 도착하기까지 얼마나 걸릴까요?"

"서두르지 않고 가면 아홉 시간 정도입니다."

"그럼, 11시쯤 도착한다는 것이로군. 자정께 그곳 사우샘프턴에서 출발해 르아브르에 아침 8시에 도착하는 여행선이 하나 있소. 그 배가 나갈 때까지 거기에 입항해서는 안 되오. 무슨 뜻인지 알겠소, 선장? 반복해서 말하지만, 이 신사가 그 배로 다시 프랑스에 돌아오면 우린 대단히 위험해지기 때문이오. 적어도 밤 1시 이전에는 그곳에 도착하지 마시오."

"알겠습니다."

"그럼, 홈즈 씨! 내년에 봅시다. 아님 이 세상이나 저 세상에서 보든지!"

뤼팽의 인사에 홈즈도 기세 좋게 대답했다.

"내일 봅시다!"

몇 분 후, 홈즈의 귀에 자동차가 출발하는 소리가 들렸다. 그리고 제비호의 밑바닥에서 들려오는 증기소리가 거세졌다. 배가 움직이기 시작한 것이다.

3시쯤 세느 강 어귀를 지나 배는 바다로 나갔다. 그때 홈즈는 깊은 잠에 빠져 있었다.

다음 날 아침, 두 맞수가 서로에게 선전포고를 한 마지막 날인 열흘째! 에코 드 프랑스 신문에 다음과 같은 흥미 있는 기사가 실렸다.

어제 아르센 뤼팽은 영국 탐정 셜록 홈즈에게 출국 명령을 내렸다. 명령은 곧바로 이행되었다. 셜록 홈즈는 다음 날 새벽 1시경에 사우샘프턴 항구에 도착했다.

아르센 뤼팽, 두 번째 체포되다

아침 8시, 열두 대의 이삿짐 차량이 부아 드 불로뉴 가와 뷔고 가 사이에 있는 크르보 가에 모였다. 8번지 5층에 살던 펠릭스 다비 씨가 이사를 가는 것이다. 그리고 같은 건물 6층과 이웃한 건물 두 채의 6층을 모두 빌려 쓰고 있는 감정가 뒤브뢰이 씨도 같은 날 - 두 신사는 서로 모르는 사이였기에 단순히 우연의 일치였다 - 외국의 중개인들이 매일같이 찾아와 욕심내던 가구들을 발송하기 위해 밖으로 옮기고 있었다.

열두 대의 이사 차량에는 어느 것 하나에도 이삿짐 업자의 상호나 주소가 적혀 있지 않았다. 또한 함께 온 인부들 중에도 근처 선술집에 들락거리던 자는 한 사람도 없었다. 이는 마땅히 사람들의 주목을 받을 만하지만, 이것이 소문으로 번진 건 훨씬 훗날의 일이다. 아무튼 인부들은 굉장히 솜씨가 좋았고 민첩했기 때문에 11시쯤에는 모든 일이 끝났다. 남은 것이라고는 빈 공간에 널브러진 종이 따위뿐이었다.

펠릭스 다비 씨는 품위 있는 젊은이로 알려져 있었다. 늘 유행하는 세련된 옷을 입었으며, 손에는 무게가 꽤 나갈 것 같은 지팡이를 들고 다녔다. 그것으로 보아 그는 꽤 근력이 좋은 사람임이 분명했다. 그는 페르고레즈 가의 맞은편, 골목길 벤치에 앉아 있었다. 그의 옆에는 소시민 차림의 한 여자가 신문을 읽고 있었다. 그 옆에는 어린아이가 장난감 삽으로 모래장난을 치며 놀고 있었다.

잠시 후 펠릭스 다비 씨가 얼굴도 돌리지 않은 채 옆의 여자에게 말했다.

"가니마르는?"

"아침 9시에 나갔어요."

"어디로?"

"경시청으로요."

"혼자?"

"혼자서요."

"지난 밤에 혹시 전보라도 온 게 있소?"

"없었어요."

"여전히 당신을 믿고 있겠지?"

"물론이죠. 가니마르 부인의 시중을 잘 받들고 있어요. 그 여자는 남편의 일에 대해 모조리 떠들어대더군요. 오늘 아침에도 같이 있었어요."

"좋았어! 별다른 지시가 없는 한 매일 오전 11시에 이곳으로 나오도록 해요."

자리에서 일어난 사내는 도핀 문(Porte, 실제의 문이 아닌 '구역'을 나누는 명칭) 근처의 중국 음식점으로 들어갔다. 거기서 달걀 두 개와 야채, 과일 등으로 간단히 점심 식사를 해결했다. 그러고는 크르보 가로 돌아와 관리인에게 이렇게 말했다.

"좀 둘러보고 나서 열쇠를 돌려주겠소."

그는 서재로 사용했던 방을 마지막으로 살펴보았다. 거기서 벽난로 둘레의 장식 부분을 따라 매달려 있는 가스관 끝의 구리 마개를 벗겨냈다. 그리고 뿔피리 모양의 작은 도구를 꽂은 다음 입으로 훅 불었다.

잠시 후 작은 휘파람 소리가 그에게 응답을 해왔다. 그는 관에다 입을 대고 이렇게 말했다.

"뒤브뢰이, 아무도 없나?"

"네, 없습니다."

"올라가도 되겠나?"

"네, 올라오십시오."

마개를 원래대로 해놓으며 그가 중얼거렸다.

"문명의 발달이란 참으로 대단하군! 우리 시대는 생활을 즐겁고 아름답게 보낼 사소한 발명품들로 가득 차 있단 말이야. 하긴 나처럼 생활에 요긴하게 써먹는 사람은 그리 많지 않겠지만……."

그는 벽난로의 대리석 모서리 부분을 힘을 주어 밀었다. 그러자 대리석 자체가 움직이더니 그 위의 거울이 보이지 않는 홈을 따라 미끄러지며 통로의 계단이 보였다. 타일이 박힌 계단은 반들반들하게 윤이 났다.

그는 계단을 올라갔다. 6층에도 입구와 마찬가지의 구조였다. 뒤브뢰이가 기다리고 있었다.

"여긴 다 끝났나?"

"끝났습니다."

"완전히?"

"네. 완전히."

"인원은?"

"망을 보기 위해 세 명을 남겼습니다."

"가세."

두 사람은 같은 계단을 이용해 하인들 전용층까지 올라갔다. 거기엔 세 명의 사내가 있었다. 그중 한 명이 창문 밖을 감시하고 있었다.

"별일 없나?"

"없습니다, 두목."

"거리는 조용한가?"

"아주 조용합니다."

"앞으로 10분 후 여길 떠난다. 그건 자네들도 마찬가지야. 조금이라도 수상쩍은 일이 발생하면 즉시 내게 알리도록!"

"비상벨에 항시 손을 올려놓고 있습니다."

"뒤브뢰이, 일꾼들에게도 이 벨 선엔 손대지 말도록 철저하게 일렀겠지?"

"물론입니다. 아무 이상 없습니다."

"그럼 마음놓아도 되겠군."

두 사람은 펠릭스 다비 씨의 집으로 내려왔다. 다비 씨는 대리석 모서리를 원위치시키고는 밝게 웃으며 말했다.

"뒤브뢰이, 나는 무척 궁금하다네. 비상벨, 전선망, 송화관, 비밀 통로, 숨겨진 계단…… 나중에 우리의 이런 기막힌 장치를 찾아낸 사람들의 얼굴 표정을 한번 보고 싶군. 마치 동화 속에나 나올 법한 장치가 아닌가!"

"아르센 뤼팽에 대해 사람들은 다시금 감탄사를 터뜨릴 겁니다!"

"그걸 바라지는 않지만 이런 설비들을 버리고 가려니 가슴이 아프군. 모든 걸 새로 시작하지 않으면 안 돼. 물론 다른 방식으로 말이야. 이게 다 지겨운 홈즈라는 친구 때문이야."

"한데…… 홈즈 그자, 장담한 대로 다시 프랑스로 돌아왔을까요?"

"어떻게 돌아올 수 있겠나? 사우샘프턴에서 프랑스로 오려면 자정에 출발하는 여객선을 탔어야 해. 더욱이 르아브르에서는 아침 8시에 출발해 이곳에 11시 11분에 도착하는 기차는 단 한 대뿐이야. 결국 그 배를 타지 못했으면—물론 선장에게 단단히 일러두었으니까 그 배를 타지 못했겠지만—오늘 저녁에나 겨우 프랑스에 돌아올 수 있을 거야."

"그래도 만약 돌아왔으면 어떻게 하죠?"

"셜록 홈즈는 절대로 싸움을 포기하는 사람이 아니지. 그렇긴 해도 그땐 너무 늦었겠지. 우린 멀리 떠나 있을 테니까!"

"데스탕쥐 양은 어떻게 하실 생각이십니까?"

"한 시간 후에 만나기로 했네."

"그녀의 집에서 만납니까?"

"아니야. 이번 일이 완전히 마무리되어야 하니, 한동안 그녀는 집에 돌아가지 않을 거야. 나도 한동안 그녀한테 신경 써야 하니까, 뒤브뢰이 자네가 뒤를 책임져야겠군. 짐을 모두 선적하는 데 꽤 시간이 걸릴 거야. 부두에 직접 나가 나 대신 감독을 좀 하도록 해."

"우리를 감시하고 있는 자들은 분명 없겠죠?"

"누가 우리를 감시하겠나? 내가 염려하는 건 홈즈뿐이야."

뒤브뢰이가 물러가고 펠릭스 다비 씨는 마지막으로 아무것도 없이 텅 빈 공간을 빙 둘러보았다. 그러다가 그는 휴지조각을 조금 주웠고, 분필 한 조각도 발견했다. 그는 분필조각을 들고 식당의 어둑한 벽을 골라 커다란 테두리를 그린 다음 - 마치 기념 패널처럼 - 그 안에 정성 들여 글귀를 적었다.

20세기 초, 5년 동안 괴도신사 아르센 뤼팽, 여기서 살다 가다

사소한 장난이지만 그는 매우 만족한 얼굴이었다. 휘파람을 불며 그것을 바라보던 그가 나지막이 중얼거렸다.

"이제 미래의 역사가들에게 할 만큼은 한 것 같군. 서두르시오, 셜록 홈즈 선생. 3분 안에 나는 이 집을 떠날 것이고 그리 되면 당신의 완전한 패배요. ……앞으로 2분! 사람을 기다리게 하는군…… 앞으로 1분! 정녕 오지 않을 작정인가? ……좋아, 나는 그대의 퇴위와 나의 즉위를 선언하노라! 그리고 나는 이만 실례하겠소이다. ……자, 잘 있거라! 아르센 뤼팽의 왕국이여! 이제 다시는 볼 수 없으리라! 잘 있거라, 내가 통치하던 여섯 채 주택의 55개의 방이여! 잘 있거라, 나의 비밀의 방이여! 소박하고 아담했던 나의 밀실이여!"

그때였다. 느닷없는 벨소리가 들린 것은! 그의 감상은 무참하게 깨졌다. 요란한 벨소리는 끊어졌다 이어졌다 하며 두 번 연속으로 울렸다. 벨소리는 분명 비상을 알리는 신호였다.

대체 무슨 일일까? 예상치 못했던 위험이 닥친 건가? 가니마르 경감일까? 아니면……?

그는 도망치고자 했다. 그러나 먼저 창문 쪽으로 다가가 밖을 내다보았다. 대로에는 아무도 없었다. 그렇다면 적은 이미 집 안으로 들어왔다는 것인가? 귀를 기울이자 수상쩍은 소리들이 들려왔다. 그는 더 이상 망설이지 않고 서재로 달려가 문턱을 넘어섰다. 바로 그때 현관문에 열쇠를 꽂는 소리가 들렸다.

"큰일이군!"

뤼팽이 중얼거렸다.

"이미 늦은 건가? 건물은 이미 포위되었을 게 분명하구……

비상계단도 막혔을 거야. 그렇다면 방법은 비밀 통로뿐이 군……."

그는 대리석의 모서리를 밀었다. 그러나 어찌된 일인지 꿈쩍 도 하지 않았다. 좀더 힘을 주어 밀었다. 역시 마찬가지였다.

그 순간 현관문이 열렸는지 발자국 소리가 점점 크게 들려왔 다.

"젠장!"

뤼팽이 소리쳤다.

"이 빌어먹을 장치가 왜……."

그의 손가락이 경련을 일으키듯 떨렸다. 그는 온몸으로 힘껏 밀어보았으나 결과는 역시 마찬가지였다. 이게 무슨 기막힌 불 운인가? 조금 전까지는 아무런 문제 없이 잘 작동하지 않았던 가? 뤼팽은 제정신이 아니었다. 온갖 방법을 다 동원했지만 그 래도 대리석은 꿈쩍도 하지 않았다. 아아, 이런 터무니없는 일 이 생기다니! 뤼팽은 주먹으로 대리석을 쳐대며 욕설을 마구 내 뱉었다.

"아니, 이거 뤼팽 선생 아니오? 뭔가 마음대로 안 되는 일이 라도 있는 거요?"

뤼팽은 깜짝 놀라 뒤돌아보았다. 그의 앞에 서 있는 자는 다 름 아닌 셜록 홈즈였다!

맙소사, 셜록 홈즈라니! 뤼팽은 도무지 믿기지 않는다는 듯 두 눈을 끔벅이며 홈즈를 바라보았다. 셜록 홈즈가 파리에 모습을 나타내다니! 바로 어제, 위험한 짐짝처럼 영국으로 보내지 않았던가! 그런데 그런 셜록 홈즈가 의기양양한 모습으로 눈앞에 서 있다니! 아아, 그의 바람과 다른 이런 불가해한 기적이 실현되기 위해서는 자연의 법칙이 완전히 뒤바뀌고, 이치에 맞지 않는 모든 변칙적인 것들이 농간을 부렸음에 틀림없으리라! 그러니 셜록 홈즈가 버젓하게 눈앞에 있는 것이리라!

이제까지 뤼팽이 상투적으로 써먹었던 은근하고 무례한 말투로 영국인이 뤼팽에게 말했다.

"뤼팽 씨! 나는 이제까지의 일을 모두 잊기로 했소. 당신 때문에 오트렉 남작의 집에 갇혀 하룻밤을 지새우게 된 것, 내 친구 왓슨이 당한 봉변, 내가 자동차로 납치당했던 것, 짐짝처럼 묶여 불편한 항해를 해야 했던 것 등등. 당연하지요. 지금 이 순간의 기억이 그 모든 기억을 충분히 잊게 해주니 말이오. 이젠 정말로 아무것도 기억하지 않겠소. 충분히 보상받았다고 생각하니까요."

뤼팽은 잠자코 있었고, 영국인은 계속하여 말을 이었다.

"어때요? 당신도 충분히 그러리라 여겨지는데?"

그는 상대방의 동의를 구하는 태도였는데, 마치 과거에 대한 일종의 청산을 요구하는 것 같았다.

잠시 깊은 생각에 빠졌던 뤼팽이 선언하듯이 말했다.

"나는 당신의 지금 태도가 참된 동기에 바탕을 둔 것이라고 생각합니다."

"물론이지요!"

"당신이 선장과 선원들로부터 도망쳐 온 것은 우리들의 싸움 전체로 볼 때 아주 작은 사건에 지나지 않소. 그러나 이렇게 아르센 뤼팽 앞에 혼자 나타났다는 건 조금 이상하군요?"

"조금도 이상할 게 없소."

"그렇다면, 이 집은……?"

"완전히 포위되었소."

"이웃한 두 집은?"

"마찬가지요."

"이 위의 집들도?"

"뒤브뢰이 씨가 살고 있는 세 집 역시 마찬가지요."

"그럼……."

"결국…… 뤼팽 씨, 당신은 체포된 것이오. 지금 말이오."

자동차에 납치당했을 때의 홈즈의 심정을 뤼팽은 지금 똑같이 느끼고 있었다. 뤼팽은 운명이 시키는 대로 순응하리라 생각했다. 두 사람 모두 강했고, 정정당당한 승부에서 뤼팽은 패한 것이다.

"이제 우린 비긴 건가요?"

뤼팽이 말했다.

영국인은 사실 뤼팽의 고백에 몹시 기뻤다. 두 사람은 한동안 아무 말도 하지 않았다. 그러는 가운데 뤼팽은 어느새 자신의 본래 모습을 되찾아가고 있었다.

"나는 이번 일에 대해 이상하게도 담담한 심정이오. 나는 늘

이기기만 했는데, 그것도 이젠 싫증이 나던 참이었소. 사실 내가 마음만 먹었으면 언제든 당신을 어찌할 수 있었더랬소. 그런데 이제는 입장이 완전히 역전이 되었구려. 이번에는 내가 그만 당하고 말았소!"

뤼팽이 기분 좋게 웃었다.

"이것으로 세상 사람들도 무척이나 즐거워할 거요! 천하의 뤼팽이 독 안에 든 쥐가 되었다고! 또 어떻게 탈출할 것인지, 무척 궁금해할 것이오. 이 얼마나 멋있는 모험이오! 아무튼 홈즈 씨 덕분에 난 인생이란 바로 이런 것이구나 하는 걸 깨닫게 된 것 같소!"

그는 가슴속에 끓어오르는 걷잡을 수 없는 기쁨을 억누르려는 사람처럼 두 주먹을 불끈 쥐어 관자놀이를 꾹꾹 눌러댔다. 또한 자기 힘에 벅찬 놀이를 하는 어린아이 같은 몸짓을 해 보이기도 했다.

"한데, 지금 당신은 뭘 기다리고 있는 거요?"

"무엇을 기다리다니?"

"그렇소. 가니마르 경감도 그렇고 또 그 부하들도 왔을 텐데, 왜 그들이 들이닥치지 않는 거요?"

"들어오지 말라고 내가 부탁을 했소."

"그가 동의하던가요?"

"나는 내 지휘에 확실히 따르겠다는 조건 하에 그의 협력을 요구했소. 그리고 그는 펠릭스 다비 씨를 뤼팽의 패거리쯤으로 생각하고 있소."

"이번에는 다른 질문을 하겠는데, 당신은 왜 혼자 들어온 거요?"

"나는 우선 당신과 이야기를 하고 싶었소."

"나와 할 이야기가 있다?"

홈즈의 이 말은 뤼팽의 마음에 든 모양이었다. 하긴 행동보다 말이 더 필요한 경우가 있는 법!

"홈즈 씨, 그러고 보니 앉을 의자도 준비 못했구려. 부서졌지만 이 낡은 상자라도 괜찮다면 앉으시구려. 아니면 창틀은 어떻소? 맥주라도 한잔하면 좋을 텐데…… 흑맥주 아니면 보통의 맥주? 아무튼 부디 앉아주시구려."

"아니, 그럴 것까진 없소. 그냥 얘기해도 되니까."

"그래, 들어봅시다."

"단도직입적으로 말하겠소. 내가 프랑스에 온 목적은 당신을 체포하기 위해서가 아니라 다른 나의 목적을 이루기 위해서였소."

"그 목적이란 게 뭐요?"

"푸른 다이아몬드를 되찾는 일이오."

"푸른 다이아몬드!"

"그렇소. 블라이센 영사의 가루비누 병 속에서 발견된 건 진짜가 아닌 가짜니까."

"아, 맞아요! 진짜는 이른바 금발의 귀부인이 가져갔고, 내게 전해줬소. 처음부터 나는 그와 똑같은 모조품을 만들어 뒤바꿀 생각이었소. 백작 부인의 다른 보석에도 눈독을 들였으니 그럴 수밖에 없는 처지였던 거요. 그런데 블라이센 영사가 혐의를 받게 됐고, 곧 의심의 시선이 자신에게로 쏠릴 것을 두려워한 금발 부인이 의심을 피하기 위해 가짜 다이아몬드를 영사의 짐 속에 숨겨놓았던 거요."

"그리고, 진짜는 당신이 가지고 있고요?"

"그야 물론이오."

"나는 그 다이아몬드가 필요하오."

"안됐지만, 그건 안 될 일이오."

"나는 클로존 백작 부인과 약속했소. 틀림없이 되찾아주겠다고."

"내가 가지고 있는데 어떻게 되찾을 수 있소?"

"당신이 가지고 있으니 내 손에 넣을 수 있다는 거요."

"그럼, 내가 당신에게 돌려줘야 한다는 말이오?"

"그렇소."

"내가 스스로?"

"사겠소."

뤼팽은 갑자기 명랑해졌다.

"과연 영국사람답군…… 마치 사업가 같구려."

"이건 흥정이오."

"대가는?"

"데스탕쥐 양의 자유!"

"자유? 그녀는 체포되지 않았소."

"당장은 아니더라도 가니마르 경감에게 필요한 지시를 내릴 수 있소. 당신의 보호가 없다면 그녀는 체포될 것이오."

뤼팽이 갑자기 웃음을 터뜨렸다.

"홈즈 선생, 당신은 가지고 있지도 않은 것을 주려고 하는군요. 데스탕쥐 양은 당신이 걱정하지 않아도 안전한 곳에 이미 가 있습니다. 다른 걸 내놓아 보시오."

얼굴이 벌겋게 달아오른 영국인은 당황한 기색이 역력했다. 그러나 그는 갑자기 상대방의 어깨에 손을 척 얹어놓으며 이렇게 말했다.

"만일 내가 다른 조건을 제안한다면……?"

"나를 풀어주기라도 하겠다는 거요?"

"아니, 꼭 그렇다기보다…… 이 방을 나가 가니마르 씨와 의논을 해볼 수는 있소."

"내게 생각할 여유를 주겠다는 거요?"

"그런 셈이오."

뤼팽은 벽난로 모서리를 안타까운 심정으로 바라보며 슬그머니 밀어보았다.

'아무 소용 없는 짓이야. 이 얄미운 장치는 이제 움직이지 않는데…….'

그런데, 그는 너무 놀라 하마터면 비명을 지를 뻔했다. 이 무슨 해괴한 일이란 말인가! 꿈쩍도 하지 않던 대리석이 이번에는 움직이는 것이 아닌가!

하늘의 도움인가! 탈출이 가능하게 되었기에 뤼팽은 굳이 홈즈의 조건을 받아들일 필요가 없었다.

뤼팽은 잠시 생각을 하는 척하면서 방 안을 왔다갔다했다. 그러다가 영국인이 그랬던 것처럼 그의 어깨에 척 손을 올려놓았다.

"생각해보았는데…… 홈즈 씨, 나의 일은 나 혼자 처리하고 싶소."

"하지만……."

"아니, 그 누구의 도움도 필요 없소."

"가니마르 경감은 결코 당신을 놓아주려고 하지 않을 것이오!"

"그거야 어쩔 수 없는 일 아니오."

"뤼팽 선생, 그야말로 미친 짓이오. 당신이 빠져나갈 곳은 이미 모두 봉쇄되었소."

"한 군데쯤은 남아 있을 것이라 믿소."

"대체 어디에 말이오?"

"내가 선택하게 될 것이오!"

"그 무슨 허풍이오! 당신은 이미 체포된 것이나 마찬가지란 말이오!"

"그렇지 않소."

"그렇다면 기어코……!"

"푸른 다이아몬드를 내놓지 않겠다는 뜻이오."

홈즈가 호주머니에서 회중시계를 꺼냈다.

"지금은 십 분 전 3시요. 3시에는 가니마르 경감을 부르겠소."

"그럼, 아직 십 분 동안 이야기를 나눌 수 있겠군요. 홈즈 씨,

우리 이 시간을 잘 좀 활용합시다. 나의 간절한 호기심을 만족시키기 위해 당신이 어떻게 내 주소와 펠릭스 다비라는 이름을 알게 되었는지 말씀해 주실 수 있겠소."

홈즈는 뤼팽이 갑자기 여유만만해진 것에 불안감이 느껴졌지만, 자신의 자만심을 치켜세워 줄 이야기를 해달라는 것에는 기분이 흡족했다.

"당신 주소 말이오? 그건 금발의 부인에게서 알아냈소."

"클로틸드에게서요?"

"그렇소. 기억해 보면 알 것이오…… 어제 아침, 그녀를 볼모로 잡기 위해 집으로 찾아갔을 때, 그녀는 재봉사에게 전화를 걸었소."

"그래서요?"

"나중에야 알게 됐지만 그 재봉사는 바로 당신이었소. 어젯밤 배를 타고 가면서 곰곰이 생각을 더듬어 보았소. 내 기억력은 남들에게 자랑해도 될 만큼 좋은 편이오. 결국 나는 전화번호의 마지막 두 자리를 생각해냈소. ……73이었지요. 오늘 오전 11시에 파리에 도착하자마자 나는 당신이 보수 공사한 집의 목록을 뒤적거렸고, 그리 어렵지 않게 끝자리가 73인 전화번호를 찾아낼 수 있었소. 그것으로 펠릭스 다비 씨의 주소와 이름을 알아내는 건 아주 쉽게 끝났소. 그런 다음 가니마르 경감에게 연락을 하게 된 것이오."

"훌륭하군요! 정말 대단해요! 나로서도 경탄할 수밖에 없군요! 그러나 아직도 납득이 안 되는 게 있는데 르아브르에서 기차를 타고 이곳으로 온 거요? 도대체 어떤 방법으로 제비호에서 탈출한 거요?"

"난 탈출하지 않았소."

"……그럼?"

"당신은 선장에게 새벽 1시 이전에 사우샘프턴에 도착해선 안 된다고 명령했었소. 그런데 제비호는 자정에 도착했소. 그래서 르 아브르로 가는 기선을 탈 수 있었던 거요."

"선장이 날 배신했다는 거요? 그럴 리가 없소!"

"선장은 배신하지 않았소."

"그렇다면?"

"선장의 시계 때문이오."

"시계?"

"그렇소. 나는 선장의 시계를 한 시간 빠르게 해두었소."

"……어떻게?"

"간단하오. 내가 시계바늘을 돌려놓았소. 선장과 나는 옆에 바투 붙어 앉아 이야기를 나누었소. 내가 떠벌리는 이야기에 선장은 기대 이상으로 흠뻑 빠져들더군. 그리 된 것이오."

"브라보! 브라보! 멋진 작전이로군. 이제야 알겠소. 그런데 선장실 벽에 걸린 괘종시계는 어찌 처리했소?"

"발이 묶여 있었기 때문에 괘종시계를 내 스스로 처리할 순 없었소. 허나 선장이 자리를 비웠을 때 나를 감시하고 있던 감시원이 바늘을 조금 움직여 주었소."

"그놈이! 거 참, 그 녀석이 순순히 당신의 부탁을 들어주었단 말이오?"

"그럴 수밖에! 선장은 당신의 명령을 받았지만 그 자는 왜 나를 감시해야 하는지 이유조차 몰랐었소. 그는 자신이 어떤 일을 했는지 알지도 못한 거요. 나는 그를 설득했소. 무슨 일이 있어도 런던으로 가는 첫차를 타지 않으면 안 된다고 말이오."

"물론 무엇인가……"

"보잘것없는 선물을 주었지요. 그 선량한 친구는…… 글쎄 그것을 당신에게 건네줘야 한다고 말하더군요."

"어떤 선물이었소?"

"아주 하찮은 거요."

"그게 무엇이오?"

"푸른 다이아몬드."

"푸른 다이아몬드!"

"그렇소, 가짜 푸른 다이아몬드. 당신이 백작 부인의 것과 바꿔치기한 바로 그것! 부인이 진짜를 찾아 달라면서 내게 맡긴 거요."

갑자기 요란한 폭소가 터져나왔다. 뤼팽은 눈물이 나올 정도로 배를 움켜쥐고 웃었다.

"이거야말로 정말 재미있군! 가짜 다이아몬드가 선원의 손으로 넘어갔다? 그리고…… 선장의 시계…… 괘종시계의 바늘이라니!"

홈즈는 다시금 긴장했다. 뤼팽은 요란한 웃음소리 속에 뭔가를 감추고 있는 느낌이었다. 홈즈는 뛰어난 직감에 의해 그것을 꿰뚫어 보았다. 지나친 쾌활함 속에 감춰둔 그 무엇을!

뤼팽은 곧 차분함을 되찾았다. 영국인은 긴장하여 조금씩 뒤로 물러나며 손을 조끼 주머니 속으로 집어넣었다.

"이제 3시요, 뤼팽 씨!"

"벌써, 3시인가? 아쉽군! 무척 즐거웠었는데……."

"이제 내 제안에 대한 당신의 대답을 듣고 싶소."

"내 대답? 당신은 정말 까다로운 사람이로군요, 홈즈 씨. 우리의 싸움을 이쯤에서 끝냅시다! 물론 판단은 내가 하지만!"

"푸른 다이아몬드를 주시오!"

"그렇다면…… 먼저 패를 보여주시오."

"……내 패가 더 좋을걸!"

홈즈가 재빨리 권총을 뽑아 방아쇠를 당겼다. 거의 동시에 뤼팽의 주먹이 허공을 갈랐다.

"과연 그럴까?"

홈즈는 가니마르 경감을 부르고자 허공에 총을 쏜 것이었다. 하지만 뤼팽의 주먹에 정통으로 복부를 강타당하게 되자 홈즈는 파랗게 질려 비틀거렸다. 뤼팽은 재빨리 벽난로 쪽으로 달려갔다. 대리석 석판이 움직이려는 찰나, 그러나 이미 때가 늦었다! 현관문이 요란하게 열어젖혀졌다.

"항복하라, 뤼팽! 그렇지 않으면……."

가니마르 경감은 뤼팽이 생각했던 것보다 훨씬 가까이에 있었던 모양이었다. 권총을 들이댄 가니마르의 등뒤로 스무 명은 됨직한 부하들이 서 있었다. 그들은 조금이라도 반항할 눈치가 보이면 수단과 방법을 가리지 않고 당장 그를 제압해버릴 기세였다.
뤼팽이 아주 침착한 어조로 말했다.
"그만들 진정하시구려…… 항복하겠소."
그리고 그는 순순히 두 팔을 내밀었다.

모두들 어리둥절했다. 횅 하니 빈 방에서 아르센 뤼팽의 목소리가 가만히 울려 퍼졌다. '항복한다'는 믿어지지 않는 말이었다. 사람들은 그의 말을 곧이곧대로 믿을 수 없었다. 갑자기 뚫린 구멍 속으로 연기처럼 사라지는 것이 아닐까? 아니면 빙그르르 벽이 돌아가면서 그가 사라지거나…… 그런데 그 누구도 아닌 아르센 뤼팽이 항복을 한 것이다!
흥분을 가라앉히면서 가니마르 경감이 앞으로 걸어나갔다. 그는 뤼팽에게 손을 내밀며 위엄 있는 목소리로 말했다.
"아르센 뤼팽, 당신을 체포합니다!"
뤼팽이 부르르 몸을 떨며 능청을 떨었다.
"햐, 가니마르 경감 감동했소이다. 마치 친구의 장례식에 참석한 사람처럼 표정이 엄숙하구려!"
"아무튼, 너를 체포한다!"
"실은 그래서 나도 당황스럽소! 법의 충실한 집행자인 가니마르 경감께서 드디어 악당 아르센 뤼팽을 체포하는 역사적인 순간이라니! 당신에겐 중대한 날일 거요. ……그리고 보면 내가 이런 꼴이 된 게 이번으로 두 번째요. 가니마르 경감, 당신의 승리요. 당신은 아마 승진하게 될 거요."

뤼팽은 제 스스로 수갑 쪽으로 손목을 내밀었다.

이 일은 제법 엄숙한 분위기에서 진행되었다. 경찰들은 뤼팽에게 깊은 반감을 품고 있으면서도, 이 신출귀몰한 인간에게 수갑을 채운다는 눈앞의 사실에 대해 스스로 믿기지 않는지 모두들 무척이나 행동이 조심스러웠다.

뤼팽이 갑자기 탄식하며 이렇게 중얼거렸다.

"오, 가엾은 뤼팽! 친구들이 너의 이런 굴욕적인 모습을 보면 과연 뭐라고 말할지 궁금하구나!"

그렇게 말하며 뤼팽은 온힘을 다 주어 두 손목을 조금씩 벌렸다. 얼마나 힘을 주었던지 이마의 핏줄이 불거졌다. 쇠사슬이 살갗을 파고들었다.

"에잇!"

순간 쇠사슬이 끊어졌다.

"여기 다른 것으로 수갑 가져와!"

가니마르의 지시에 의해 곧바로 다른 수갑이 채워졌다. 뤼팽은 순순히 따랐다.

"하긴 아무리 조심해도 지나치진 않겠지."

그러고 나서 뤼팽은 경찰관들을 한 명씩 한 명씩 바라보았다.

"모두 몇 사람쯤 되는지 볼까? 스물다섯 명? 서른? 꽤 많군…… 어떻게 해볼 도리가 없겠는걸. ……아, 아쉽군. 열다섯만 되었어도……."

뤼팽은 참으로 당당했다. 그의 태도에선 자신의 열정을 다해 맡겨진 역할을 훌륭히 소화해내는 대배우의 역량이 느껴졌다. 홈즈는 훌륭한 연극을 관람하고 있는 사람처럼 뤼팽을 지켜보고 있었다. 강력한 사법기관의 후광을 업고 있는 서른 명의 경찰관과 무기도 없이 수갑에 채워진 한 사내의 대립! 홈즈는 이러한 대립이 묘하게도 대등해 보인다고 생각했다.

"홈즈 씨!"

뤼팽이 말했다.

"이것이 모두 당신의 위대한 업적이오. 당신 때문에 아르센 뤼팽은 축축한 감방의 짚 위에서 평생을 틀어박혀 있어야 할 것이오. 내가 보기엔 당신의 마음도 그리 편하지는 않을 것 같은데…… 그래서 말인데, 후회하고 있지는 않소?"

영국인은 자신도 모르게 어깨를 으쓱거렸다. 그리고 그것의 의미는 '그건 당신 스스로의 선택이었소'라고 말하는 것 같았다.

"절대로 그럴 수는 없어! 푸른 다이아몬드를 넘겨달라고! 지금까지 그 숱한 대가를 치렀는데? 어림없는 소리! ……다음 달쯤 런던으로 당신을 직접 방문할 예정인데 그때 그 이유를 말해주겠소. 한데 다음 달엔 런던에 있을 거요? 빈은 어떻소? 생트페테르스부르그도 괜찮을 것 같은데……?"

바로 그때였다. 느닷없이 전화벨이 울렸다. 그것은 비상벨이 아니라 분명 전화벨 소리였다. 전화벨은 두 창문 사이를 지나 서재 쪽에서 들려왔다. 전화기를 치우지 않고 그냥 내버려두었던 것이 실수였다.

아아, 하필이면 이때 전화벨이 울리다니! 무서운 음모가 도사리고 있는지도 모르고 무작정 함정 속으로 빠져드는 전화의 주인공은 누구인가? 뤼팽은 당장 전화기를 때려부술 듯한 기세로 전화기 쪽으로 달려가려고 했다. 그러나 가니마르 경감이 한 발 빨랐다.

"여보세요…… 네? 648-73번…… 네, 맞습니다……."

이렇게 대답한 순간, 홈즈가 재빨리 끼여들며 경감의 손에서 수화기를 낚아챘다. 홈즈는 가니마르의 어설픈 짓거리를 못마땅해했다. 그러나 그것도 잠시 그는 능숙한 솜씨로 송화기에 손수건을 감쌌다. 목소리를 흐리게 하려는 수작이었다.

그러면서 홈즈는 뤼팽을 쳐다보았다. 두 사람의 시선은 한 가지의 같은 생각을 증명해주고 있었다. 그렇다! 전화를 걸어온 사람은 금발의 부인이다! 여자는 펠릭스 다비, 아니면 막심 베르몽에게 전화를 걸었지만, 정작 셜록 홈즈를 상대로 비밀스런 이야기를 말하고자 하려는 순간이었다!

홈즈가 말했다.

"여보세요……."

상대방 쪽에서 응답이 없다.

다시 홈즈가 말했다.

"여보세요…… 나…… 막심이오."

갑자기 연극은 비극으로 치닫기 시작했다. 불굴의 의지를 지닌 뤼팽도 지금에 이르러 도무지 불안한 기색을 감추지 못했다. 하얗게 질린 얼굴로 어떻게든 전화기 속의 소리를 들어보고자 안달이었다. 반면, 홈즈는 차분하고 느긋했다.

"여보세요…… 그렇지, 말끔하게 다 끝났소. ……약속대로 당신에게 가려던 참이오…… 어디? ……당신이 있는 곳……."

홈즈는 되도록 말을 아끼면서도 오히려 상대방으로부터 무엇인가를 알아내고자 무척 애썼다. 더욱이 가니마르 경감이 옆에서 듣고 있기에 적지 않은 부담이 느껴질 터였다. 아, 만일 어떤 기적이 일어나 전화선을 끊어버린다면! 뤼팽은 온힘을 다해 신경을 집중시키며 기적을 바랐다.

홈즈가 말했다.

"……여보세요! 내 말이 들리지 않소? ……이쪽도 잘…… 흐릿하게…… 들리오? 그렇소…… 잘 생각해 보니까…… 당신 집으로 돌아가는 게 좋겠소. ……위험하다니! ……전혀 그렇지 않소. ……그는 영국에 있소! 사우샘프턴에서…… 전보가 왔는데 영국 땅에…… 잘 도착했다고 하오……."

이 얼마나 웃기는 일인가! 홈즈는 아주 태연하게 거짓말을 늘어놓았다. 홈즈가 이렇게 덧붙였다.

"그러니까 지체하지 말고…… 곧 만날 수 있을 거요…… 나도 보고 싶소……!"

홈즈가 전화기를 내려놓았다.

"가니마르 씨, 당신 부하 세 명만 빌려주시오."

"금발 부인 때문이지요?"

"그렇소."

"그녀의 정체를 아는 거요? 어디에 있는지도?"

"그렇소."

"아, 뜻하지 않은 수확이로군! 아르센 뤼팽과 함께 그 여자까지…… 재수가 좋은 날인걸! 포랑팡, 두 사람을 데리고 홈즈 씨를 따르게!"

영국인은 세 사내를 거느리고 밖으로 나가려고 했다.

이것으로 끝인 건가? 금발 부인도 이제 홈즈의 손아귀에 들어간 것이나 마찬가지인가? 그의 굽힐 줄 모르는 정신력과 행운은 이번 전쟁에서 홈즈의 완벽한 승리와 아르센 뤼팽의 처참한 참패로 끝나가고 있었다.

"잠깐만, 홈즈 선생!"

영국인이 멈춰 섰다.

"뤼팽 선생, 내게 할 말이라도 있는 거요?"

뤼팽은 우연찮게 걸려온 전화 때문에 심하게 흔들리고 있었다. 그 잠깐 사이 뤼팽의 이마에는 주름이 는 것 같았다. 맥이 탁 풀어진 모습은 보기에도 딱해 보였다. 하지만 뤼팽은 다시 힘을 북돋으며 애써 쾌활한 목소리를 내려고 노력했다.

"아무래도 운명은 나를 힘든 고난 속으로 밀쳐 넣으려고 하는 것 같습니다. 방금 전 운명은 나의 탈출로를 막더니 이젠 우연찮은 전화로 하여 금발 부인을 당신에게 넘기려고 하고 있소! 그러니…… 이제 나는 내 운명에 거역하지 않고 순응해야 할 것 같소."

"그렇다면?"

"협상을 다시 해볼 생각이 있다는 뜻이오."

홈즈는 가니마르 경감을 한쪽으로 끌고 갔다. 그리고 단호한 어조로 가니마르 경감을 설득했다. 뤼팽에게로 돌아온 홈즈는 거만하고 신경질적인 말투로 입을 열었다.

"무얼 바라는지 말해 보시오."

"데스탕쥐 양의 자유."

"대가는 잘 알고 있겠지요?"

"물론."

"내 제안을 수락하겠다는 거요?"

"모든 조건을 받아들이겠소."

영국인은 적잖이 놀라는 표정이었다.

"오! ……조금 전에는 당당하게 거절하더니만……."

뤼팽은 솔직하게 자신의 심정을 털어놓았다.

"아까는 나 혼자만의 문제였소. 홈즈 씨, 그러나 지금은 한 여인, 그것도 내가 사랑하는 여인의 안전과 연관되는 문제요. 아시겠지만, 프랑스에서는 이런 일에 아주 특별한 생각을 가지고 있지요. 뤼팽이라고 해서 다를 리는 없소. 당치도 않지!"

홈즈가 고개를 갸우뚱거리며 말했다.

"푸른 다이아몬드는 어디에 있소?"

"벽난로 구석에 내 지팡이가 있소. 한쪽 손으로 머리 부분을 누르고 다른 손으로는 반대편 끝에 달린 쇠를 돌리시오."

홈즈는 지팡이를 집어 뤼팽이 시키는 대로 했다. 지팡이의 동그란 머리 부분이 분리되며, 안쪽에 구슬이 있고, 그 구슬 속에 푸른 다이아몬드가 들어 있었다.

홈즈가 보석을 살폈다. 가짜가 아닌 진짜 푸른 다이아몬드였다.

"데스탕쥐 양은 자유요, 뤼팽 씨!"

"지금뿐만 아니라 앞으로도 영원히 자유인 거겠지요? 당신을 더 이상 두려워할 필요도 없을 테구요?"

"나는 물론 다른 어느 누구도 마찬가지요."

"어떤 일이 있어도?"

"어떤 일이 있어도! 나는 이제 그녀의 이름도 주소도 모르오."

"고맙소. 그럼…… 언젠가 시간을 내서 다시 만납시다."

"그럽시다."

영국인과 가니마르 사이에 격렬한 논쟁이 벌어졌다. 하지만 홈즈는 가니마르의 의견을 무시하며 귀담아들으려고 하지 않았다.

"가니마르 경감, 당신과 의견이 다른 점은 정말 유감이오. 나는 당신을 설득하고 싶지만 시간이 부족한 것 같소. 한 시간 뒤에는 영국으로 돌아가야 하기 때문이오."

"그러나 금발 부인은?"

"나는 그런 사람을 모릅니다."

"하지만 아까 당신은……."

"아무튼 나는 모르오. 그리고 나는 이미 당신에게 뤼팽을 넘겨줬소. 푸른 다이아몬드도 여기 있소. 당신이 직접 클로존 백작 부인에게 건네주면 좋을 거요. 다른 문제는 아무것도 없으리라고 생각하오."

"그러나 금발 부인은?"

"당신이 찾아보시오."

홈즈는 모자를 쓴 다음 빠른 걸음으로 밖을 향했다. 마치 볼일이 끝나면 우물쭈물하지 않는 것이 습관인 사람처럼.

"홈즈 씨, 부디 안녕히 가시오!"

뤼팽이 소리쳤다.

"우리의 우정을 내 결코 잊지 않겠소. 왓슨 씨에게도 안부를 전해주시오!"

아무런 대답이 없자 뤼팽이 차갑게 웃으며 중얼거렸다.

"이것이 이른바 영국식 작별이라는 건가? 하긴 섬나라 신사에게 프랑스의 우아한 예의를 바라는 건 무리겠지. 가니마르 경감, 프랑스 사람이라면 이런 경우 어떻게 했겠는지 한번 생각해 보시구려. 모르긴 몰라도 세련된 예의로 자신의 승리의 감정을 감추지 않았을까 싶은데……! 그건 그렇고, 실례지만 가니마르 경감, 이제 어떻게 할 작정이오? 아, 가택 수색을 하시는구려! 하지만 아무것도 나올 건 없을 거요. 불필요한 종잇조각밖에는…… 나에 대한 기록은 이미 안전한 장소로 모두 옮겨졌소."

"너무 장담하지 마시오. 두고 보면 알 테니!"

가니마르는 어리석은 고집쟁이였다. 뤼팽은 잠자코 침묵했다. 두 형사에게 붙들려 있는데다가 여러 형사들에게 둘러싸였기에 지루한 시간을 참아낼 수밖에 없었다. 20분쯤 지났을 때 뤼팽이 도저히 참기 힘들다는 듯 크게 한숨을 내쉬었다.

"가니마르 경감, 제발 빨리 좀 끝내면 안 되겠소!"

"마치 급한 약속에라도 가야 할 사람 같구려?"

"물론 그렇소. 중요한 약속이 있소!"

"유치장에서 말인가?"

"아니, 시내에서 약속했소."

"그래, 몇 시지?"

"2시."

"이미 3시인데, 이를 어쩌나!"

"그렇소. 이미 한참 늦었소. 나는 약속 시간에 늦는 걸 제일 싫어하는 사람이오."

"아무튼 오 분만 더 기다려주게나."

"아니, 일 분도 더는 안 되오!"

"그거 고마운 말이로군…… 되도록 노력해 보겠네."

"말만 그렇게 하지 말고, 제발…… 아, 텅 빈 벽장은 왜 자꾸 뒤지는 거요!"

"비다니? 여기 편지가 몇 통 있는데……!"

"케케묵은 송장(送狀)들이오."

"웬걸! 비단 리본으로 정성껏 묶은 것들인데?"

"장미색 리본? ……오! 가니마르, 제발 그것만은 건드리지 말아주시오!"

"여자에게서 온 편지로군!"

"그렇소."

"품위 있는 숙녀분이겠지?"

"그렇소."

"이름은?"

"가니마르 부인."

"말도 안 되는 소리! 말도 안 돼!"

경감이 발끈하여 소리쳤다.

그때 다른 방을 조사하던 부하들이 돌아와 샅샅이 뒤졌으나 아무것도 나오지 않았다고 보고했다. 뤼팽이 웃었다.

"거 참! 내 친구들의 명단이나 독일 황제와 나와의 관계에 대한 증거라도 찾아낼 생각이었소? 가니마르 경감, 당신이 찾아야 할 건 그런 것들이 아닌 여기에 숨겨져 있는 비밀한 장치들이오. 예를 들면, 가스관은 통화관이고, 이 벽난로 속은 층계로 통해 있고, 벽은 텅 빈 굴이지요. 물론 이곳저곳으로 연결되어 있는 경보 장치도 좋은 볼거리가 될 것이오. 가니마르 경감, 그 단추를 한번 눌러보시오."

경감이 피식 웃으며 단추를 눌렀다.

"무슨 소리가 들리지 않소?"

뤼팽이 물었다.

"아무것도 안 들리는걸."

"나도 마찬가지요. 하지만 그것은 나의 공항장에게 나를 태울 경기구(輕氣球)를 준비하라는 명령이었소."

"자, 그만!"

가니마르 경감이 말했다.

"바보 같은 소리는 어지간히 해두고…… 자, 철수!"

그러나 뤼팽은 꼼짝도 하지 않았다. 호송을 책임진 경찰들이 떠밀었으나 역시 마찬가지였다.

"이봐! 안 가고 버티려는 생각인가?"

가니마르 경감이 물었다.

"경우에 따라 다르오."

"경우라니?"

"당신이 나를 어디로 데려갈 것인지에 따라 다르다는 거요."

"그야 당연히 유치장이지."

"그렇다면 난 절대로 가지 않겠소. 유치장에는 볼일이 없으니까."

"지금 당신 제정신인가?"

"말했지만, 난 급한 약속이 있는 사람이오."

"뤼팽!"

"가니마르 경감, 금발의 귀부인께서 나를 애타게 기다리고 있소. 난 그녀가 걱정하도록 그냥 내버려둘 수 없소. 그건 신사로서 여자에게 할 짓이 못 되지……."

이러한 뤼팽의 빈정거림에 가니마르는 짜증이 났는지 얼굴이 붉게 달아올랐다.

"뤼팽! 이제까지 나는 자네에 대하여 세심한 배려를 아끼지 않았다고 생각하오. 하지만 사람의 인내에는 한계가 있는 법이오. 잔말 말고 어서 따라오기나 하시오! 어서!"

"아니, 나는 갈 수 없소. 난 급한 약속이 있고 꼭 지켜야 하오."

"경고하건대, 무슨 일이 있어도 말이지?"

"절-대-안-되-오!"

가니마르 경감이 부하에게 신호를 보냈다. 즉시 두 명의 부하가 달라붙어 뤼팽을 번쩍 안아들었다. 그런데 그 순간 뤼팽의 손이 번개같이 움직였고, 두 부하는 비명을 지르며 나가떨어졌다.

그 순간, 경관들이 한꺼번에 우루루 뤼팽에게 덤벼들었다. 뤼팽의 빈정거리는 말투와 태도가 마음에 들지 않았는데, 참고 있던 분노가 일시에 폭발한 것이다. 경관들은 앞다투어 뤼팽을 두들겨팼다. 경관 중에는 뤼팽의 관자놀이만을 집중적으로 때리는 이도 있었다. 결국 뤼팽은 풀썩 쓰러지고 말았다.

"조심해! 뤼팽이 죽으면 안 된다구! 그럼 내가 용서하지 않아!"

가니마르 경감이 크게 소리쳤다.

가니마르가 얼른 뤼팽의 몸 상태를 살폈다. 뤼팽의 호흡은 정상이었다. 가니마르는 부하들에게 다리와 머리를 들라고 명령했고, 자신은 직접 그의 허리를 받쳤다.

"자, 조심해서 옮겨…… 흔들지 말고! ……난폭한 친구들 같으니라구! 하마터면 죽일 뻔했잖아! 뤼팽, 좀 괜찮소?"

겨우 눈을 뜬 뤼팽이 투덜거렸다.

"괜한 소리 마시오, 가니마르 경감. 일부러 내가 얻어맞도록 내버려두었으면서 말이오!"

"그게 무슨 말이야! 이번 일은 고집을 부린 당신이 잘못한 거요! 아무튼 유감이오. 그래 괜찮긴 한 거요?"

그러는 사이 일행은 층계참으로 나왔다. 그때 뤼팽이 크게 신음소리를 냈다.

"가니마르 경감, 엘리베이터로 내려가면 안 되겠소? 아무래도 뼈가 으스러진 것 같은데 말이오."

"좋은 생각이오."

경감이 찬성했다.

"그렇지 않아도 층계가 너무 좁았거든."

가니마르는 엘리베이터를 올라오게 했다. 그리고 조심스럽게 뤼팽을 그 안에 태웠다. 가니마르 경감이 함께 올라타며 부하에게 말했다.

"같이 내려갈 테니, 자네들은 관리인 사무실 앞에서 기다리고 있어. 알겠나?"

말을 마치고 가니마르는 엘리베이터의 문을 닫았다. 한데 문이 채 닫히기도 전에 외마디 외침소리가 터져나왔다. 줄이 끊어진 풍선처럼 엘리베이터가 느닷없이 위로 솟구쳐 오르는 것이 아닌가. 그리고 사방으로 울려 퍼지는 악마의 웃음소리!

"빌어먹을…!"

가니마르 경감은 어두컴컴한 공간 속에서 아래로 내려가는 단추를 찾으려고 애를 썼다. 그러나 아무리 찾아도 어쩐 일인지 단추는 찾아지지 않았다. 가니마르가 무작정 소리를 질렀다.

"6층이다! 6층 문으로 가라!"

경관들이 황급히 층계를 뛰어올라갔다. 그런데 이상한 일이 벌어졌다. 엘리베이터는 맨 마지막 층의 천장을 꿰뚫고 그대로 하인들이 사용하는 지붕 밑에 이르러서야 멈춰 서는 것이 아닌가! 대기하고 있던 세 명의 사내가 문을 열더니 그중 두 명의 사내가 재빨리 경감을 제압했다. 깜짝 놀란 가니마르는 미처 저항할 생각조차 못했다. 나머지 사내가 뤼팽을 부축해 데리고 나갔다.

"가니마르 경감, 내가 미리 경고했지 않소. 경기구를 준비하라는 신호라고 말이오. 하여튼 이것도 당신 덕분이오. 그러니 다음부터는 너무 인정을 베풀지 않는 것이 좋을 거요. 특히 알아두어야 할 점은, 아르센 뤼팽은 아무런 이유가 없이 몰매를 당하지 않는다는 것! 자, 그럼…… 가니마르 경감, 잘 가시오!"

가니마르 경감을 태운 엘리베이터는 문이 닫히자마자 아래쪽으로 하강하기 시작했다. 곧 가니마르 경감은 관리인 사무실 앞에서 대기하고 있던 부하들과 조우했다.

그들은 아무 말도 하지 않고 서둘러 안뜰을 나가 하인들 전용의 비상계단을 오르기 시작했다. 비상계단만이 하인들 방으로 갈 수 있는 유일한 통로였다.

지붕 바로 밑 공간에는 꼬부라지는 모퉁이가 몇 개 있고, 양쪽에 번호를 붙인 작은 방들이 늘어서 있었다. 복도 끝에는 제법 큰 문이 하나 있었는데, 손으로 밀자 곧 열렸다. 문은 이웃한 문과 연결되어 있었다. 옆집의 지붕 밑 공간 역시 구조가 같았다. 가니마르는 옆 건물의 하인 전용 계단을 계속하여 내려갔다. 그리고 안뜰과 현관을 지나 밖으로 나갔다. 그런데 거기는 피코 가였다. 그제야 가니마르는 모든 것을 깨달을 수 있었다. 두 건물은 실제로는 하나로 연결되어 있었다. 놀라운 건 수직이

아닌 평행으로 양쪽 대로에 면해 있었으며, 더욱이 서로 60미터 이상 떨어져 있었던 것이다.

그는 관리인 사무실로 가 신분증을 꺼내 보였다.

"방금 네 명의 사내가 지나가지 않았습니까?"

"네, 맞습니다. 5층과 6층에서 일하는 하인 두 사람과 그의 친구 두 사람이었습니다."

"5층과 6층에 살고 있는 사람이 누구였지요?"

"포벨 형제와 그의 사촌 프로보 형제입니다. 오늘 이사를 갔고 남아 있던 사람은 그 두 하인뿐이었습니다. 물론 그 두 하인도 방금 나갔습니다만."

가니마르 경감은 맥이 풀리는지 방 안에 있는 의자에 털썩 주저앉았다.

"젠장, 보기 좋게 당하고 말았어! 놈의 일당이 모두 이곳에 모여 살고 있었는데……."

그로부터 40분이 지난 시각, 두 신사가 자동차로 노르 역에 도착했다. 두 신사는 짐꾼에게 짐을 들게 하고는 부랴부랴 칼레행 급행열차 쪽으로 걸어갔다.

두 신사 중 한 사람은 한쪽 팔을 붕대로 감아 목에 걸었는데 건강이 좋지 않은지 얼굴이 창백했다. 반면에 다른 한 사람은 매우 기분이 좋아 보였다.

"서두르게, 왓슨! 이러다 기차를 놓치겠어! 아…… 왓슨, 나는 지난 열흘 동안의 일을 결코 잊지 못할 걸세."

"나 역시 마찬가지라네."

"정말이지 멋진 싸움이었네!"

"그래 훌륭했어."

"물론 힘들었을 때도 가끔 있었네."

"하지만 뭐 별것 아니었지."

"결국 나는 승리했어! 뤼팽은 체포되었고, 푸른 다이아몬드는 되찾았네!"

"내 팔은 부러졌고 말이지."

"이런 만족스러운 결과를 얻었는데 자네의 한쪽 팔쯤 문제도 아니지……."

"자네 팔도 아닌 내 팔 따위야……."

"왓슨…… 자네가 약국으로 들어간 바로 그때 캄캄한 어둠 속을 밝혀주는 한 줄기 빛처럼 문득 내 머릿속에 떠오른 것이 있었다네."

"정말 대단한 행운이었어!"

열차 객실의 문들이 닫히기 시작했다.

"어서 열차에 오르십시오! 손님 여러분, 서두르셔야 합니다!"

먼저 비어 있는 객실로 들어간 짐꾼이 여행용 가방들을 선반 위에 올려놓았다. 이미 계단을 오른 홈즈는 가엾은 왓슨을 끌어 올려 주고 있었다.

"왓슨, 어떻게 좀 해봐! 기운을 좀 내도록 해, 이 사람아!"

"기운은 있지만……."

"그럼 뭔가?"

"한쪽 팔밖에 쓰지 못하니……."

"그게 뭐 어쨌다는 건가?"

홈즈가 유쾌하게 말했다.

"시시껄렁한 소리는 그만두게. 어서 타기나 해. 세상에 팔 한쪽을 못 쓰는 사람이 어디 자네 혼자뿐이겠는가?"

홈즈는 짐꾼에게 50상팀을 건넸다.

"고맙소. 자, 이걸 받아두시오!"

"고맙습니다, 홈즈 씨."

순간 영국인이 깜짝 놀라며 짐꾼을 바라보았다. 그는 다름 아닌 아르센 뤼팽이었다.

"이럴 수가! 당신은…… 당신은……?"

눈이 휘둥그레진 홈즈는 말을 잇지 못했다. 왓슨 역시 결과는 마찬가지였다.

"당신은…… 체포되었다고 홈즈가 말했는데…… 당신과 헤어질 당시만 해도 가니마르 경감과 서른 명의 부하들이 당신을 에워싸고 있었다고 하던데……?"

"저런! 내가 배웅도 하지 않고 손님들을 떠나보낼 줄 알았나 보군. 그동안 그토록 정답게 지냈었는데 말이오! 그건 터무니없는 생각이오. 대체 나를 몰인정한 인간으로 생각하는 이유가 뭐요?"

그때 요란한 기적소리가 울렸다.

"아무튼 이렇게 배웅하게 되어 기쁘오. 그런데 여행에 필요한 물건은 더 없는지요? 담배? ……성냥은? 아 참, 그렇지! 석간신문은 어떻소? 홈즈 씨, 당신이 나를 체포한 공로에 대해 자세하게 기사가 실렸더군요. ……자, 이만 작별인사를 드려야겠군요. 당신을 만나 기뻤소. 나를 기억해 주신다면 무한한 영광으로 알겠소…….”

훌쩍 플랫폼을 뛰어내린 뤼팽이 문을 닫았다.

아르센 뤼팽은 손수건을 흔들며 두 사람을 향해 이렇게 소리쳤다.

"안녕히 가시오! 내 편지하리다! ……당신도 답장해 주시겠지요? 그리고…… 왓슨 씨! 부러진 팔은 어떻습니까? 두 분의 소식 기다리겠습니다…… 가끔 엽서라도 보내주시구려! ……주소는 '파리 시 뤼팽'이라고 하면 되니까…… 안녕히…… 아무튼 머지않아 또 봅시다…….”

두번째 에피소드
유대식 램프

유대식 램프

    셜록 홈즈와 왓슨은 벽난로를 바라보며 왼쪽과 오른쪽에 앉아 코크스가 타오르는 훈훈한 불 쪽으로 두 다리를 쭉 뻗고 있었다.

  은 테두리를 두른 파이프의 불이 잦아들자 홈즈는 즉시 재를 털어버리고 다시 새 담배를 다져 넣은 뒤 불을 붙였다. 그런 다음, 실내복 자락을 무릎 위로 걷어올려 편하게 했고, 파이프를 천천히 빨며 작은 연기의 고리를 솜씨 좋게 만들어 천장으로 뿜어 올렸다.

  왓슨은 그저 말없이 홈즈를 바라보았다. 벽난로 앞 카펫에 몸을 웅크린 채 동그란 눈을 깜빡이지도 않고 주인의 행동을 지켜보는 개처럼, 홈즈의 얼굴을 바라보고 있었다. 주인의 침묵은 언제 끝날 것인가? 그는 깊은 명상의 비밀을 털어놓을 것인가? 아, 언제쯤이면 저 명상의 왕국으로 내가 들어갈 수 있게 해줄 것인가?

그러나 홈즈는 여전히 침묵을 유지했다.

용기를 낸 왓슨이 말했다.

"평온하고 무사한 나날들이로군…… 사건도 전혀 없고 말이야."

홈즈는 반응하지 않고 여전히 침묵을 지켰다. 그럴수록 그의 담배연기 고리는 점점 또렷하게 동그라미를 만들었다. 왓슨은 생각도 못했지만, 사실 홈즈는 머릿속의 생각을 완전히 텅 비운 채 자기만의 행복감에 푹 빠져들어 있었다.

맥이 풀린 왓슨은 자리에서 일어나 창가로 걸어갔다.

추적추적 빗물이 내리고 있었다. 집들이 늘어선 대로변을 따라 어둠의 조각들이 무리로 돌아다니고 있었다. 그때 이륜마차가 연이어 두 대 지나쳤다. 왓슨은 얼른 수첩을 꺼내어 마차의 번호를 적었다. 혹시 소용이 있을지도 모르지……!

"아아, 우편배달부로군!"

왓슨이 이렇게 소리치자마자 하인의 안내를 받은 한 남자가 안으로 들어왔다.

"등기우편 두 통입니다. 서명을 부탁드립니다."

서명을 한 홈즈가 우편배달부를 문까지 배웅한 다음, 돌아서서 편지 한 통을 뜯었다.

잠시 후, 왓슨이 물었다.

"홈즈, 기분이 좋아보이는데 왜지?"

"이 편지에 아주 흥미로운 부탁이 적혀 있군. 자넨 늘 일을 하고 싶어 안달했는데…… 한번 읽어보게나."

왓슨은 편지를 읽었다.

안녕하십니까?

선생님의 풍부한 경험에 도움을 요청하고자 이렇게 편지를 올립니다.

근래에 저는 중요한 물건을 도난당했는데, 지금까지 조사를 펼쳤지만 별다른 성과가 없는 형편입니다.

이번 사건에 대한 신문기사를 동봉해 드리오니 읽어보시고, 사건에 흥미를 느끼신다면 언제든 저의 집을 방문해 주십시오. 아울러 편지에 수고비로 수표를 동봉하오니 필요한 액수를 적어 넣으시기 바랍니다.

선생님의 답변은 전보로 받아보았으면 합니다.

그럼, 심심한 경의를 표하며…….

_빅토르 앵블발 남작 ; 파리, 뮈리요 가(街) 18번지

"음, 재미있을 것 같군. 뜻하지 않은 파리 여행이 될 것 같아. ……아르센 뤼팽과 한바탕 승부를 겨룬 후 한 번도 파리에 갈 기회가 없었는데…… 지난번과 달리 이번에는 차분한 분위기에서 프랑스의 수도를 구경할 수 있을 거야……."

이렇게 말하면서 홈즈는 느닷없이 수표를 네 쪽으로 갈기갈

기 찢었다. 그리고 왓슨이 예전의 완전함을 되찾지 못한 한쪽 팔을 주물럭거리며 투덜거리는 사이, 남은 한 통의 편지를 마저 뜯었다.

편지를 읽어내려 가는 홈즈의 이마에 문득 주름이 잡히며 불쾌한 표정이 역력히 드러났다. 급기야 홈즈는 편지를 마구 구기더니 똘똘 뭉쳐 난폭하게 방바닥에 내팽개쳤다.

"왜 그러나? 무슨 일인데 그래?"

깜짝 놀란 왓슨이 황급하게 물었다.

왓슨이 바닥에 내팽개쳤던 종이뭉치를 얼른 주워 주름을 펴더니 읽기 시작했다.

안녕하신지요, 홈즈 선생.

당신에 대해 나는 늘 애정 깊은 존경심을 품고 있으며, 당신의 높은 명성에도 각별한 관심을 갖고 있다는 것, 선생은 익히 잘 알고 계시리라 믿습니다.

솔직히 말씀드리면…… 근래 파리에서 선생에게 사건을 의뢰하는 편지 한 통이 당도했을 줄로 생각됩니다. 바라건대 이번 사건의 의뢰는 수락하지 않았으면 하는 부탁입니다. 당신이 개입한다 해도 성과는 보잘것없고, 오히려 사람들에게 망신만 당할 수 있다고 여겨지기 때문입니다.

나는 우정의 이름으로 당신이 그러한 모욕을 당하지 않기를 진심으로 바라며, 벽난로 가에 앉아 훈훈함을 맘껏 즐기시기를 바랍니다.

그럼, 왓슨 씨에게도 안부 전해주시기 바라며…… 심심한 경의를 표합니다.

_아르센 뤼팽

"아르센 뤼팽!"

왓슨은 의외의 이름에 깜짝 놀랐다.

홈즈가 주먹으로 테이블을 내리쳤다.

"젠장, 그 짐승 같은 자가 또다시 나를 귀찮게 굴기 시작했어! 그는 나를 마치 어린아이 다루듯이 하려고 해! 뭐, 모든 사람들에게 망신만 당하게 될 거라구! 푸른 다이아몬드 사건만 해도 내게 사정사정했으면서도……!"

"뤼팽, 그자는 자네를 두려워하는 거야."

왓슨이 듣기 좋은 말로 홈즈를 달랬다.

"그런 엉터리 같은 말은 그만두게! 아르센 뤼팽은 절대로 그 누군가를 두려워할 인물이 아냐. 지금도 나를 이렇게 부추기고 있는데 그걸 모르겠어?"

"그런데 앵블발 남작이 편지를 보낸 사실을 그가 어떻게 알았을까?"

"그걸 내가 어찌 알겠나? 정말 바보 같은 질문을 하는군, 왓슨!"

"나는 혹시 자네가…… 추측을 하여……."

"내가 마술사라도 된다는 말인가?"

"아니, 그런 게 아니라…… 그래도 가끔 자네는 내게 기적을 보여주었지 않나?"

"한심한 친구 같으니라구! 이보게 왓슨, 세상에 기적이란 없다네. 나도 다른 사람과 다르지 않아. 나는 그저 남보다 깊이 생각하고, 추리하고, 결론을 내릴 뿐일세. 나는 점을 치듯 어설프게 넘겨짚지 않아. 어설픈 점을 치는 건 바보들이나 하는 짓일세."

 야단맞은 개처럼 기가 꺾인 왓슨은 홈즈가 어째서 방 안을 초조하게 왔다갔다하는지 '바보들이나 하는 짓'인 '어설픈 점을 치지' 않기 위해 애를 썼다. 그러다 홈즈가 하인을 불러 여행가방을 챙기라고 명령하자-아무튼 이것은 확실한 사실이었다-그제서야 자신에게도 무엇인가 권리가 주어졌다는 듯 깊이 생각하고 추리를 하기 시작했다. 그 결과, 홈즈가 여행을 떠난다는 건 행동을 개시했다는 의미로 받아들여도 무방하다고, 넘겨짚었다.

 "홈즈, 자네 파리로 가려는 것이지?"

 "그럴 수도 있지."

 "앵블발 남작의 부탁을 수락한다기보다 아르센 뤼팽의 도전에 발끈하여 그곳에 가려는 것이지?"

 "그럴 수도 있지."

 "홈즈! 나도 같이 가면 안 될까?"

 방 안을 왔다갔다하던 걸음을 멈추고 홈즈가 큰 소리로 말했다.

 "이봐, 왓슨…… 자네 왼팔이 또 오른팔과 같은 운명을 겪어야 하겠나?"

 "자네가 함께 가는데 별탈이야……."

"용감해. 영웅이 따로 없어! 감히 우리를 향해 장갑을 던지다니! 우리 함께 가서 뤼팽을 혼내주자구. 자, 서두르게 왓슨. 되도록 빨리 기차를 타야 되지 않겠나?"

"남작이 보낸 신문기사는 안 읽어도 되겠나?"

"필요 없네!"

"미리 전보를 쳐줘야 하지 않을까?"

"아니, 그것은 뤼팽에게 나의 도착을 알려주는 것이나 마찬가지야. 절대로 안 되지. 왓슨, 이번에는 정말로 정신 바짝 차리지 않으면 안 되네!"

그날 오후 두 사람은 두브르에서 배를 탔다. 항해는 쾌적했다. 칼레에서 파리까지 급행열차를 탔는데, 세 시간 동안 홈즈가 충분하게 숙면을 취하는 동안 왓슨은 '개처럼' 객실 입구를 지키고 앉아 멍한 눈으로 생각에 잠겨 있었다.

눈을 뜬 홈즈는 매우 기분이 좋아 보였다. 아르센 뤼팽과 또다시 대결을 펼친다는 것에 대해 어떤 기대감이 부풀어오르는 모양이었다. 그는 기쁨을 마냥 즐기려는 사람처럼 만족한 표정으로 두 손을 마주 비볐다.

"마침내 활약을 하게 되는군!"

왓슨이 소리치며, 자신도 매우 만족한 표정으로 손을 비볐다.

기차가 역에 도착했다. 홈즈는 여행용 체크무늬 망토를 걸친 차림으로 앞장을 섰고, 두 개의 여행가방을 든 왓슨이 그 뒤를 졸졸 따랐다.

"날씨 좋다! 왓슨…… 햇살이 아주 밝은걸! 파리가 우리를 환영해 주는군."

"사람들이 굉장히 많은걸!"

"거 잘됐군 그래! 사람들 속에 파묻혀 있으면 눈에 띌 염려도 없을 테니 말일세. 아무도 우리를 알아보지 못할걸!"

그런데 바로 그때!

"실례합니다만…… 홈즈 씨죠?"

어리둥절해진 홈즈가 우뚝 발걸음을 멈추었다. 대체 누구이기에 자신의 이름까지 알고 있는 것일까?

간소하지만 윤곽이 또렷하게 드러나는 옷차림을 한 여자였다. 귀엽지만 수심이 가득한 얼굴이었다.

여자가 반복하여 물었다.

"선생님이…… 홈즈 씨 맞죠?"

홈즈는 무척 당황해했지만, 원래 습관적으로 신중함이 몸에 배여 있음으로 여전히 대답을 않고 침묵을 유지했다. 그러자 여자가 세 번째로 물었다.

"제 앞에 있는 분이 셜록 홈즈 씨가 맞지요?"

까다롭기로 소문난 영국 신사는 수상쩍다는 눈초리로 여자를 노려보며 아주 못마땅한 투로 말했다.

"대체 내게 무슨 일이십니까?"

여자가 얼른 그의 앞을 가로막고 섰다.

"제 말 좀 들어보세요, 선생님! 제겐 아주 중요한 일이랍니다. 선생님께선…… 지금 뤼리요 가로 가는 길이시죠?"

"그런데요?"

"알아요…… 다 알고 있다구요. 뮈리요 가…… 18번지. 하지만 안 돼요, 홈즈 씨! 그곳에 가시면 안 됩니다. 반드시 후회하실 거예요! 이렇게 말씀드린다고 해서 제게 무슨 딴 생각이 있다고 생각하지는 말아주세요. 진심에서 우러나와 드리는 말씀이니까요."

시답지도 않다는 듯 홈즈가 여자를 슬쩍 밀어젖히며 앞으로 나가고자 했다. 그러자 여자는 더욱 완강하게 그의 앞길을 막아섰고, 이렇게 말했다.

"제발 부탁이에요…… 거기엔 제발 가지 말아주세요! 아아, 어떻게 하면 제 마음을 이해할 수 있을까요! 저를 보세요, 제 눈을 들여다보세요! ……진심이에요! 진실을 말씀드리는 거예요!"

그러면서 여자는 뚫어져라 홈즈를 바라보았다. 영혼 그 자체를 비추듯 투명하고 맑고 반짝이는 눈이었다. 왓슨은 고개를 끄덕이며 끼어들었다.

"내가 보기에, 이 숙녀분은 진실을 말하고 있는 것 같군, 홈즈……."

"물론이에요, 절 믿어주세요!"

"당신의 말을 믿습니다, 아가씨!"

왓슨의 말에 여자는 한껏 고무된 것 같았다.

"정말 기뻐요! 홈즈 씨도 제 말을 믿어주시는 거죠? 이제 모든 일이 잘될 거예요……. 역시 제가 생각했던 그대로예요.

……선생님, 이십 분 후에 칼레로 가는 기차가 있어요. ……그걸 타셔야 해요. 이쪽이에요…… 시간이 없어요!"

여자는 홈즈를 무작정 잡아끌어당겼다. 하지만 홈즈는 여자의 손을 뿌리치며 되도록 부드러운 목소리로 이렇게 말했다.

"미안하지만…… 아가씨가 원하는 대로는 하지 못할 것 같습니다. 나는 계획한 일을 중간에 결코 포기하지 않습니다."

"제발 부탁이에요…… 부탁입니다, 홈즈 씨! 아, 이를 어쩐다……!"

홈즈는 그녀를 무시하고 제 갈 길을 향해 발을 옮겨놓기 시작했다.

왓슨이 여자에게 말했다.

"안심하십시오, 아가씨. 홈즈 씨는 무엇이든 철저한 사람입니다. 이제까지도 그랬지만 앞으로도 절대 실패하는 일 따윈 없을 것입니다."

이렇게 말해놓고 왓슨은 허겁지겁 홈즈의 뒤를 쫓아갔다.

설록 홈즈 대 아르센 뤼팽

길을 걸어가던 홈즈와 왓슨의 시선을 단박에 잡아끄는 검정색 활자의 문구였다. 다가가 보니, 샌드위치맨 여럿이 쇠징을 박은 지팡이로 보도를 탁탁 두드리면서 박자까지 맞춰가며 지나가고 있었다. 그들의 등 뒤에는 큼직한 활자로 다음과 같은 문구가 적혀 있었다.

셜록 홈즈 대 아르센 뤼팽의 대결!

영국인 명탐정 드디어 도착!

뮈리요 가의 수수께끼에 도전!

자세한 내용은 〈에코 드 프랑스〉 신문을 통해 게재.

왓슨이 고개를 갸우뚱거리며 말했다.

"홈즈, 우리가 비밀리에 이번 일을 진행시키는 거 맞아? 뮈리요 가에 의장대가 기다리고 있는 거 아냐? 샴페인을 터뜨려 주려고 말이지?"

홈즈는 왓슨의 말이 마뜩찮았는지 비아냥거리는 투로 대꾸했다.

"자네가 그런 재치 있는 말을 하다니! 그것이 더욱 놀랍군 그래."

홈즈는 한 명의 샌드위치맨을 목표로 성큼성큼 걸어갔다. 필경 억센 팔로 그 사내를 붙잡아 혼쭐을 내줄 생각인 것 같았다. 그와 동시에 광고판은 산산조각이 날 터였다. 하지만 이미 많은 사람들이 그들의 주위로 몰려들었고, 그들은 농담을 주고받으며 웃고 떠들어대고 있었다.

"언제 고용되었소?"

홈즈는 치미는 분노를 억누르며 그 사내에게 물었다.

"오늘 아침이오."

"그 광고판은 언제부터 메고 다녔소?"

"한 시간 전부터요."

"당신들이 이걸 준비했소?"

"아닙니다…… 아침에 회사에 나와보니 이미 다 만들어져 있던걸요!"

그렇다면 아르센 뤼팽은 홈즈가 이번 사건에 뛰어들 것임을 이미 예측하고 있었다는 것이 아닌가? 뿐만 아니라 영국인 맞수와의 싸움을 미리부터 계획, 준비하고 있었다는 것이 아닌가? 도대체 이유가 뭐지? 어떤 이유가 있기에 기꺼이 싸움을 벌이고자 하는 것일까?

홈즈라 해도 망설이지 않을 수 없었다. 이처럼 오만한 태도를 취하는 것으로 보아 뤼팽은 이번 싸움의 승리를 확신하고 있음에 틀림없었다. 그렇다면 이런 식으로 성급하게 달려가는 것은 함정에 빠지는 결과가 되지 않을까?

그러나 홈즈는 스스로 기운을 북돋았다.

"왓슨, 서두르게! ……마부! 뮈리요 가 18번지로!"

영국인은 마치 권투시합에라도 나가는 사람처럼 두 주먹을 불끈 쥐며 마차에 올랐다.

뮈리요 가에는 웅장한 저택들이 대로를 따라 늘어서 있었다. 그 뒤쪽으로는 몽소 공원이 내다보였다. 저택들 가운데 가장 훌륭하고 큰 건물이 18번지에 우뚝 솟아 있었다. 그곳에서 아내와 아이들과 함께 살고 있는 앵블발 남작은 예술가답게, 그리고 백만장자답게 아주 호화스러운 세간을 갖춰놓고 있었다. 본관 앞으로는 잘 가꿔진 뜰이 있고, 그 양쪽에는 부속건물이 세워져 있었다. 뒤쪽에도 뜰이 있었는데, 그곳의 나뭇가지들이 몽소 공원의 나뭇가지들과 서로 맞닿아 그럴듯한 풍경을 연출하고 있었다.

초인종을 누른 두 영국인은 하인에 의해 작은 응접실로 안내되었다.

두 사람은 의자에 앉자마자 그곳을 가득 채우고 있는 온갖 귀중품들을 빙 둘러보았다.

왓슨의 입이 쩍 벌어졌다.

"굉장한 물건들이야! ……이 정도의 물건을 이런 곳에 놓아둘 만한 사람이라면…… 50대 정도?"

왓슨이 무어라 말을 이으려고 할 때 방문이 열리더니 앵블발 남작이 부인과 함께 안으로 들어왔다.

왓슨의 짐작과는 달리 부부는 말투며 태도가 활기찬 '젊은이'였다. 부부는 다짜고짜 영국인을 향해 무척 고맙다는 인사를 여러 번 반복하여 말했다.

"친절하게 맞아주셔서 정말 감사합니다! 오히려 저희가 폐나 끼쳐드리는 것이 아닌지 염려스럽군요. ……아무쪼록 훌륭한 분들을 만나 이번 일을 맡은 게 오히려 다행이다 싶습니다."

'프랑스 사람들은 어쩜 이렇게 입에 발린 소리들을 잘할까?'

예의범절을 잘 지키는 왓슨도 부부의 인사치레는 부담스러웠던 모양인지 자기도 모르게 속으로 이렇게 중얼거렸다.

"아무튼 시간은 돈이라고 하니까…… 더욱이 홈즈 선생의 경우는 특히 그러시겠지요. 그러니까 곧장 본론으로 들어가는 게 좋을 것 같군요. 홈즈 선생은 이번 사건에 대해 어떻게 생각하시는지요? 그래 사건은 잘 해결될 것 같습니까?"

"사건을 해결하기 위해서는 어떤 사건인지를 먼저 알아야 하지 않겠습니까?"

"그럼 아직 그것조차 모르고 계셨습니까?"

"네, 모릅니다. 그러니 이제부터 자세히 설명을 좀 해주셨으면 합니다. 대체 무슨 사건입니까?"

"도난 사건입니다."

"언제 일어났지요?"

"지난주 토요일입니다. 그러니까 토요일에서 일요일로 지나는 밤이었습니다."

"그럼 엿새 전이로군요. ……자, 계속하시죠?"

"미리 말씀드리지만, 저와 아내는 신분이 신분이니 만큼 필요한 경우를 제외하곤 별로 바깥 출입을 하지 않습니다. 아이들 교육과 몇 번의 연회, 집안 장식…… 이런 것들이 우리의 생활이죠. 그리고 거의 모든 저녁시간은 예술품들을 모아둔 이 방에서 보냅니다. 지난 토요일에도 이곳에 있었고, 11시쯤인가 불을 끄고 아내와 함께 침실로 들어갔습니다."

"침실은 어디죠?"

"바로 옆의 문으로 들어갑니다. ……다음 날, 그러니까 일요일 아침에 저는 일찍감치 잠에서 깨었습니다. 아내 쉬잔은 자고 있었기에 되도록 조용히 이 방으로 건너왔죠. 한데 창문이 열려 있어 깜짝 놀랐습니다. 전날 밤에 분명 잠갔었기 때문입니다!"

"혹시 하인이……?"

"아침에 우리가 벨을 누르기 전까지 하인들은 아무도 이 방에 들어오지 못하도록 되어 있습니다. ……저는 조심성이 많은 편이라 건넌방으로 통하는 문에 늘 빗장을 걸어두곤 합니다. 따라서 창문은 바깥에서 열린 것이 틀림없습니다. 증거도 있습니다! 오른쪽 창살에서 두 번째 네모난 유리창…… 그 유리가 잘려나갔습니다."

"그 창문으로 나가면 어디로 통합니까?"

"이 창문으로 나가면 돌난간으로 둘러싸인 작은 테라스가 나옵니다. 여기는 2층인데…… 나가서 보면 뒤뜰과 몽소 공원의 경계를 지은 작은 철책이 보입니다. 도둑은 몽소 공원에서 사다리로 철책을 넘어와서 테라스까지 올라온 것이 분명합니다."

"분명하다고요?"

"철책 밑 화단의 부드러운 흙에 사다리의 자국이 발견되었기 때문입니다. 테라스 밑에도 같은 자국이 있었고요. 물론 돌난간에도 사다리 때문에 생겼음직한 긁힌 자국이 있었습니다."

"몽소 공원은 밤에 문을 닫지 않나요?"

"닫지 않습니다. 설령 닫는다고 해도 14번지에 공사 중인 건물이 있기 때문에 마음만 먹는다면 그곳으로 하여 얼마든지 쉽게 안으로 들어갈 수 있습니다."

셜록 홈즈는 잠시 생각에 잠겼다가 다시 이야기를 계속했다.

"도둑맞은 이야기로 돌아가서…… 그러니까 바로 이 방에서 범행이 발생됐다…… 이거죠?"

"그렇습니다. 여기 12세기의 성모상과 은세공 작품인 성궤 사이에 자그마한 유대식 램프가 있었는데…… 그것이 없어졌습니다!"

"그러니까, 도난당한 물품은 그것이 전부입니까?"

"네, 전부입니다."

"아, 그래요! 한데 유대식 램프라뇨? 그게 무엇이죠?"

"옛날에 쓰던…… 구리로 만들어진 램프입니다. 기름을 담아 두는 받침접시와 램프대로 되어 있습니다. 받침접시에는 심지를 넣는 구멍이 여러 개 나 있습니다."

"그렇다면…… 그리 큰 가치가 있는 물건은 아닐 듯싶은데……?"

"사실, 램프 자체만으론 그렇습니다. 허나, 그 속의 비밀함은 다릅니다. 우리는 램프 안에다 아주 가치가 높은 보석을 보관해 두는 습관이 있습니다. 루비와 에메랄드가 박힌 순금 키메라(그리스 신화에 나오는 괴수. 머리는 사자, 몸은 염소, 꼬리는 뱀을 닮았음) 상이 거기에 보관되어 있었습니다."

"그런 습관을 갖게 된 특별한 이유라도 있는지요?"

"별로 이렇다 할 이유는 없습니다. 다만 그렇게 숨기는 것이 재밌어서……."

"그럼 비밀장소에 대해선 두 분 말고 아는 사람이 아무도……?"

"물론입니다!"

즉각 홈즈는 이의를 제기했다.

"한데 키메라를 훔쳐간 사람은 알고 있었잖습니까? 그렇지 않다면 일부러 그 유대식 램프를 훔쳐갈 이유가 없었겠죠."

"그건 그렇습니다. 문제는…… 그 램프의 비밀장치를 도둑이 어떻게 알았는가 하는 점입니다. 우리도 우연찮게 알게 되었거든요!"

"우연이란 상대를 가리지 않고 똑같이 작용될 수 있는 겁니다. ……댁의 하인이나 친지들…… 그건 그렇고, 이야기를 계속해 들려주시죠? 경찰에 신고는 하셨겠죠?"

"물론이죠! 예심판사가 조사차 이미 다녀갔습니다. 주요 신문사의 담당 기자들도 취재를 했었고요. 하지만 편지에 적었던 대로 이 사건은 해결될 기미가 전혀 보이지 않고 있습니다."

자리에서 일어난 홈즈가 창가로 다가갔다. 창살과 테라스와 난간을 세밀하게 조사한 뒤 확대경으로 돌난간의 긁힌 자국도 살펴보았다. 그 후에 홈즈는 앵블발 남작에게 정원의 안내를 부탁했다.

밖으로 나온 홈즈는 버드나무 가지로 만든 안락의자에 앉아 건물 지붕을 물끄러미 바라보았다. 그러다가 갑자기 벌떡 일어나더니 두 개의 자그마한 나무 상자 쪽으로 걸어갔다. 나무 상자는 사다리의 다리가 테라스 밑에 남긴 흔적을 보존하기 위해 덮어둔 것이었다. 그는 상자를 치운 다음 땅바닥에 무릎을 꿇고 등을 굽힌 뒤 코를 흙바닥에 바짝 들이댔다. 그런 후에 정성껏 이리저리 크기를 재는 등 여러 가지 조사를 벌였다. 철책에서도 같은 행동을 반복했는데, 그래도 그쪽은 조사가 간단히 끝났다.

홈즈와 앵블발 남작은 남작 부인이 기다리고 있는 응접실로 돌아왔다.

홈즈는 잠시 아무 말도 하지 않고 있다가 문득 조심스럽게 입을 떼었다.

"남작님, 당신의 이야기를 들으면서 나는 이 범죄의 단순한 측면에 의심이 들었습니다. 사다리를 타고 넘어와 유리를 잘라 냈고, 물건 하나를 골라 훔쳐 도망쳤다! 실제로…… 일이란 건 그리 쉽게 진행되지가 않습니다. 한데도 이번 일은 너무 단순하고 명료합니다……."

"그래서요?"

"결국 이번 일은…… 다름 아닌 아르센 뤼팽의 지시로 행해진 사건일 겁니다."

"아르센 뤼팽이라구요!"

남작이 깜짝 놀라 소리쳤다.

"이번 사건은 외부의 사람이 저질렀거나 뤼팽 자신이 직접 나서지 않은 건 분명합니다. 추정해 보건대, 이번 사건은 이 집 하인의 소행 같습니다. 지붕 바로 밑의 방(하인들이 기거하는 방)의 한 하인이, 내가 정원에서 보았던 빗물받이용 홈통을 타고 테라스로 내려왔을 겁니다."

"무슨 증거라도……?"

"아르센 뤼팽이 직접 이곳에 들어왔었다면, 결코 그는 빈손으로 돌아가지 않았을 겁니다."

"빈손이라뇨! 램프가 없어졌지 않습니까?"

"그래요. 램프는 훔쳐갔지만, 다이아몬드가 박힌 이 담뱃갑과 고풍스러운 오팔 목걸이는 가져가지 않고 그대로 놓아두었습니다. 손 한 번, 발 한 번 움직이는 수고만 해도 되는 일인데도 말입니다. 그러니까 그는 애초에 이곳에 발을 들여놓지 않았다고 생각할 수 있습니다."

"하지만 침입한 흔적은 어찌된 거죠?"

"흔해빠진 연극입니다. 이른바 교란 작전을 구사한 것이죠."

"난간의 긁힌 자국도 그렇습니까?"

"그것 역시 가짜입니다. 누군가가 샌드페이퍼로 그리 만들어 놨더군요. 이걸 보시겠습니까? 난간 아래에 샌드페이퍼 가루가 떨어져 있더군요."

"사다리에 눌린 자국은요?"

"유치한 장난이죠! 테라스와 철책 주위에 난 두 개의 구멍을 비교해 보시지요. 모양은 사각형으로 비슷합니다만, 이쪽 것은 두 개의 구멍이 평행으로 나란하게 나 있는데 저쪽은 그렇지가 못합니다. ……두 구멍 사이의 간격을 재어 보시지요? 두 곳이 서로 다를 겁니다. 테라스 밑은 23센티미터인데, 철책 주위의 것은 28센티미터나 됩니다."

"그렇다면……?"

"따라서 네 개의 구멍은 만들어진 흔적입니다. 적당히 깎은 한 개의 나무로 말입니다." 홈즈가 무엇인가를 꺼냈다.

"……바로 이것이 그 나무입니다. 정원의 월계수 화분 밑에 있더군요."

남작은 당혹해했다. 영국인이 이 집 안에 발을 들여놓은 것은 겨우 40여 분 전의 일이다. 지난 며칠 동안 명백한 증거로 믿어지던 것들이 이젠 모두 가짜로 드러나고 만 것이다. 그리고 지금, 그 이전보다 훨씬 강력한 힘으로 새로운 현실이 다가서고 있었다. 비록 셜록 홈즈의 추리에 기초를 둔 현실이지만.

"하인들에게 혐의를 두는 건 우리로선 신중해야 할 문제예요." 남작 부인이 난색을 표하며 말했다.

"우리집 하인들은 오래 전부터 대물림으로 일해오고 있는 처지입니다. 그러니 우리를 배신한다는 건 생각하기 힘든 일입니다."

"누군가가 배신하지 않았다면, 당신들이 보낸 편지와 같은 날, 그것도 같은 배달부에 의해 제게 이런 편지가 전달될 수 있었겠습니까?"

홈즈는 아르센 뤼팽에게서 온 편지를 남작 부인에게 건네주었다.

"아르센 뤼팽…… 그가 어떻게 알았을까요?"

"편지에 대해 누군가와 의논한 적이 있는지요?"

"그 누구에게도 말하지 않았습니다." 남작이 대답했다.

"편지에 대한 건 우리가 식사를 하면서 생각해낸 것입니다."

"그때 하인들도 곁에 있었는지요?"

"아니오. 우리 아이…… 둘뿐이었습니다. 잠깐만…… 여보, 그때 소피하고 앙리에트는 이미 자리를 떠나고 없었던 게 맞지?"

앵블발 부인이 잠시 생각에 잠겼다가 대답했다.

"네, 그 애들은 선생님에게 가 있었어요."

"선생님이라뇨?"

홈즈가 물었다.

"가정교사인데 알리스 드맹 양입니다."

"그녀는 함께 식사하지 않나요?"

"네, 자기 방에서 따로 식사합니다."

순간 왓슨이 문득 생각났다는 듯 입을 열었다.

"내 친구 셜록 홈즈 앞으로 보낸 편지에는 우체국 소인이 찍혀 있었습니다."

"그거야 당연한 일이겠죠."

"누가 그 편지를 붙였나요?"

"사환인데 20년 동안 함께 산 도미니크입니다." 남작이 대답했다.

"그 친구는 아무리 조사해봐야 시간 낭비일 겁니다."

"어떤 조사 건 시간 낭비는 없습니다."

왓슨이 엄숙하게 말했다.

첫 조사가 끝나고 홈즈는 숙소로 갔다.

한 시간 후 저녁 식사 때, 홈즈는 앵블발 부부의 아이들인 소피와 앙리에트를 만났다. 여덟 살과 여섯 살의 귀여운 소녀들이었다. 식탁에서는 별로 이야기가 오가지 않았다. 남작 부부의 깍듯하고 상냥한 대접에 홈즈는 퉁명스러움으로 일관했다. 그러니 곧 모두들 입을 꾹 다물고 식사에만 집중할 수밖에 없었다. 커피가 나왔어도 분위기는 마찬가지였다. 홈즈는 단숨에 잔을 비우고는 자리에서 일어났다.

바로 그때, 하인 하나가 들어와 홈즈에게 온 전보를 건넸다. 홈즈는 전보를 뜯어보았다.

> 심심한 경의를 표합니다.
> 당신이 짧은 시간에 얻은 성과는 실로 놀랍습니다.
> 나도 깜짝 놀랐습니다.
>
> _아르센 뤼팽

홈즈가 초조해하는 몸짓으로 전보를 남작에게 보여주었다.

"당신의 집 벽에 눈과 귀가 붙어 있다는 것을 이젠 믿어야 할 것 같군요."

"도대체가…… 도무지 모르겠군요……."

남작은 어이가 없다는 듯 중얼거렸다.

"그건 나도 마찬가지입니다. 그러나 분명한 건 이 집에서의 일거수일투족은 모두 그자에게 알려지고 있어요. 단 한 마디라도 그자의 청각을 벗어나긴 힘들 겁니다."

그날 밤 왓슨은 할 일을 다하고 이젠 자는 일밖에 남지 않은 사람처럼 편안한 마음으로 잠자리에 들었다. 그는 곧 잠에 빠져들었는데 자기 혼자 뤼팽을 뒤쫓아 직접 체포하는 멋진 꿈을 꾸었다. 그 느낌이 너무도 생생하여 그는 그만 잠에서 깨어나고 말았다.

누군가가 그의 침대를 더듬고 있었다. 왓슨은 얼른 권총을 집어들었다.

"조금이라도 움직이면 쏜다, 뤼팽!"

"아니, 도대체 지금 무슨 소리를 하는 건가, 왓슨?"

"홈즈? ……자네야말로 무슨 일이지? 내 도움이 필요한 건 없나?"

"그래, 자네의 두 눈이 필요하네. 어서 일어나게나."

홈즈는 왓슨을 창가로 데려갔다.

"보게…… 철책 저편 말이야……."

"공원 말인가?"

"그래. 아무것도 안 보이는가?"

"아무것도 안 보이는걸."

"아니, 뭔가 보일 걸세. 다시 잘 보게나."

"아아! 과연…… 사람 그림자가…… 둘이로군!"

"그래 맞아! 철책에 그림자가 달라붙어…… 움직이고 있어. 서둘러야겠어!"

그들은 난간을 더듬어가며 계단을 내려갔고, 정원 쪽으로 난 방으로 들어갔다. 그곳 창유리 너머로 그 두 사람을 살폈는데 보다 또렷하게 그림자가 보였다.

"이상한걸……!"

홈즈가 중얼거렸다.

"집 안에서 무슨 소리가 나는 것 같은데……."

"집 안에서? 그럴 리가 없지! 모두들 자고 있는데……."

"아니야. 잘 좀 들어봐……."

그때 가벼운 휘파람 소리가 철책 쪽에서 들려왔다. 그러고는 본관 쪽에서 새어나가는 희미한 불빛이 있었다.

"앵블발 부부가 불을 켠 것이 틀림없어." 홈즈가 속삭이듯이 중얼거렸다.

"이 위층은 그들 부부의 침실이니까."

"그럼 조금 전의 들었다던 소리도 그들이 내는 소리?"

왓슨이 말했다.

"철책을 감시하고 있었던 모양이지?"

다시 또 휘파람 소리가 들려왔다. 조금 전보다 또렷한 소리였다.

"도무지…… 이해가…… 안 돼."

홈즈가 몹시 혼란스러워하며 중얼거렸다.

"그건 나도 마찬가지야……."

왓슨이 맞장구를 쳤다.

다시 세 번째 휘파람 소리가 좀 더 세게 다른 가락으로 울렸다. 두 사람의 머리 위에서 나는 소리도 훨씬 분명해졌다.

"아무래도 응접실 테라스에서 나는 소리인 것 같아."

홈즈는 숨을 한 번 크게 쉬고 나서 반쯤 유리문을 열었다. 그러고는 그 사이로 머리를 내밀었다. 그러나 그 순간 재빨리 머리를 원래의 위치로 끌어당기면서 작게 욕설을 퍼부어 댔다. 영문을 모르는 왓슨이 확인하고자 고개를 밖으로 내밀었다. 왓슨 역시도 화들짝 놀라 고개를 잡아당겼다. 바로 눈앞에 사다리 하나가 세워져 있었다. 사다리는 테라스의 난간에 기대어 걸쳐진 채였다.

"젠장! 응접실에 누가 있어! 소리는 거기서 나는 거야. 얼른 사다리를 떼어내세!"

홈즈가 말했다. 그러나 그 순간 그림자 하나가 미끄러지듯이 아래로 주르륵 내려갔다. 그러고는 사다리를 얼른 떼어냈다. 사내는 사다리를 들고 같은 패거리가 기다리는 철책 쪽으로 뛰어갔다. 홈즈와 왓슨은 뒤를 쫓았다. 사내가 철책에 사다리를 걸치려는 순간 두 사람이 그를 덮쳤다. 그때 철책 너머에서 두 방의 총소리가 났다.

"맞았나?"

홈즈가 다급하게 물었다.

"아니."

왓슨이 대답하며 붙잡은 사내를 억누르려고 했다. 그러나 사내도 만만치는 않았다. 주먹으로 왓슨을 먼저 가격한 다음, 다른 손으로 뽑아든 단도로 그의 가슴 한복판을 푹 찔렀다. 왓슨이 짧은 비명을 토해내며 바닥에 쓰러졌다. 그 틈을 타 사내는 재빠른 동작으로 사다리를 올라갔다.

"젠장! 만일 내 친구가 죽는다면 네놈은 끝장일 줄 알아!"

분노한 홈즈가 소리쳤다.

왓슨을 잔디밭에 눕힌 홈즈는 다시 사다리로 돌진했다. 그러나 이미 때가 늦었다. 이미 사내는 사다리를 넘어 같은 패거리와 함께 어둠 속으로 사라지고 없었다.

"왓슨! 왓슨! ……괜찮은가? 가벼운 상처지? 그렇지?"

그 순간 현관문이 요란하게 열렸다. 맨 앞에 앵블발 남작이 나타나고, 뒤이어 하인들이 촛불을 들고 따랐다.

"뭡니까! 이게 어떻게 된 일이죠? 왓슨 씨가 다친 겁니까?"

"아무것도 아닙니다. 조금 스친 정도입니다."

홈즈의 바람과는 달리 왓슨은 피를 많이 흘렸고, 얼굴도 몹시 창백했다.

20분 후에야 도착한 의사는 단도 끝이 심장에서 4밀리미터 되는 곳에서 멈추었다고 말했다.

"심장에서 4밀리미터라구? 나의 친구 왓슨은 언제나 운이 좋단 말이야!"

홈즈가 부러운 듯한 말투로 말했다.

"운이 좋다구? ……운이 좋았다구?"

의사가 홈즈를 노려보았다.

"내 친구는 워낙 체력이 튼튼해서 금방 회복될 겁니다."

"그래도 6주간의 절대 안정과 2개월의 요양이 더 필요합니다."

"그 정도면 충분한 겁니까?"

"합병증만 생기지 않는다면요."

"그, 그럴 수가! 젠장, 합병증까지 걱정해야 하는 겁니까?"

아무튼 생명에는 지장이 없다는 의사의 진단에 완전히 마음을 놓은 홈즈는 응접실에서 기다리고 있는 남작에게로 갔다. 이번에는 수수께끼의 침입자도 전처럼 체면치레만으론 끝내지 않았다. 그는 뻔뻔스럽게도 다이아몬드가 박힌 담뱃갑과 오래된 오팔 목걸이, 그리고 여느 도둑들이 호주머니에 넣을 만한 모든 물건을 쓸어갔다.

창문은 활짝 열려져 있었으며, 창문 유리가 한 장 깨끗이 잘려나갔다. 새벽 무렵쯤 되어 대강 조사해 보니 사다리는 건축 중인 건물에서 가지고 온 것으로 밝혀졌다. 하여 범인이 침입한 행로는 금방 드러났다.

"유대식 램프를 훔쳐갔을 때와 똑같은 방법이로군요."

앵블발 남작은 홈즈를 조금 비꼬는 듯한 말투였다.

"그렇습니다. 경찰에서 내린 최초의 해석을 그대로 인정한다면 말입니다."

"그럼, 당신은 아직도 경찰의 해석을 인정하지 않는다는 말씀입니까? 두 번이나 똑같은 일이 이렇게 발생했는데도요?"

"달라지지 않았을 뿐만 아니라 제 생각을 더욱 확신하게 되었습니다."

"어찌 그럴 수 있죠? 어젯밤의 침입은 외부에서 행해진 게 분명하다는 확실한 증거가 있습니다. 한데도 당신은 유대식 램프가 내부의 누군가에 의해 도둑맞았다는 주장을 고집하려는 겁니까?"

"내부의 누군가에 의한 소행인 게 확실합니다."

"그렇다면 내가 알아들을 수 있도록 설명 좀 해주시죠?"

"설명 따위는 굳이 하고 싶지 않습니다. 다만 두 가지 사건은 서로 비슷하고 또 관계도 있는 것이 분명합니다. 나는 이 두 사건을 각기 별개로 판단, 연결의 끈을 찾고자 노력할 것입니다."

홈즈의 믿음이 너무도 확고하고 또 그 행동이 너무나 완고하여 마침내 남작도 그만 그의 고집에 승복했다.

"좋습니다. 아무튼 이번 일에 대해 경찰 측에 알리도록 합시다."

"아니, 안 됩니다!"

영국인이 무섭게 소리쳤다.

"절대로 안 됩니다! 그들의 도움이 필요할 때 알리면 됩니다."

"하지만 총까지 쏘지 않았습니까?"

"상관없습니다."

"당신 친구분은……?"

"내 친구는 조금 다쳤을 뿐입니다. 의사에게 이번 일이 새어 나가지 않도록 일러주셨으면 합니다. 물론 법률적인 모든 책임은 제가 지겠습니다."

별다른 일 없이 훌쩍 이틀이 지나갔다. 그동안 홈즈는 세심한 주의를 기울여 조사를 벌였다. 범인들의 침입은 대담했고, 홈즈는 자존심에 큰 상처를 입었다. 무엇보다 홈즈의 눈앞에서 벌어진 일이었다. 그런데도 그것을 막지 못하다니! 그는 지칠 줄 모르고 저택과 뜰을 조사했으며 하인들을 면담 조사했다. 부엌과 마구간에서도 오랜 시간을 보냈다. 그러나 이렇다 할 단서를 얻은 건 아니었다. 그래도 홈즈는 용기를 잃지 않았다.

'기필코 찾아낼 것이다. 그것도 여기서 찾아낼 것이다! ……금발 부인의 사건하고는 다르다. 그때처럼 목표도 없이 헤매거나 알지 못하는 길로 무턱대고 걸어갈 수는 없다! ……이번에는 내가 현장에 있다! 지금의 적은 신출귀몰하는 뤼팽이 아니라, 이 저택 안에 숨어 있는 공범자다! 손톱만큼의 단서라도 잡히면 그땐…… 놈도 끝장이다!'

홈즈는 속으로 생각했다.

그런데 홈즈는 우연찮게도 사소한 단서 하나를 발견하게 된다. 그리하여 명탐정 홈즈의 천재성을 유감없이 발휘하게 된다.

사흘째 되는 날 오후, 홈즈는 응접실 위 아이들 공부방으로 쓰이는 한 방에 들어갔다. 그는 그곳에서 가위를 찾고 있는 작은딸 앙리에트를 보았다.

"전 말이에요…… 그날 밤 아저씨가 받았던 그 종이를 똑같이 만들 줄 알아요."

어린아이가 홈즈에게 말했다.

"그날 밤?"

"네, 저녁 식사를 하고 났을 때 위에 띠가 붙은 종이 있었잖아요…… 전보 말이에요…… 저는 지금 그걸 만드는 중이에요."

그렇게 말하고 아이는 방을 나갔다. 보통의 사람들은 어린아이의 별 의미 없는 말을 허투루 듣기 마련이다. 홈즈 역시 처음에는 그러했고, 별로 신경 쓰지 않았다. 그러다가 막연한 그 무엇인가가 그의 가슴을 쳤다. 그는 아이의 마지막 말에 정신이 번쩍 들었고 곧 아이의 뒤를 쫓아갔다. 층계 위에서 아이를 붙잡았다.

"앙리에트, 그럼 너도 종이 위에 글자 띠를 붙일 수 있다 이거니?"

앙리에트는 아주 자랑스럽게 말했다.

"그럼요! 저도 일일이 글자를 오려내어 종이에 붙일 수 있어요."

"그런 놀이는 누구에게 배웠지?"

"선생님한테서요…… 선생님이 그렇게 하는 것도 보았어요. 신문의 글자를 오려내어 붙이는 거 말이에요."

"그래, 그렇게 해서 뭘 만들었지?"

"전보나 편지를 만들어서 보내요."

셜록 홈즈는 뜻하지 않은 정보에 무척 고무되었다. 그는 얼른 공부방으로 돌아가 아이의 말이 뜻하는 바를 알아내고자 노력했다.

벽난로 위에는 신문이 수북이 쌓여 있었다. 그것을 펴보자 과연 글자며 선이 오려져 있었다. 홈즈는 앞뒤 글자를 읽어보았다. 그것은 앙리에트가 아무렇게나 오려낸 글자 같았다. 그렇다면 신문다발 속에 가정교사가 직접 오려낸 것도 틀림없이 있을 것이다! 그러나 어떻게 확인할 수 있단 말인가?

홈즈는 테이블 위에 쌓여 있는 교과서들을 무심코 들춰보았다. 그리고 벽장에 놓여진 책들도! 갑자기 그가 탄성을 터뜨렸다. 벽장 한쪽 구석에 쌓여 있는 묵은 장부 밑에 아이들의 글자 연습용 그림책이 한 권 놓여 있었다. 홈즈는 얼른 그것을 들춰보았다. 역시 누락된 빈 공간이 여럿 눈에 띄었다.

먼저 요일이 나열된 페이지를 보았다. 월요일, 화요일, 수요일…… 토요일이 없다! ……유대식 램프를 도둑맞은 게 토요일 밤이었지 않은가!

홈즈의 가슴이 갑자기 쿵쾅거리며 요동쳤다. 이것은 사건의 핵심에 다가섰음을 분명하게 알려주는 신호였다. 이러한 느낌이 그를 속인 적은 이제껏 단 한 번도 없었다.

홈즈는 흥분에 들떠 글자 연습용 그림책을 서둘러 넘겼다. 조금 후 그는 또 한 번 놀라야 했다.

알파벳의 대문자와 숫자가 일정한 규칙에 의해 가득 들어차 있는 페이지였다. 그중 아홉 개의 대문자와 세 개의 숫자가 정교하게 잘려나가고 없었다. 홈즈는 그것을 수첩에 옮겨 적었다. 그러자 다음과 같은 결과가 나왔다.

CDEHNOPRZ——237

'음…… 잠깐 보아서는 의미를 알 수가 없군.'

홈즈는 난감해졌다. 대체 어떻게 해야 뭔가 의미 있는 단어가 될 것인가?

홈즈는 곧 이런저런 방법을 시도하여 글을 짜맞춰 보았다. 허나 성과는 그다지 없었다.

홈즈는 수없이 글자를 짜맞추는 시도를 반복했고, 결국 그는 중요할 수도 있는 단어를 찾아내는 데 성공했다. 사실상 이제까지의 사건 줄거리, 일반적인 상황과도 들어맞았다.

그림책의 각 페이지에는 알파벳의 대문자가 하나씩밖에 나와 있지 않았으므로 단어는 불완전한 것이 될 수밖에 없었다. 따라서 다른 페이지에서 오려낸 글자로 보완해야 했을 것이다. 그렇게 되면 수수께끼는 다음과 같이 다시 배열될 수 있었다.

RÉPOND(?)Z ─── CH ─── 237

맨 첫 단어가 'RÉPONDEZ(답장)'임은 분명하다. E가 하나 빠진 것은 이미 사용했기 때문일 것이다.

두 번째의 불완전한 단어는 237이라는 숫자와 함께, 발신인이 수신인에게 주소를 알려주는 것임에 틀림없다. 먼저 토요일이라는 날짜를 결정하고, CH237이라는 주소로 대답을 요구한 것!

CH237은 사서함의 번호이거나, 아님 C와 H가 별개 단어의 일부일 수도 있다. 홈즈는 계속하여 그림책을 넘겼다. 다음 페이지에는 잘라낸 부분이 없었다. 그러므로 새로운 사실이 나타나기 전까지는 지금까지의 성과로만 만족해야 했다.

"재미있죠, 아저씨?"

앙리에트가 돌아와 있었다. 홈즈가 대답했다.

"그래, 재미있구나. 그런데 종이가 좀더 없을까? 오려낸 글자가 있으면 나도 붙이고 싶은데 말이야."

"종이……? 없어요…… 선생님한테 혼나요……."

"선생님에게?"

"네, 벌써 한 번 혼났는걸요."

"왜?"

"내가 아저씨에게 말했다고요…… 선생님은 좋아하는 놀이에 대해선 함부로 말하면 안 된다고 했어요."

"암, 그렇고 말고!"

앙리에트는 자기 말이 옳다는 홈즈의 말에 무척 기쁜 모양이었다. 기분이 좋은 나머지 앙리에트는 핀으로 옷에 찔러놓은 작은 주머니가방 속에서 헝겊쪼가리와 단추 세 개, 사탕 두 알, 그리고 종이 한 장을 꺼내었다. 앙리에트는 선심이라도 쓴다는 듯 종이를 홈즈에게 주었다.

"이걸 드릴게요."

8279…… 분명 삯마차의 번호였다.

"이 종이는 어디에서 났지?"

"선생님의 지갑에서 떨어졌어요."

"언제?"

"일요일 교회에서요. 헌금을 내려다가 떨어뜨렸어요."

"그랬었구나! ······앙리에트, 이 아저씨가 선생님한테 혼나지 않는 방법을 가르쳐 주마! 선생님한테 이 아저씨를 봤다고 얘기하지 않으면 절대로 혼나지 않을 거야. 알겠니?"

홈즈는 곧장 앵블발 남작을 찾아가 가정교사에 대해 자세히 캐물었다.

남작은 깜짝 놀랐다.

"알리스 드맹 양이오? 혹시 그녀를······ 아닙니다, 그럴 리가 없습니다!"

"그녀는 언제부터 여기서 일을 했죠?"

"1년 정도요······ 나는 그녀를 전적으로 신뢰합니다. 그녀는 정말이지 믿을 수 있는 사람입니다."

"그런데 어째서 나는 그녀를 만나지 못했죠?"

"이틀 정도 집에 없었습니다."

"지금은?"

"돌아왔는데, 당신의 친구분을 간호해줘야겠다면서 곧장······. 그녀는 간호사로도 만점이지요! 상냥하고 이해심 많고······ 왓슨 씨도 기뻐하는 것 같았습니다."

"아, 그랬군요!"

그동안 친구의 상태에 대해 까마득히 잊고 지낸 홈즈였다. 그렇기에 친구의 얘기가 나왔어도 별로 표정의 변화라곤 없었다.

홈즈는 잠시 생각에 잠겼다가 말했다.

"일요일 아침에 그녀는 외출했었는지요?"

"도난 사건이 발생하고 다음 날 말입니까?"

"그랬던 것 같습니다."

남작은 아내를 불러 확인했다. 결국 남작 부인이 대신 대답했다.

"선생님은 평소와 마찬가지로 오전 11시에 아이들을 데리고 교회로 갔습니다."

"그 이전에는요?"

"그 이전에는…… 외출하지 않았던 것 같은데…… 도난 사건 때문에 워낙 정신이 없어서…… 그러고 보니, 일요일 아침에 외출하고 싶다고 말했던 것이 기억나네요. 사촌여동생이 파리에 왔는데 만나고 싶다면서…… 설마, 그녀를 의심하는 건 아니겠죠?"

"그건 아닙니다. 다만 만나보고 싶군요."

홈즈는 왓슨이 누워 있는 방으로 갔다. 간호사처럼 길다란 회색 가운을 걸친 모습의 한 여자가 환자에게 몸을 굽힌 채 마실 것을 먹여주고 있었다. 이윽고 그녀가 뒤돌아섰다. 홈즈는 깜짝 놀라야 했다. 다름 아닌 그녀는 노르 역에서 자기를 붙잡고 늘어졌던 바로 그 여자였다!

두 사람 사이엔 아무 말도 오가지 않았다. 알리스 드멩은 전혀 당황하지 않았고 오히려 착 가라앉은 아름다운 눈빛으로 상냥하게 미소지었다. 영국인은 뭔가 말을 꺼내려다가 도로 입을 다물었다. 그러자 여자는 다시 자신의 일을 시작했다. 놀라는 홈즈를 놓아둔 채 태연히 방 안을 돌아다니며 병을 흔들거나 붕대를 다시 감았다. 그런 다음, 또다시 예의 매력적인 미소를 홈즈에게 보냈다.

홈즈는 말 없이 발길을 돌려 방을 나왔다. 그러고는 앞뜰로 나갔다. 거기에는 앵블발 남작의 자동차가 주차되어 있었다. 홈즈는 차에 올라 다짜고짜 삯마차의 주소지인 르발루와로 가도록 했다. 주소는 앙리에트에게서 얻은 마차표에 쓰여 있었다. 일요일 아침 8279호 마차를 몰았던 마부 뒤프레는 자리에 없었다. 홈즈는 일단 자동차를 돌려보냈다. 교대 시간이 될 때까지 그를 기다릴 생각이었다.

마부 뒤프레는 몽소 공원 근처에서 틀림없이 한 여자 손님을 태웠는데, 검은 옷의 젊은 여자로 몹시 서둘렀다고 그녀를 기억했다.

"혹시 짐을 가지고 있었소?"

"네. 소포 같았는데 기다란 꾸러미였습니다."

"어디까지 태워주었습니까?"

"테른 가의 생 페르디낭 광장의 모퉁이에 잠깐 정차했고, 십 분쯤 후에 다시 몽소 공원 근처로 돌아왔습니다."

"테른 가의 그 건물을 기억하고 있겠지요?"

"그럼요! 안내해 드릴까요?"

"거기는 다음에 부탁하고…… 먼저 오르페브르 가 36번지로 갑시다."

경시청에서 홈즈는 운이 좋았는지 금세 가니마르 경감을 발견할 수 있었다.

"가니마르 씨, 좀 도와주셔야겠습니다."

"뤼팽의 일이라면 도와줄 수 없소이다."

"바로 그 뤼팽의 일입니다."

"당연히 거절하겠소."

"그럼 뤼팽은 단념한 겁니까?"

"홈즈 씨, 불가능한 일을 단념하는 건 당연하지 않습니까? 질 것이 뻔한 싸움에 다시 뛰어들고 싶지 않습니다. 비겁하다고 어리석다고 비난해도 나는 조금도 괘념치 않겠습니다. 전 이제 아무렇지도 않습니다! 그 누구도 뤼팽을 당해낼 순 없습니다. 그러니까 포기할밖에요."

"나는 결코 포기하지 않소!"

"아마 당신도 결국엔 두 손 두 발 다 들고 말 거요."

"그렇다면…… 구경거리로 즐기는 건 어떻겠소?"

가니마르가 순순하게 대답했다.

"그렇다면야…… 당신이 못 다한 실력을 발휘하고 싶어 안달이 난 모양인데…… 좋소, 그럽시다!"

두 사람은 대기 중이던 마차에 올랐다. 마차는 문제의 건물에 이르기 전, 큰길 반대쪽에 있는 작은 찻집 앞에서 멈췄다. 두 사람은 찻집 테라스의 월계수와 참빗살나무 사이의 한 테이블을 차지하고 앉았다. 해가 뉘엿뉘엿 기울고 있었다.

"이봐! 여기 필기도구 좀 가져다주시게!"

홈즈가 뭔가를 끼적거린 다음 다시 종업원을 불렀다.

"이 편지를 맞은편 건물 관리인에게 전해주게. 저기 문 아래쪽 담배를 피우고 있는 모자를 쓴 사내가 관리인일세."

관리인이 득달같이 달려왔다. 가니마르 경감이 신분을 밝히자 홈즈는 일요일 아침에 검은 옷을 입은 젊은 여자가 찾아오지 않았느냐고 물었다.

"검은 옷의 여자요? 네, 아홉 시쯤 3층으로 올라가더군요."

"자주 보던 여자인가요?"

"아니오. 하지만 요즘은 자주 옵니다. 최근 보름 동안 거의 날마다 왔으니까요."

"지난 일요일 이후에는요?"

"오늘을 제외하고 꼭 한 번 왔었습니다."

"뭐라구요? 그녀가 오늘도 왔습니까?"

"지금 와 있는데요."

"지금?"

"한 십 분쯤 전에 왔습니다. 언제나처럼 마차는 생 페르디낭 광장 한켠에 세워져 있구요. 그 여자하곤 문 아래쪽에서 마주쳤습니다."

"3층에는 누가 삽니까?"

"두 사람이 살고 있습니다. 양장점에 다니는 랑제 양과 한 달 전부터 그 맞은편의 두 방을 빌려 쓰고 있는 브레송이라는 이름을 빌린 신사분입니다."

"어째서 이름을 빌렸다고 말하는 거죠?"

"제 생각엔…… 아무래도 가명인 듯합니다. 제 아내가 그 사람의 세탁을 맡아 해주는데, 같은 이니셜이 새겨진 속옷은 한 장도 못 보았다고 하더군요."

"그 사람은 뭘 하며 지내죠?"

"브레송 씨는 외출이 너무 잦은 것 같아요. 벌써 사흘째 집에 돌아오지 않고 있으니, 이만하면 알 만하겠죠?"

"지난 토요일과 일요일 사이에 그 사람 집에 있었습니까?"

"토요일에서 일요일 사이의 밤이라…… 잠깐 생각 좀 해보고요…… 아, 그래요! 토요일 밤에는 돌아와 아무데도 나가지 않았었습니다."

"그 사람, 대체 어떤 사람이죠?"

"글쎄요, 뭐라고 말씀드리기가 좀 그렇군요. 아무튼 좀 이상한 사람입니다. 커졌다 작아졌다, 뚱뚱해졌다 호리호리해졌다, 밤색 머리가 되었다 금발이 되었다…… 그래서 늘 다른 사람인 줄 안다니까요."

가니마르 경감과 홈즈는 동시에 얼굴을 마주보았다.

"그 자요! 틀림없이 그 자요!"

경감이 중얼거렸다.

노(老)형사는 한순간 불안한 마음에 사로잡혔는지, 으레 그렇듯이 하품과 동시에 주먹을 불끈 쥐었다.

홈즈는 그 정도는 아니었다. 그래도 역시 마음이 긴장되는 것은 어쩔 수 없는 것 같았다.

그때 갑자기 관리인이 소리쳤다.

"저기 보십시오! 그 여자가 나왔어요!"

검은 옷차림의 여자가 문을 나서더니 곧장 광장을 가로질렀다.

"앗! 이번에는 브레송 씨도 나왔군요!"

"브레송 씨? 어디? 어느 쪽이오?"

"팔에 소포 같은 걸 낀 남자입니다."

"한데 브레송 씨는 여자를 전혀 모르는 사람인 척하는걸? 여자 혼자 마차에 오르잖아?"

"그야 당연하죠! 이제까지 두 사람이 함께 있는 걸 단 한 번도 본 적이 없는걸요!"

두 사람은 서둘러 자리를 털고 일어섰다. 가로등 불빛에 비쳐 광장 반대편으로 걸어가는 뤼팽의 모습이 보였다.

가니마르 경감이 물었다.

"어느 쪽을 미행하겠소?"

"물론 저 사나이 쪽이지요! 저쪽이 거물이니까요."

그러자 경감이 말했다.

"그럼 난 여자를 미행하겠소."

"아니, 그럴 필요 없소."

영국인이 힘주어 말했다. 홈즈는 이번 사건을 가니마르 경감에게 알리고 싶지 않은 것이 솔직한 심정이었다.

"그녀가 있는 곳은 이미 내가 알고 있소. 자, 나와 함께 갑시다."

두 사람은 거리를 두고, 또 지나가는 사람과 신문 판매대의 그늘을 가끔 이용하면서 뤼팽을 미행했다. 비교적 쉬운 미행이었다. 그는 뒤를 돌아보는 일도 없이 빠른 걸음으로 걷고 있었다. 한데 뤼팽은 오른쪽 다리를 아주 약간 절고 있었다.

"다리를 절룩이는 걸 보니 다친 것 같군. 아, 이럴 때 두세 명의 경관만 있어도 당장 저 녀석을 붙잡을 수 있을 텐데!"

하지만 테른 가 그 어디에도 경관의 모습은 눈에 띄지 않았다. 더구나 이제 곧 경계를 지나게 될 시점이었다. 그렇게 되면 어떠한 종류의 지원도 전혀 기대할 수 없게 되는 것이다.

홈즈가 말했다.

"서로 떨어집시다. 주위에 사람이 너무 없는 것 같소."

어느덧 빅토르 위고 가에 이르렀다. 두 사람은 양쪽 보도로 나뉘었고 가로수를 따라 걸어갔다.

그로부터 20분쯤 후 뤼팽은 왼쪽으로 방향을 바꿔 세느 강을 따라 걸어갔다. 그러다 잠시 후 뤼팽은 다시 강기슭으로 내려갔다. 거기서 그는 잠깐 동안 머물렀는데 그가 무엇을 하는지 두 사람으로선 알 수 없었다. 이윽고 뤼팽은 다시 강둑으로 올라와 되돌아 걷기 시작했다. 두 사람은 얼른 철책의 문기둥에 몸을 숨겼다. 뤼팽은 두 사람을 태연하게 지나쳤다. 그런데 들고 있던 꾸러미는 어딘가로 사라지고 없었다.

그가 사라지고 난 후 웬 사내가 집 모퉁이에서 튀어나오더니 옆의 가로수 사이에 몸을 숨겼다.

홈즈가 나지막한 소리로 말했다.

"저 사내도 뤼팽을 미행하는 것 같소."

"맞소. 올 때도 누군가가 뒤따라붙는 것 같은 느낌이었으니까."

 다시 미행이 시작되었는데, 새로이 나타난 사내 때문에 미행은 더욱 복잡해졌다. 뤼팽은 왔던 길을 정확히 되돌아가 생 페르디낭 광장의 집으로 들어갔다.

 관리인이 문을 닫고 있을 때 가니마르 경감이 나타났다.

 "그 사람을 보았소?"

 "네, 층계에 있는 가스등을 끄고 있을 때 그 사람이 문의 빗장을 걸었습니다."

 "그 사람과 같이 사는 사람은?"

 "없습니다. 하인도 없고…… 식사도 집에서 하지 않습니다."

 "뒤쪽으로 비상계단 같은 게 있소?"

 "없습니다."

 가니마르 경감이 홈즈에게 말했다.

 "가장 간단한 방법은 내가 뤼팽의 방문을 지키고, 당신이 드무르 가의 경찰서장을 찾아가 지원을 요청하는 겁니다. 내가 편지를 써 주겠소."

 홈즈가 반대했다.

 "그동안에 달아나면?"

 "내가 있잖소!"

 "일 대 일로 상대하여 그를 감당해내겠소?"

 "그렇다고 무작정 안으로 밀고 들어갈 수도 없지 않소? 내겐 그럴 권한이 없어요. 더욱이 밤인데……."

 홈즈가 어깨를 으쓱거렸다.

"뤼팽을 체포한다는데 그만한 일로 시시비비할 사람은 없을 거요. 그리고 정 뭐하면 단순히 벨만 눌러 보던가? 그 다음 상황은 그때 생각해도 될 거요."

두 사람은 일단 계단을 올라갔다. 층계를 다 올라가자 왼쪽에 여닫이문이 있었다. 가니마르 경감이 벨을 눌렀다. 대답이 없다. 그는 다시 벨을 눌렀다. 역시 아무 반응도 없었다.

"들어갑시다."

홈즈가 가니마르를 부추겼다.

"……그럽시다!"

그러나 두 사람은 움직이지 않았다. 아주 중요한 행동을 할 때면 누구든 으레 그렇듯이 그들도 선뜻 결심을 행동으로 옮기지 못하고 망설였다. 더구나 문 저편에 아르센 뤼팽이 정말로 있으리라곤 왠지 생각되지 않았다. 천하의 아르센 뤼팽 그가 주먹으로 세차게 한 번 치기만 해도 부서질 것 같은 빈약한 문을 사이에 두고 코앞에 있을 거라고는 정녕 믿겨지지 않았다. 두 사람은 괴물 같은 인간 아르센 뤼팽에 대해 그 누구보다 잘 안다고 자부하고 있었다. 그런데 그런 그가 자신의 은신처를 이렇게 쉽게 드러내고, 또 쉽게 붙잡힐 수 있다니! 따지자면 고개가 갸웃거려질 일이었다. 두 사람은 아르센 뤼팽이 이미 저편에 없을 것 같다는 생각이 들었다. 옆집이나 지붕, 또는 미리 준비된 출구를 통해 멀찌감치 도망쳤을 것이 틀림없으리라 생각했다. 그렇다면 이번에도 역시 뤼팽의 빈 껍데기만을 덮치는 격이 아니겠는가.

그런데 방문 안쪽으로부터 어렴풋하게나마 소음이 들려왔다. 그리하여 두 사람은 문득 이런 생각에 사로잡혔다. 혹시 저 얇은 나무판자 뒤에서 귀를 기울이며 오히려 이쪽의 형편을 살피고 있는 것이 아닐까?

어떻게 해야 할까? 난처하기 그지없는 상황이었다. 노련한 탐정과 경찰로서의 침착성은 사라지고 그들은 불안감에 사로잡히고 말았다. 너무 긴장한 탓인지 심장의 고동소리도 들리는 것 같았다.

가니마르 경감이 눈짓으로 홈즈에게 신호를 보냈다. 그는 용기를 내어 불끈 쥔 주먹으로 부서져라 문을 두들겼다.

이번에는 안쪽에서 발소리가 들렸다. 감추려고도 하지 않는 발소리였다.

가니마르 경감이 더욱 문을 세게 잡아 흔들었다. 홈즈 역시 무서운 기세로 문짝을 몸으로 밀쳤다. 결국 두 사람은 문짝을 부수고 방 안으로 뛰어들어갔다.

바로 그때, 옆방에서 총소리가 한 방 울렸다. 이어서 또 한 방, 그리고 사람이 쓰러지는 소리가 들렸다.

두 사람이 들어가 보니 한 사내가 벽난로 대리석에 얼굴을 처박고 쓰러져 있었다. 꿈틀꿈틀 경련을 일으키던 그의 손에서 미끄러지듯이 권총이 떨어졌다.

가니마르 경감이 몸을 굽혀 죽은 사내의 머리를 잡아들었다. 피범벅의 얼굴은 뺨과 관자놀이에 끔찍한 총상이 나 있었다.

"얼굴을 전혀 알아볼 수 없군."

가니마르 경감이 중얼거렸다.

"그러나 그자는 아닌 게 확실하오."

홈즈가 말했다.

"무슨 근거로 그리 확신하는 거요? 일단 조사를 한 후에……."

영국인은 냉소를 지었다.

"천하의 아르센 뤼팽이 자살이라니! 말도 안 돼!"

"하지만 밖에서는 분명 그자라고 생각했지 않소?"

"물론 그랬었소. 워낙 그 자이길 간절히 바랐으니까. 우린 우리 스스로에게 속은 거요."

"그럼, 이 사내는 그자의 일당?"

"아르센 뤼팽의 부하 역시 자살 같은 건 하지 않을 겁니다."

"그럼, 대체 이 사내는 누구요?"

두 사람은 사내의 옷을 뒤졌다. 홈즈는 그의 주머니에서 빈 지갑을 발견했다. 가니마르 경감은 다른 주머니에서 금화를 찾아냈다. 속옷에는 아무 표시도 없었다. 겉옷도 마찬가지였다.

사내의 것으로 보이는 커다란 트렁크 한 개와 여행용 가방 두 개가 있었는데, 그 속에는 옷가지뿐이었다. 벽난로 위에는 쌓아놓은 신문다발이 있었다. 가니마르 경감이 신문다발을 펼쳤다. 어느 신문에나 유대식 램프의 도난사건 기사가 실려 있었다.

한 시간 뒤 가니마르 경감과 홈즈는 방을 나왔다. 그러나 자살한 사내에 대해서는 아무것도 알아내지 못한 채였다.

대체 어떤 사람인가? 왜 자살했을까? 유대식 램프 사건과는 어떤 연관이 있을까? 이 사내의 뒤를 미행했던 자는 누구일까? 생각이 거듭될수록 의문만이 쌓였고, 수수께끼는 더욱 복잡해졌다.

셜록 홈즈는 몹시 언짢은 기분으로 잠자리에 들었다. 아침에 일어났을 때 그는 속달편지 한 통을 받았다.

아르센 뤼팽은 브레송이라는 이름으로 사망했음을 알려드리며, 6월 25일 목요일, 국비로 치러지는 장례식에 부디 참석해 주시기를 바라는 바입니다.

"이봐, 왓슨!"

홈즈는 아르센 뤼팽으로부터 온 속달편지를 보여주며 호들갑을 떨었다.

"이번 사건은 악마 같은 그 신사에게 나의 일거수일투족을 감시당하고 있는 느낌이야. 그래서 왠지 기가 질린다네. 나 혼자만의 생각까지도 그자는 전부 알아채는 것 같은 기분이라니까! 마치 절대적인 명령에 따라 잘 짜여진 각본 속의 배우처럼 말을 하고 행동하는 그런 느낌 말이야. 왓슨…… 자넨 나의 이런 기분을 이해하겠지?"

만약 왓슨이 체온 40도를 오르내리며 깊은 잠에 빠져 있지만 않았어도 그는 틀림없이 이해해 주었을 것이다. 그러나 홈즈는 그가 듣건 말건 아랑곳하지 않고 자신의 이야기를 계속 이었다.

"정말이지 의기소침해지지 않기 위해서라도 나는 나의 모든 정력과 능력을 발휘하지 않으면 안 된다네. 다행스럽게도 나에게는 이런 하찮은 장난이 핀으로 찔린 것처럼 오히려 자극이 되지. 아픔이 가시고 상처받았던 자존심이 아물고 나면 나는 늘 이렇게 생각을 다진다네. '이봐, 농담도 정도껏 하는 게 좋아. 언젠가 너도 꼬리를 잡힐 때가 있을 테니까.' ……왓슨, 어쨌거나 그자는 섣부르게 내게 첫 전보를 보냈고, 그렇기에 알리스 드멩 양과 연락하고 있다는 사실이 내게 틀통나버렸네. 아 참, 자네는 그걸 모르고 있겠군 그래……."

홈즈는 환자의 안정 따위엔 상관없이 발소리를 크게 내며 방 안을 왔다갔다했다.

"그래도 결국 모든 일은 순조롭게 진행될 걸세. 내가 걷고 있는 길이 지금은 비록 어둑하지만, 목표가 점차 뚜렷해지기 시작했으니까. 우선은 무엇보다도 브레송의 신원을 밝혀내야 해. 브레송이 꾸러미를 없애버린 세느 강가에서 가니마르 경감과 만나기로 약속했네. 그가 강물에 꾸러미를 던졌을 거라고 추측되는데, 그걸 찾기만 하면 역할도 곧 알게 되겠지. 다음은 알리스 드멩 양을 상대로 하는 싸움이 될 걸세. 하찮은 상대지. 안 그런가 왓슨? 그리고 머지않아 글자 공부용 그림책의 비밀도 훤히 밝혀질 걸세. C와 H, 두 글자의 의미도 곧 알게 될 거고. 아무튼 수수께끼의 열쇠는 바로 그거라네, 왓슨!"

그때 가정교사가 안으로 들어왔다. 소란을 피우고 있던 홈즈를 보고 그녀가 나직한 어조로 말했다.

"홈즈 씨, 환자의 잠을 깨우면 안 돼요. 환자를 방해하지 말아 주세요. 의사 선생님은 이분이 절대적으로 안정해야 한다고 말씀하셨어요."

그는 첫날과 마찬가지로 너무도 침착한 그녀의 태도에 놀라 한마디도 하지 못하고 그저 바라보기만 했다.

"왜 그렇게 저를 바라보시는 거죠, 홈즈 씨? 아무래도 당신은 무언가를 숨기고 있는 분 같아요. 그게 무언지 궁금하네요. 괜찮다면 부디 제게 말씀해 주시겠어요?"

여자는 이렇게 물으면서도, 잡티 없이 밝은 얼굴과 천진스러운 눈, 미소를 담뿍 머금은 입과 다소곳하고 공손한 태도로 상체를 약간 앞으로 숙이고 있었다. 너무나도 정직해 보이는 그녀의 모습에 영국인은 그만 화가 치밀었다. 여자의 옆으로 다가간 그가 낮은 목소리로 이렇게 말했다.

"어젯밤 브레송이 자살했소."

여자는 홈즈의 말을 이해하지 못하겠다는 듯 중얼거리듯이 되물었다.

"브레송이…… 자살하다니요……?"

여자의 얼굴 어디에도 동요의 빛이라곤 없었다. 더욱이 시치미를 떼고 있는 듯한 얼굴도 아니었다.

오히려 홈즈가 당혹해했다.

"벌써 알고 있었군요! 그렇지 않으면 이렇게 태연할 순 없겠지…… 아아, 당신, 보기와 달리 대단한 사람이구려! 하지만 왜 자신을 자꾸 숨기는 거요?"

그는 조금 전 테이블 위에 놓아두었던 그림책을 집어들었다. 그러고는 잘려나간 페이지를 펼쳤다.

"유대식 램프를 도둑맞기 나흘 전 당신이 브레송에게 보낸 편지의 정확한 내용을 알려면 여기에서 없어진 글자를 어떤 순서로 배열해야 하는지를 알아야 합니다. 자, 내게 설명을 해주겠소?"

"무슨 순서 말이죠? ……브레송? ……유대식 램프……?"

여자는 홈즈가 무슨 말을 하는지 알지 못하겠다는 듯한 표정으로 홈즈의 질문을 되새김질하듯 천천히 되뇌었다.

홈즈는 다시 힘주어 말했다.

"그렇소! 이것을 사용하여 만든 글자 말이오! 이 페이지에서 잘라낸 글자로 브레송에게 무슨 말을 전했지요?"

여자가 갑자기 웃음을 터뜨렸다.

"이제 알았어요! ……그렇군요! 그러니까 내가 공범이란 뜻이군요. 브레송이라는 사람이 유대식 램프를 훔치고 자살을 했는데, 내가 그의 애인이라 이런 말씀이시죠? ……아아, 정말이지 너무너무 재밌어요!"

"전혀 모른다는 거요? 그렇다면 어젯밤 테른 가에 있는 집 3층에서 누굴 만난 거요?"

"그야 양장점에 다니는 랑제 양을 만났어요. 내 단골 양장점과 브레송 씨가 무슨 관계라도 있다는 말씀인가요?"

홈즈의 믿음이 조금씩 흔들리고 있었다. 사람은 남을 속이고, 겁나게 하고, 기쁘게 하고, 불안하게 만들기 위해 온갖 감정을 꾸며서 보일 수도 있다. 그러나 무관심한 태도나 태평한 웃음은 꾸며낼 수 없는 것이다.

그러나 홈즈 역시 아직은 포기할 마음이 없었다.

"마지막으로 한마디만 더 묻겠소. 노르 역에서 내게 접근했던 이유가 뭐였소? 무슨 이유로 이번 사건에 끼여들지 말고 당장 돌아가라고 사정했던 거요?"

"아아, 당신은 너무 파고들기를 좋아하는군요, 홈즈 씨!"

여자는 여전히 자연스러운 미소를 흘렸다.

"……그에 대한 벌일지도 모르지만, 저는 아무튼 아무 말도 드리지 않겠어요. ……그리고, 제가 약국에 다녀올 동안 환자를 좀 보살펴 주세요. 급하게 처방해올 약이 있어서요. 그럼……."

여자는 방에서 나갔다.

"또 당했군! 저 여자에게서 아무것도 알아내지 못했을 뿐만 아니라 내 쪽에서 오히려 속내를 드러내 보이고 말았어!"

홈즈는 문득 푸른 다이아몬드 사건 때 클로틸드 데스탕쥐를 심문했던 때의 일이 기억났다. 금발의 여인…… 그녀와 견줄 정도로 태연한 모습이 아닌가! 아르센 뤼팽의 보호를 받으며 그의 직접적인 영향 아래 있는 여자, 위험한 상황 속에서도 놀라울 정도로 침착했던 여자…… 그런 여자와 다시금 맞닥뜨린 것이 아닐까!

"홈즈…… 홈즈……!"

왓슨이 부르는 소리에 놀란 홈즈가 얼른 그의 옆으로 가서 상체를 숙였다.

"왜 그런가, 친구? 많이 아픈가?"

왓슨은 입술을 움직였으나 소리는 들리지 않았다. 그러다가 겨우 몇 마디, 더듬거리며 말했다.

"아냐…… 홈즈, 저 여자는 아닐세…… 그럴 리가 없어……!"

"무슨 말을 하는 건가? 나는 그 여자라고 생각하네. 뤼팽의 조종을 받고 있는 여자가 틀림없어! 지금 저 여자는 글자 공부용 그림책에 대해서도 무슨 뜻인지 훤하게 알고 있네. 내 장담하건대, 한 시간도 안 돼 뤼팽에게 모든 이야기가 전해질 걸세. 한 시간이 아니라 지금 당장! 약국이니 급한 처방이니 하는 것은 완전한 거짓말이야!"

홈즈는 밖으로 뛰어나갔다. 그는 메시느 가를 달려 약국으로 들어가는 가정교사 알리스 드맹 양을 발견했다. 여자는 십 분 뒤 흰 종이에 싼 약병을 들고 나왔다. 한데 메시느 가를 되돌아오던 그녀의 옆으로 웬 사내 하나가 바짝 달라붙더니 말을 건넸다. 사내는 챙모자를 쓰고 있었는데 비굴한 태도로 보아 동냥을 바라는 것 같았다.

여자는 걸음을 멈추더니 동전 몇 푼을 던져주었다. 그러더니 아무 일도 없었다는 듯 다시 걷기 시작했다.

"뭔가…… 이야기를 했어."

하지만 이를 지켜보던 영국인은 이렇게 중얼거렸다.

그건 확신이라기보다 차라리 직감에 가까웠다. 하지만 그가 계획을 바꿀 만큼 강력한 힘을 지닌 직감! 여자 쪽은 내버려두고 그는 가짜 거지의 뒤를 밟기 시작했다.

그렇게 하여 생 페르디낭 광장에 도착했다. 사내는 오랫동안 브레송의 집 주위를 서성거렸고 가끔 3층 창문을 올려다보았다. 홈즈가 보기에 그는 집안으로 들어가는 사람들을 감시하고 있는 것 같았다.

한 시간쯤 지나고, 사내는 뇌일리로 가는 전차의 2층 좌석에 올라탔다. 홈즈도 전차에 올라 사내의 조금 뒤쪽에 자리를 잡고 앉았다. 얼마쯤 갔을 때 신문으로 자신의 얼굴을 가리고 있던 옆자리의 사내가 슬그머니 신문을 조금 내렸다. 그는 다름 아닌 가니마르 경감이었다. 그가 문제의 사내를 가리키며 귓속말로 소곤거렸다.

"어젯밤 브레송을 미행했던 바로 그자요. ……한 시간 정도 광장을 배회하더니 급기야 이 전차를 탄 것이오!"

"브레송에 대해 새로운 소식은 없습니까?"

"있소. 오늘 아침 그의 주소지로 편지가 한 통 배달되었소."

"오늘 아침? 그렇다면 최소한 편지는 어제 부쳤다는 것일 테고, 발신인은 브레송이 죽었다는 걸 모르고 있다는 의미로군."

"바로 그거요! 편지는 예심판사가 가지고 있지만 그 내용은 나도 기억하고 있소."

그에게는 어떤 타협도 통하지 않는다. 첫 번째는 물론 두 번째 사건의 모든 것을 그는 요구한다. 만약 안 된다면 그가 직접 나설 것이다.

"서명은 없었소."

가니마르 경감이 덧붙였다.

"이 정도론 당신에게 별 도움이 되지 않을 텐데……."

"가니마르 씨, 나는 전혀 그렇게 생각하지 않습니다. 이 정도만으로도 내겐 아주 중요할 수 있습니다."

"어째서죠?"

"그럴 만한 이유가 있습니다……."

홈즈는 특유의 무뚝뚝한 태도로 대답했다.

전차는 샤토 가 종점에서 멈췄다. 전차에서 내린 사내가 어슬렁거리며 걸어갔다.

가니마르는 사내를 바싹 붙어 뒤따르는 홈즈를 보며 자못 놀랍다는 듯 이렇게 말했다.

"그러다 저자가 뒤라도 돌아보면 어쩌려고 이럽니까?"

"지금은 절대 뒤돌아보지 않을 겁니다."

"그걸 어떻게 확신할 수 있죠?"

"저 사내는 아르센 뤼팽의 패거리입니다. 뤼팽의 패거리가 저렇게 주머니에 두 손을 넣고 걷는다는 건 미행당하고 있다는 걸 안다는 증거입니다. 또한 아무것도 두려워하지 않는다는 증거이기도 합니다."

"아무리 그래도 너무 가깝군요."

"그래도 저자는 채 일 분도 안 되어 우리의 손아귀를 벗어날 거요. 보다시피 저 녀석은 자신만만하니까요."

"그만 됐소! 농담은 그만둡시다. 저기 찻집 앞에 자전거 경관이 두 사람 있는데, 내가 저들에게 명령하여 저 사내를 붙잡게 하겠소. 그럼 도망치지 못할 거요?"

"저 녀석은 그런 것쯤 아랑곳하지도 않을 거요. 그가 먼저 저들 두 경관에게 도움을 요청할 거요."

"젠장, 대체 그게 무슨 소리요?"

가니마르 경감이 투덜거렸다.

사내는 경관들이 자전거를 타려는 순간 그들에게로 다가갔다. 그러고는 뭐라고 말하더니 찻집 벽에 세워져 있는 다른 자전거를 집어타고서 두 경관과 함께 곧 어딘가로 사라졌다.

영국인이 돌연 웃음을 터뜨렸다.

"하하하! 어떻소? 내가 말한 그대로가 아니오? 하나 둘 셋 하는 사이에 그만 놓치고 말았잖소! 그것도 바로 당신 동료 두 사람의 도움을 받아서 말입니다. 아아, 저 사내는, 아니 아르센 뤼팽은 자전거 경관을 매수해 두고 있었던 거요! 그가 태연자약했던 것은 당연합니다."

가니마르 경감이 벌컥 화를 내며 소리쳤다.

"그래서 어떻게 했으면 좋겠다는 거요? 계속 웃고만 있을 거요?"

"그렇다고 너무 흥분할 것 없소이다. 우리가 복수를 해주면 되는 것 아닙니까? 우선은 지원이 필요할 것 같소."

"포랑팡이 뇌일리 가 끄트머리에서 나를 기다리고 있소."

"그렇다면 그를 데려오시오."

가니마르 경감이 떠나고 홈즈는 혼자서 자전거를 뒤쫓았다. 자전거의 줄무늬 타이어가 바닥의 흙먼지 위에 뚜렷한 흔적을 남겨놓고 있었다. 흔적은 세느 강 기슭으로 이어져 있었다. 그러고 보니 세 명은 전날 밤 브레송이 갔던 방향과 같은 길로 간 것이다. 홈즈는 가니마르와 숨었던 철책에 몸을 숨기고 그 너머를 살폈다. 앞쪽 저만치에서 자전거의 줄무늬 타이어 자국이 마구 뒤섞여 있었는데 그들이 여기에서 멈췄다는 증거였다. 그 맞은편 세느 강 쪽에 툭 튀어나온 작은 둑이 있고, 그 끝에는 작고 낡은 배가 한 척 매어져 있었다.

브레송이 꾸러미를 던진, 아니 떨어뜨린 것은 바로 그곳일 것이다! 홈즈가 둑을 내려가 보니 기슭은 완만한 내리막으로 되어 있고 강물이 맑아 꾸러미를 찾아내는 일은 그리 어렵지 않을 것 같았다. 세 명이 선수를 치지만 않았다면 말이다!

'아니…… 아니야…… 그들에게는 시간이 없었어…… 빨라도 십오 분은 걸릴 일이야…… 그런데 놈들은 대체 어디로 사라진 거야?'

작은 배 안에는 낚시꾼이 한 사람 앉아 졸고 있었다. 홈즈가 그 낚시꾼에게 물었다.

"혹시 자전거를 탄 세 사내를 보지 못했습니까?"

낚시꾼은 고개를 가로저었다.

홈즈는 포기하지 않고 다시금 질문을 던졌다.

"그럴 리가 없을 텐데…… 세 사람입니다…… 그들은 당신 앞에서 자전거를 멈췄을 텐데요……?"

낚시꾼은 낚싯대를 겨드랑 밑에 끼더니 갑자기 주머니에서 수첩을 꺼내 뭔가 끼적이더니 그 종이를 북 찢어냈다. 그러고는 그것을 홈즈에게 내밀었다.

영국인은 순간 오싹 소름이 끼쳤다. 손에 든 종이쪽지에는 다음과 같은 글자가 적혀 있었다.

CDEHNOPRZEO —— 237

몹시 따가운 햇살이 강 위를 비추고 있었다. 낚시꾼은 큰 밀 짚모자로 햇빛을 가리고 다시금 자기 일에 집중했다. 수면 위로 비죽 고개를 든 찌는 변화가 없었지만 사내의 시선은 그것에서 한치도 벗어나지 않고 있었다.

지독히도 엄숙하고 무거운 침묵이 일 분쯤 흘렀다.

'……그자일까?'

홈즈는 불안감으로 가슴이 짓눌리는 느낌이었다.

바로 그때 문득 생각 하나가 그의 머릿속에 떠올랐다.

'그래 맞아! 바로 그자야! 무슨 일이 생길지도 모르는 이런 상황에서 저리 태연하고 침착할 수 있는 사람은…… 그리고 그 그림책에 관한 일을 다른 누가 알고 있겠어! 알리스 그 여자가 심부름꾼을 통해 알려준 게 분명해!'

갑자기 영국인의 손이 저도 모르게 권총을 더듬거렸다. 그의 시선은 사내의 뒷목에 정확히 가 닿았다. 손놀림 한 번으로 참극이 벌어지고, 괴상한 모험가의 일생은 비참하게 끝이 나는 것이다!

그러나 낚시꾼은 여전히 꼼짝하지 않았다.

홈즈는 당장 총을 쏘아 끝장내고 싶은 흉포한 욕망과 그의 본성에 어울리지 않는 행위에 대한 혐오감을 동시에 느끼며 신경질적으로 무기를 바투 잡았다. 총알에 맞으면 누구나 죽는다! 그것으로 저자는 모든 게 끝장이다!

'아! 녀석이 일어나 몸을 지켜주었으면 좋겠는데…… 그렇지 않으면 자업자득이다! ……앞으로 1초, 그리고 방아쇠를 당기리라!'

그때 발소리가 들려 뒤를 돌아보았다. 가니마르 경감이 형사들과 함께 달려오고 있었다.

순간 홈즈는 생각을 바꿔 당장 배에 올라탔다. 그 바람에 배를 묶어둔 닻줄이 끊어지고 말았다. 두 사람은 뒤엉켜 배의 바닥을 뒹굴었다.

"대체 왜 이러시오? 이런들 무슨 소용이 있다는 거요? 누가 누구를 해치우든 끝나지 않소! 당신이나 나나 아무 이득도 없소. 둘 다 손해만 볼 뿐이오!"

뤼팽이 몸부림치며 외쳤다.

그 사이, 배는 물결에 실려 떠내려가고 있었다. 그래도 뤼팽은 계속하여 고함을 쳐댔다.

"대체 이게 무슨 짓이오! 당신은 사리분별도 못하오? 그 나이에 이런 바보 같은 짓을 하다니! 덩칫값도 못하는 못난 사람 같으니!"

뤼팽은 가까스로 상대방으로부터 빠져나왔다. 홈즈는 각오하고 주머니에 손을 넣었다. 그러나 권총은 이미 뤼팽이 가져가고 없었다. 홈즈의 입에서 욕설이 튀어나왔다.

"젠장!"

홈즈는 무릎을 꿇고 강기슭으로 되돌아가기 위해 노 하나를 집어들었다. 그러나 다른 노 하나는 강 한복판으로 나가려고 하는 뤼팽의 손에 들려 있었다.

"소용없는 짓이오. 당신이 노를 하나 가졌지만 나 역시 노 하나를 가졌소. ……발버둥친다고 되는 일은 없소. 이제 모든 건 운명에게 맡기면 그뿐…… 어? 안타깝게도 운명은 내 편인 것 같소!"

과연 배는 강 한가운데로 떠내려가는 중이었다.

"조심하는 게 좋겠소."

뤼팽이 이렇게 말하는 순간 기슭 쪽에서 총성이 울렸다. 뤼팽은 얼른 몸을 숙였다. 배 가까이에서 물보라가 튀어올랐다. 뤼팽이 요란하게 웃음을 터뜨렸다.

"하하하! 가니마르 경감이로군! ……하지만 지금은 너무 섣부른 짓이야! 경감, 당신이라 해도 정당방위가 아닌데 함부로 총을 쏠 권리는 없어! ……대체 이 가엾은 뤼팽에게 당신의 의무를 잊게 할 정도로 그리 크게 화가 나 있단 말이오? ……아아, 또 쏘려는군. 안됐지만 당신은 홈즈 씨의 안전을 먼저 생각해야 할 거야!"

뤼팽은 홈즈를 방패막이로 내세웠다. 그러고는 가니마르 경감에게 소리쳤다.

"좋아! 이제 아무렇지도 않으니까 겨냥을 잘하시오! ……자, 심장 한복판인가? ……더 위쪽…… 왼쪽…… 저런! 또 실패야! 솜씨가 서투르군, 가니마르! 아니…… 또 한 방…… 아아! 떨고 있군, 가니마르! 이번에는 침착하게…… 하나, 둘, 셋…… 쏘시오! 저런! 또 실패로군! ……가니마르, 정부가 당신에게 장난감 권총을 준 건가?"

뤼팽은 자신의 손에 든 크고 묵직한 권총을 겨냥도 하지 않고 발사했다.

경감은 얼른 손으로 모자를 잡았다. 허나 이미 모자에는 총알구멍이 나 있었다.

"어떻소, 가니마르 경감! 역시 영국제 권총이 낫지 않소? 이 총은 친애하는 셜록 홈즈 선생의 무기외다!"

그러고 나서 뤼팽은 팔을 휘둘러 무기를 가니마르의 발치에 내던졌다.

홈즈는 미소와 감탄을 금할 수 없었다. 얼마나 생명력이 넘쳐 흐르는가! 얼마나 젊고 싱싱한 경쾌함인가! 마치 놀이를 하고 있는 것 같았다. 위험에 대한 감각이 그에게는 육체적인 기쁨이 되었다. 이 엉뚱한 사나이에게 있어 인생이란 긴장감 넘치는 위험을 쫓는 것 외에 아무런 목적이 없는 듯했다.

그 사이 강 양쪽으로 사람들이 모여들기 시작했다. 물결에 천천히 밀리며 강 한복판에서 흔들리고 있는 작은 배를 가니마르 경감과 부하들이 열심히 쫓고 있었다.

뤼팽이 영국인을 보며 말했다.

"홈즈 씨, 당신은 트란스발의 금을 모두 준다 해도 내게 자리를 양보하진 않을 것이오! 당신은 지금 특등석에 앉아 있으니까요. 그러나 이것은 서막에 지나지 않소. 그 다음에는 단숨에 제5막, 아르센 뤼팽이 체포되느냐 도망치느냐가 펼쳐질 거요. 그래서 당신에게 한 가지 묻겠는데, 분명히 하기 위해 '예'나 '아니오'로 대답해 주길 바라오. 나는 당신이 더 이상 이번 사건에 관계하지 않았으면 하오. 아직 늦지 않았소. 당신 때문에 생긴 피해를 아직은 복구할 수 있으니까. 하지만 좀더 지나면 그것이 가능하지가 않소. 내 제안을 받아들이겠소?"

"아니오."

뤼팽은 얼굴을 찡그렸다. 홈즈의 고집은 분명 그를 초조하게 만들었다.

"다짐해 두지만 말이오, 이건 나를 위해서라기보다 당신을 위해서 하는 말이오. 끝까지 고집한다면 결국 그 누구보다도 당신이 후회하게 될 테니까. 마지막으로 다시 한 번 묻겠는데, '예'요, '아니오'요?"

"아니오."

뤼팽이 몸을 수그리더니 배 밑바닥의 판자를 한 장 뜯어냈다. 홈즈로서는 무슨 짓을 하는 것인지 알 수 없었다. 이윽고 뤼팽은 일어났고, 영국인 옆에 앉으며 이렇게 말했다.

"우리가 이 강기슭으로 온 것은 같은 이유에서라고 생각되는군요. 브레송이 버린 물건을 찾아내기 위한 것이 아니었소? 나는 몇 명의 친구와 만나기로 약속했고, 세느 강의 바닥을 뒤지려고 했소. 이 간단한 차림을 보아도 물론 알 수 있었겠지만. 그런데 한 친구가 당신이 뒤쫓고 있다는 것을 알려왔소. 솔직히 말해서 당신의 조사 진행 상황에 대해 시시각각 보고를 받고 있었기 때문에 별로 놀라워하지는 않았소. 그런 건 식은죽 먹기나 마찬가지니까! 뮈리요 가에서 나와 관계될 듯한 일이 있으면 아무리 하찮은 것이라도 당장 전화로 보고가 옵니다. 그래서 하는 말인데 당신도……."

그는 갑자기 말을 끊었다. 떼어낸 판자 때문인지 배 안으로 콸콸 물이 들어오기 시작했다.

"이런! 내가 대체 무슨 짓을 한 거지? 아무튼 이 낡아빠진 배 바닥 어딘가에 물이 새는 구멍이 있었던 게 분명해. 무섭지 않소, 선생?"

홈즈는 어깨를 으쓱했다. 뤼팽이 말을 이었다.

"당신도 이젠 알 것이오! 이런 이유에서 내가 싸움을 피하려고 애썼는데, 오히려 당신은 열심히 싸움을 걸어오더군요. 그렇소! 나는 당신과 승부를 벌이는 것이 아주 유쾌하오. 나는 큰 패를 잡고 있으니 이미 결과는 뻔하오. 솔직히 당신의 패배를 널리 세상에 알려, 클로존 백작 부인이나 앵블발 남작 같은 사람이 다시는 당신의 도움을 요청하는 일이 없도록 하고 싶소. 그러기 위해선 이 싸움에서 멋진 승리를 거둬야겠지만요! 그리고 또……."

그는 또다시 말을 끊고 두 손을 눈에 대고 강둑을 바라보았다.

"이런! 엄청난 배를 출동시켰군 그래. 마치 군함 같은걸! 무서운 속도로 노를 저어오고 있군. 채 오 분도 안 돼 붙들리겠는걸. 홈즈 씨, 충고하겠는데 어서 빨리 덤벼들어 나를 꽁꽁 묶어 우리나라의 경찰에 넘기시오. 어때요, 괜찮은 유혹이지 않소? ……단, 그 사이에 배가 물에 잠기기라도 하면 큰일이니까 먼저 유언장을 써야겠지만! 자, 어떻소?"

두 사람은 서로를 노려보았다. 홈즈도 이젠 뤼팽이 일부러 배 바닥에 구멍을 뚫어놓았다는 것을 알았다. 물은 계속하여 새어 들고 있었다.

마침내 두 사람의 구두가 물에 잠겼다. 물은 금세 발등까지 차올랐다. 그래도 두 사람은 꼼짝하지 않았다.

이윽고 물은 정강이까지 차올라 왔다. 영국인은 담뱃갑을 꺼내더니 느긋하게 담배를 말아 불을 붙였다.

뤼팽의 이야기가 이어졌다.

"나는 당신에 대한 나의 무력한 모습을 겸허하게 고백했소. 난 선택권이 없는 싸움은 피하고 승리가 확실한 싸움만 하는 사람이오. 솔직히…… 당신은 내가 두려워하는 유일한 적이오! 당신이 나의 길을 막는 한 나는 끊임없이 불안해할 것이오! …… 친애하는 홈즈 씨! 지금 이야기한 것이 당신에게 꼭 하고 싶었던 나의 말이오. 운명이 당신과 이야기할 자리를 마련해 주었소. 한 가지 유감스러운 건 결코 편한 자리가 아니라는 것이지만! ……거 참, 이제 곧 허리까지 물이 차겠는걸!"

두 사람이 앉아 있는 곳까지 물이 차올라왔고, 배는 점점 가라앉고 있었다.

하지만 홈즈는 태연히 담배를 입에 문 채 멍하니 하늘을 올려다보고 있었다. 위험한 상황에 둘러싸인 이 사내! 군중과 경찰의 추격을 받으면서도 여전히 즐거운 표정을 잃지 않는 이 사내 앞에서 자신도 결코 동요를 보이지 않겠다고 굳게 결심한 것 같았다.

하긴 이런 일쯤 놀랄 일도 아니다. 강에 빠져죽는 일 따위야 날마다 수없이 벌어지는 일이 아닌가? 그것이 어디 생각할 만한 가치나 있는 일일 것인가? 이렇게 한쪽은 끊임없이 중얼거렸고, 한쪽은 하늘을 보며 생각에 잠겨 있었다. 하지만 두 사람 모두 무관심이란 가면의 뒤로 자존심과 죽음에 대한 두려움을 알게 모르게 갖고 있었다.

하긴 이제 조금만 더 시간이 지나면 그들은 강물 속으로 가라앉고 말 것이다!

뤼팽이 말했다.

"문제는…… 우리가 경찰들이 도착하기 전에 강물에 빠지느냐 도착한 후에 빠지느냐 하는 것이오. 어차피 배가 가라앉는 건 이미 어쩔 수 없는 일이오. 홈즈 씨, 지금은 엄숙한 유언의 시간이오. 나는 모든 재산을 영국 시민 셜록 홈즈에게 남기겠소…… 허 참, 경찰 나으리들께서 재빨리도 쫓아오셨군. 아, 씩씩하기도 하지! 보기만 해도 기분이 좋은걸! 노의 움직임도 정확하고…… 아니, 포랑팡 자네였나? 브라보! 군함을 몰고 온 것은 훌륭했어. 자네 상관에게 당장 승진을 추천해야겠는걸! ······ 포랑팡, 훈장을 받고 싶나? 좋아, 알았네. 한데 동료 듀지 형사는 어디 있나? 설마 왼쪽 언덕의 주민들 중에 숨어 있는 건 아니겠지? 허 참, 침몰의 위급함에서 벗어난다 해도 걱정이로구먼. 왼쪽으로 가면 듀지와 주민들에게 붙잡힐 것이고, 오른쪽으로 가면 가니마르 경감과 뇌일리 주민들에게 잡히게 되었어. 오도가도 못 하게 된 신세로군······.”

갑자기 물이 소용돌이치며 배가 빙글빙글 돌기 시작했다. 태연하던 홈즈도 이때만은 노의 고리를 붙잡지 않으면 안 되었다.

뤼팽이 피식 웃으며 말했다.

“선생, 웃옷이라도 벗는 게 어떻겠소. 그래야 헤엄치기가 훨씬 편할 텐데 말이오. ······싫다고요? ······거절한다고요? 그럼, 나도 웃옷을 입고 있겠소.”

뤼팽은 벗어놓았던 웃옷을 입고 홈즈와 똑같이 단정하게 단추도 채웠다. 그런 뒤 그가 다시 탄식을 늘어놓았다.

“당신은 정말 대단한 고집불통이로군! 사건에서 손을 떼지 않겠다니 나로선 참으로 아쉬운 일이오······. 물론 당신의 솜씨는 천하가 인정하오. 허나 다 소용없는 짓이오! 정말이지, 당신의 능력을 낭비하는 행위일 뿐이오······.”

홈즈가 비로소 침묵을 깼다.

“뤼팽 씨, 당신은 너무 말이 많소. 하여 자만심과 경솔함이라는 죄를 범하고 말았소.”

“호된 비난이로군요.”

"당신은 내가 찾고 있던 정보를 자신도 모르는 사이에 내게 제공해 주고 말았소."

"뭐라고요? 정보를 찾고 있었으면서 내게는 시치미를 뚝 떼고 있었다는 거요?"

"나는 누구의 손도 빌리지 않소. 앞으로 세 시간 후에는 앵블발 부부에게 수수께끼의 열쇠를 알려주는 것만이 나의……."

그의 말이 채 끝나기도 전에 배는 두 사람과 함께 물 속으로 가라앉았다. 그리고 곧 선체가 뒤집혀 물 위로 떠올랐다. 양쪽 기슭에서 커다랗게 외치는 소리가 터져나왔다. 그리고 불안한 침묵이 흘렀다. 그러다가 사람들로부터 환호성이 터졌다. 물에 빠진 두 사람 중 하나가 수면 위로 떠오른 것이다.

셜록 홈즈였다.

그는 멋진 수영 솜씨로 포랑팡의 보트를 향해 물결을 갈랐다.

포랑팡이 소리쳤다.

"힘내시오, 홈즈 씨! 우리가 가고 있습니다…… 기운을 내요! 녀석은 우리가 잡을 테니 너무 염려하지 말아요! ……자, 조금만 더…… 됐습니다! 이 줄을 잡으십시오!"

영국인은 던져진 밧줄을 잡았다. 그가 보트 위로 올라갔을 때, 등 뒤 쪽에서 난데없이 큰 소리가 튀어나왔다.

"수수께끼의 열쇠를 찾았다고요, 홈즈 씨? 조금 실망입니다그려. 그걸 이제야 깨닫다니 말이오! ……아무튼 그렇다고 달라질 것은 없소. ……어차피 싸움은 당신의 패배로 끝날 것이오!"

끊임없이 지껄이고 있는 사람은 뒤집어진 배에 올라앉은 아르센 뤼팽이었다. 그는 천연덕스럽게 배 위에 앉아 당당한 몸짓을 섞어가며 연설을 늘어놓았다. 마치 그는 상대방을 설득시키려는 사람 같았다.

"잘 생각해 보시오, 친애하는 홈즈 씨! 정말로 이제는 어쩔 수 없는 거요? 절대로 말이오? ······당신의 처지를 깨달아야······."

포랑팡이 끼여들었다.

"항복하라, 뤼팽!"

"건방지군, 포랑팡! 남의 이야기에 끼여들다니! 난 지금······."

"항복하라, 뤼팽!"

"천만에, 포랑팡. 인간이란 극도의 위험에 직면하지 않는 한 항복하지 않는 법이라네. 그런데 아무리 둔한 자네라고 해도 지금 내가 그런 위험에 처했다고 보여지진 않겠지?"

"뤼팽, 마지막으로 다시 한 번 경고하겠다. 항복하라!"

"포랑팡! 자넨 날 죽이지 못해. 자넨 나를 두려워하고 있어. 자넨 내가 달아날까 봐 두렵지? 상처라도 입힐 수 있다고 생각하겠지만······ 글쎄, 그게 어디 쉬운 일일까?"

그 순간 총성이 울렸다.

뤼팽은 비틀거리다가 한동안 부서진 배의 나뭇조각에 매달려 있었다. 그러나 결국 손을 놓쳤고 이내 모습이 사라졌다.

이 사건이 일어난 것은 3시 정각이었다. 홈즈는 자신이 장담한 대로 정각 6시, 앵블발 부부를 만나기 위해 뮈리요 가의 응접실로 들어갔다. 그는 뇌일리의 어느 여관에서 옷을 빌렸기에 조금 우스꽝스러운 모습이었다. 짧은 바지와 지나치게 꼭 맞는 윗옷, 그리고 챙모자에 비단 끈이 달린 플란넬 셔츠의 차림…….

부부가 안으로 들어왔을 때 홈즈는 서성거리고 있었다. 그의 괴상한 옷차림 때문에 부부는 터져나오는 웃음을 억지로 참지 않으면 안 되었다. 홈즈는 깊은 생각에 잠긴 듯 구부정하게 등을 굽히고 창문에서 방문 쪽으로, 방문에서 창문 쪽으로 마치 자동인형처럼 왔다갔다하고 있었다.

이따금 걸음을 멈춘 그는 아무 골동품이나 집어들어 잠시 들여다보았고, 그러다가 다시 걷기를 반복했다.

마침내 그가 부부 앞에 서서 물었다.

"가정교사는 집에 있습니까?"

"네, 정원에서 아이들과 함께 있습니다."

"남작님, 지금부터 말씀드리는 사실은 아주 중요한 내용이므로 드멩 양도 반드시 입회를 해주었으면 합니다만……."

"결정적이라면 역시……?"

"아, 잠깐만 기다려 주십시오. 진상은 제가 지금부터 말씀드리는 가운데 자연스럽게 밝혀질 것이니까요."

"좋습니다. ……쉬잔, 그녀를 불러주겠소?"

앵블발 부인이 일어나 밖으로 나갔고, 잠시 후 알리스 드멩 양과 함께 다시 돌아왔다. 가정교사는 자신이 왜 불려왔는지 묻지도 않고, 창백한 얼굴로 테이블에 기대어 섰다.

홈즈는 그녀에겐 눈길조차 주지 않고 느닷없이 앵블발 남작을 향해 반론을 용납하지 않는다는 투로 단호하게 말했다.
"며칠 동안 조사한 결과, 그리고 몇 가지 사건에 의해 한때 제 견해가 달라진 경우도 있었지만, 저는 처음에 말씀드렸던 것을 여기서 되풀이하여 말해야겠습니다. 유대식 램프는 이 집에 사는 누군가에 의해 도둑맞았습니다!"
"범인의 이름은요?"
"물론 알고 있습니다."
"증거는······?"
"제가 가진 증거는 범인을 꼼짝 못하게 만들 것입니다."
"그 정도만으로는 안 됩니다. 물건을 되찾아야만 합니다."
"유대식 램프 말입니까? 그건 내가 가지고 있습니다."
"오팔 목걸이는? 담뱃갑은······?"
"오팔 목걸이와 담뱃갑도 모두 내가 가지고 있습니다."
홈즈는 이런 뜻밖의 사건 전개와 자신의 승리를 조금 퉁명스러운 투로 발표하는 것을 무척 좋아했다.
남작 부부는 경외심과 호기심을 반쯤 담은 시선으로 영국인을 쳐다보았다.
그는 지난 사흘 동안 자신이 한 일을 상세하게 설명했다. 그림책의 발견, 잘라낸 글자로 만든 글귀를 종이 위에 쓴 일, 브레송이 세느 강 기슭으로 간 것, 그 이상한 사나이의 자살, 홈즈 자신이 뤼팽을 상대로 행한 싸움, 배의 침몰, 그리고 끝으로 뤼팽의 행방불명······.
그의 이야기가 끝나고 남작이 나지막한 목소리로 말했다.

"이젠 범인의 이름을 밝히는 일만 남았군요. 누구죠?"

"알파벳 글자를 잘라내고, 그 글자로 아르센 뤼팽에게 편지를 보낸 사람입니다."

"그 사람의 편지 상대가 아르센 뤼팽이라는 사실을 어떻게 아셨지요?"

"뤼팽 자신이 고백했습니다."

그는 물에 젖어 구겨진 종이쪽지를 내밀었다. 그것은 뤼팽이 작은 배 안에서 자기 수첩에서 뜯어낸 종이에 직접 쓴 글씨였다.

"보시죠! 이 중요한 것을 뤼팽은 스스로 내게 넘겼습니다. 순전히…… 그의 장난기 때문입니다만……."

"하지만 저는 이것이 무엇을 뜻하는지 도무지 모르겠군요."

종이쪽지를 본 앵블발 남작이 더듬거리며 말했다.

홈즈는 글자와 숫자를 연필로 가리켰다.

"CDEHNOPRZEO-237입니다."

"그래서요? 이것은 전에도 당신이 보여준 글귀로군요."

앵블발 남작이 말했다.

"아닙니다. 제가 했던 것처럼 이 글귀를 거듭 연구했다면 이것은 지난번의 것과 다르다는 것을 한눈에 알 수 있을 겁니다."

"어디가 다르죠?"

"이쪽은 글자가 두 개 더 많습니다. E와 O가……."

"아, 그렇군요!"

"RÉPONDEZ라는 단어 속에서 빠진 C와 H에 이 두 자를 붙여보십시오. 그것은 바로 'ECHO'가 됩니다."

"그 뜻은 뭐죠?"

"이것은 에코 드 프랑스, 뤼팽의 기관지, 그의 '공보문(公報文)'을 싣는 신문입니다. '에코 드 프랑스 지의 안내 광고란 237호로 대답해 주기 바란다'…… 제가 그렇게 찾고 있었던 열쇠, 뤼팽이 아낌없이 가르쳐준 수수께끼의 열쇠는 바로 이것이었습니다. 나는 에코 드 프랑스의 편집국으로 갔습니다."

"그래서 뭔가 알아냈습니까?"

"아르센 뤼팽과…… 공범인 여자의 관계를 자세히 알아냈습니다."

홈즈는 일곱 장의 신문 제4면을 펴서 다음 일곱 줄을 지적했다.

1. ARS. LUP. 부인 보호 바람. 540.

2. 540. 설명 기다림. A. L.

3. A. L. 적의 손아귀에 있음. 절망.

4. 540. 주소 알려주면 조사하겠음.

5. A. L. 뮈리요.

6. 540. 공원 3시. 제비꽃.

7. 237. 토요일. 일요일 아침 공원.

"이것이 자세한 내용이라고 말씀하시는 겁니까!"

앵블발 남작이 말했다.

"물론이지요. 이 문장에 조금만 주의하시면 당신도 곧 동의하시게 될 겁니다. 첫째, '540'이라고 서명한 여자는 아르센 뤼팽의 보호를 요구했습니다. 그에 대해 뤼팽은 설명을 요구했습니다. 그녀는 적의 손에 들어 있다고 대답했습니다. 그 적이 브레송이라는 것은 의심할 여지가 없습니다. 구원이 없는 한 그녀는 절망적이었습니다. 조심스러운 뤼팽은 경계하면서 미지의 여인에게 접근하기를 망설이며 주소를 묻고 조사하겠다고 대답했습니다. 여인은 나흘 동안 망설이고 있었습니다. 그것은 날짜를 보면 알 수 있습니다. 그리고 마침내 사태가 절박해지고 브레송에게서 협박을 받게 되자 그녀는 뮈리요 가라고 가르쳐주었습니다. 이튿날 아르센 뤼팽은 3시에 몽소 공원으로 가겠다고 알리고, 그녀에게는 표시로서 제비꽃을 들고 오도록 알렸습니다. 그로부터 8일 동안 더 이상의 연락은 없었습니다. 아르센 뤼팽과 여자는 신문을 통해 연락을 취할 필요가 없어진 겁니다. 두 사람은 만나서 이야기하기도 하고 직접 편지를 보내기도 했습니다. 그러면서 그들은 계획을 세웠습니다. 브레송의 요구를 만족시키기 위해 그녀는 유대식 램프를 훔치기도 했습니다. 남은 것은 날짜를 정하는 일입니다. 조심하기 위해 잘라낸 글자를 이어붙여 연락을 한 그녀는 토요일로 정하고, '에코 237에 대답을 바란다'고 덧붙인 겁니다. 뤼팽은 다시 토요일보다는 일요일 아침이 좋겠다고 했고 공원으로 가겠다고 대답한 것입니다. 그러니까, 도둑질은 일요일 아침에 행해진 것입니다."

"아, 앞뒤가 들어맞는군요!"

남작이 소리쳤다.

홈즈는 설명을 계속했다.

"일요일 아침에 외출한 문제의 여인은 자신이 한 일을 뤼팽에게 보고하고 브레송에게로 유대식 램프를 가지고 갑니다. 일은 뤼팽이 예상한 대로 척척 진행이 된 겁니다. 경찰은 열려 있는 창문이며 땅바닥에 난 네 개의 사다리 흔적, 발코니 난간에 있는 두 개의 긁힌 자국에 속아 도둑이 침입한 것으로 판단합니다. 그리하여 여자는 태연할 수 있었던 겁니다."

"당신의 설명은 대단히 논리적이로군요. 한데 두 번째 도둑질은 어찌된 거죠?"

"두 번째 도둑질은 첫번째 범죄에 의해 유발된 것입니다. 유대식 램프가 어떤 식으로 도둑맞았는가를 신문들이 마구 써대자 누군가가 다시 침입해 들어가 나머지 물건을 훔쳐갈 생각을 했습니다. 이번에는 거짓으로 꾸민 도둑질이 아니라 진짜로 침입하여 물건을 훔쳐서 도망간 진짜 강도였습니다."

"물론 뤼팽이었겠지요?"

"아닙니다. 뤼팽은 그런 바보 같은 짓을 하지 않습니다. 또한 그는 성공하느냐 못하느냐에 따라 사람을 쏘지도 않습니다."

"그럼 누구죠?"

"틀림없이 브레송입니다. 그리고 이것은 협박당한 여자가 모르는 사이에 벌어진 일입니다. 여기에 침입한 것도 브레송, 내가 뒤쫓은 것도 브레송, 가엾은 왓슨에게 부상을 입힌 것도 브레송이었습니다."

"확실합니까?"

"물론입니다. 브레송의 공범 한 사람이 어제 그가 자살하기 전 그에게 보낸 편지를 보면, 댁에서 훔친 물건을 반환하는 데 대해서 그 공범자와 뤼팽 사이에 교섭이 시작되었음을 알 수 있습니다. 뤼팽은 '첫번째 것(즉 유대식 램프)도 두 번째 것도' 모두 요구했습니다. 그리고 브레송을 감시하고 있었습니다. 어제 브레송이 세느 강 기슭으로 갔을 때 뤼팽의 부하 한 사람이 우리와 마찬가지로 그를 미행했습니다."

"브레송은 왜 세느 강 기슭으로 갔습니까?"

"내가 조사를 진행하고 있다는 소식을 듣고……"

"누가 알렸을까요?"

"역시 그 여자입니다. 그녀는 유대식 램프가 발견되면 자신의 애정관계가 발각되지 않을까 두려웠습니다. 아무튼 그것을 알고 브레송은 자신이 혐의를 받게 될 물건들을 한데 싸서 버려야 했습니다. 위험이 사라진 뒤 다시 꺼낼 수 있는 곳에 말입니다. 그리고 집에 돌아왔는데, 가니마르 경감과 내가 그의 방으로 쳐들어간 거지요. 그 밖에도 여러 가지 양심에 찔리는 나쁜 짓을 저지르고 있었던 그는 당황한 나머지 자살을 택한 겁니다."

"그런데 꾸러미에는 무엇이 들어 있었습니까?"

"유대식 램프와 그 밖의 골동품들입니다."

"그것을 당신이 가지고 있다는 건 거짓이 아니겠지요?"

"뤼팽에 의해 배가 가라앉았을 때 내친김이라 생각하고 브레송이 빠뜨린 꾸러미를 찾아보았습니다. 밀랍을 먹인 보자기에 싼 물건을 찾아낼 수 있었죠. 여기 테이블 위의 이것입니다."

남작은 아무 말 없이 허겁지겁 보자기를 풀어헤쳤다. 그리고 받침대의 나사를 돌려 두 손으로 받침접시를 꼭 잡고 그것을 열어 루비와 에메랄드가 박힌 순금 키메라를 꺼냈다.

겉으로 보기에는 아주 자연스럽고 또한 단순한 사실의 나열에 불과하지만 내면적으로는 무섭고 비극적으로 느껴지게 만드는 것이 있었다. 그것은 홈즈가 말끝마다 가정교사에게 던지고 있는 명백하고 직접적이며 변명의 여지가 없는 비난이었다. 그리고 또 한 가지 알리스 드멩 양의 인상적인 침묵이었다.

사소한 증거가 이처럼 차곡차곡 더해져 가는 잔혹한 시간인데도 그녀의 얼굴은 근육 하나 움직이지 않았으며, 그 맑고 밝은 눈동자 역시 반항이나 공포의 번뜩임으로 흔들리지 않았다. 그녀는 대체 무엇을 생각하고 있는 것일까? 셜록 홈즈가 아주 교묘하게 둘러씌운 굴레를 부수고 자신의 결백을 증명하지 않으면 안 될 지금, 그녀는 어떻게 변명할 것인가?

마침내 그 순간이 닥쳤으나 그녀는 여전히 침묵했다.

"말을 좀 해봐요? 자, 어서 말해 보시오?"

답답하다는 듯 앵블발 남작이 말했다.

그래도 그녀는 여전히 침묵!

"한마디만 하면 되는 거요. 한마디면 무사할 수 있어요! 선생의 말이 사실이 아니라는 한마디 말로…… 나는 당신을 믿소!"

앵블발 남작의 응원에도 불구하고 여자는 그 '한마디'를 결코 입 밖에 내지 않았다.

남작은 초조하게 방 안을 왔다갔다하다가 이윽고 홈즈를 향해 이렇게 말했다.

"홈즈 선생…… 아무래도 아닙니다. 아무래도…… 이것이 진상의 전부는 아닌 것 같습니다. 세상에는 분명한데도 믿을 수 없는 일도 있는 법입니다. 이번 사건은 내가 알고 있는 모든 것…… 최근 1년 동안 그녀를 보아온 나로서는 모든 것이 매우 모순된다고 여겨집니다."

그는 영국인의 어깨에 손을 얹고는 이렇게 덧붙였다.

"선생, 그렇다면 한 가지 묻겠소. 당신의 추리에 조금의 허점이나 오류가 없다고 확신할 수 있습니까?"

홈즈는 생각지 못한 역습을 당한 탓에 조금 망설였다. 그러나 그는 곧 빙그레 미소를 지으며 대답했다.

"이런저런 이유로 하여 내가 지목한 용의자는 유대식 램프 속에 기막힌 보석이 숨겨져 있다는 걸 알 만한 사람입니다."

"그럴 리 없소! ……난 믿을 수가 없소!"

남작이 중얼거렸다.

"그렇다면 직접 물어보기로 하죠."

홈즈는 그녀에 대한 남작의 믿음이 매우 크다고 판단했기 때문에 그런 질문만은 되도록 하고 싶지 않았다. 그러나 이렇게 된 이상 피할 수 없게 된 질문이었다.

그는 가정교사에게로 다가가 눈을 마주보며 물었다.

"당신이었소, 알리스 드멩 양? 당신이 보석을 훔쳤소? 당신이 아르센 뤼팽과 연락을 취하고 훔친 물건을 숨겼소?"

여자의 입술이 슬며시 벌어졌다.

"네. 제가 그랬습니다……."

놀랍게도 그녀는 이렇게 대답하면서도 얼굴을 숙이지도 않았다. 그녀의 얼굴에는 부끄러움도 당황함도 드러나지 않았다.

앵블발 남작이 믿기지 않는다는 듯 말했다.

"그럴 리가! 믿을 수 없어…… 당신을 의심한다는 건…… 어떻게 그런 짓을……!"

여자가 다시 말했다.

"홈즈 씨가 말씀한 그대로입니다. 토요일 밤 나는 이 응접실로 내려와 램프를 훔쳐서 이튿날 아침 그 사람에게 가지고 갔습니다."

"아니, 그렇지 않소. 당신 말은 거짓이오!"

남작이 반박했다.

"거짓이라뇨? 어째서 그렇죠?"

"왜냐하면 그날 아침 나는 이 응접실 문에 빗장이 걸려 있는 것을 보았기 때문이오."

여자는 얼굴이 빨개져서 당황해하며 마치 도움이라도 구하듯 홈즈를 바라보았다.

홈즈는 남작의 말보다도 알리스 드멩 양의 당황하는 태도에 더욱 놀랐다. 홈즈 자신이 유대식 램프 도난사건에 대해 설명한 것을 시인한 그녀의 고백은, 사실이 확인되면 곧 드러나고 말 거짓말이었단 말인가?

남작이 계속해서 말했다.

"이 방문은 굳게 닫혀 있었소. 전날 밤 걸어둔 대로 빗장이 질러져 있었소. 그건 단언할 수 있소. 당신이 말한 대로 만일 이 방문으로 누군가가 들어왔다면, 안에서…… 즉 응접실이나 우리 침실에서 문을 열어주었다는 말이 됩니다. 한데 두 방에는 아무도 없었소! ……아내와 나 말고는 아무도!"

붉어진 얼굴을 감추기라도 하려는 듯 홈즈는 얼른 고개를 숙여 두 손으로 당황한 얼굴을 덮었다. 그는 느닷없이 강한 햇빛을 받은 듯 잠시 어리둥절해했다. 어두컴컴한 광경에서 갑자기 어둠이 사라진 것처럼 모든 게 분명해지고 있었다.

그렇다! 알리스 드멩 양은 무죄이다!

그녀는 명백하게 결백하다! 그녀에게 혐의를 두었던 첫날부터 어딘지 모르게 마음에 걸리는 것이 있었는데……. 하지만 지금은 확실히 잡히는 게 있었다. 손 한 번 드는 수고로 반박의 여지가 없는 증거를 잡을 수가 있었다.

그는 얼굴을 들었다. 그리고 잠시 후 될 수 있는 한 아무렇지도 않은 태도로 앵블발 부인에게로 시선을 옮겼다.

그녀는 하얗게 질려 있었다. 그것은 피할 수 없는 결정적인 순간에 나타나는 창백함이었다. 부인은 파르르 떨리는 두 손을 감추고자 애를 썼다.

'그래…… 스스로 고백할 수밖에 없겠어.'

그러나 홈즈는 우려하지 않을 수 없었다. 자칫 잘못했다가는 부부 사이에 불상사가 생기지 않는다고 누가 장담할 수 있단 말인가? 홈즈는 얼른 부인과 남작 사이에 끼여들었다. 그러곤 자연스런 태도로 남작의 얼굴을 살폈다. 그런데…… 아뿔싸! 홈즈는 기겁하지 않을 수 없었다. 그를 찾아왔던 갑작스러운 깨달음을 지금 앵블발 남작도 똑같이 느끼고 있는 것이었다. 그렇다. 자신하건대 남작의 머릿속에서도 같은 생각이 연상되고 있었다! 남작도 상황을 짐작했던 것이다. 진실을 안 것이다!

가정교사는 결사적인 자세로 이 냉혹한 진실과 싸우고자 했다.

"아, 제가 말을 잘못했군요. ……사실은 이 문으로 들어온 게 아닙니다. 정원과 현관을 지나 정원……계단으로…….'

눈물겨운 노력이었지만, 그러나 쓸모 없었다. 그녀의 말에서는 거짓의 냄새가 짙게 풍기고 있었다. 목소리에도 힘이 없었다. 그리고 그 맑은 눈도 변함이 없던 표정도 이미 제 색깔을 잃었다. 그녀가 힘없이 고개를 떨구었다.

끔찍한 침묵이었다. 앵블발 부인은 불안과 공포로 굳어져 파랗게 질린 얼굴로 그 무엇인가를 기다리고 있었다. 남작은 행복이 무너지는 것을 믿고 싶지 않은 듯 아직도 망설이고 있었다.

그러다 드디어 남작이 입을 열었다.

"말해봐! 무슨 말이든…… 설명해 봐……?"

"아무것도…… 할 말이 없어요, 여보."

부인은 괴로움으로 얼굴을 일그러뜨리며 낮은 소리로 대답했다.

"그럼 알리스 드멩 양은……?"

"그녀가 저를 구해준 거예요. 헌신적인 애정으로…… 저 대신 죄를 떠맡았어요……."

"당신을 구해주다니? 누구로부터?"

"그 사내로부터요."

"……브레송…… 말이오?"

"네…… 그가 나를 협박했어요. ……친구 집에 갔다가 우연히 알게 됐는데…… 어리석게도 그의 말을 곧이곧대로 믿고 말았어요. ……아니에요! 그 밖에 나쁜 짓은 절대로 하지 않았어요! ……편지를 두 통 보냈을 뿐이에요…… 나중에 보여드리겠어요. 돈을 주고 도로 찾아왔으니까요. 아…… 용서해 주세요, 여보! 제발…… 저를 가엾게 여겨주세요!"

"당신이……! 당신이 어떻게…… 쉬잔!"

남작의 두 손이 허공으로 번쩍 치켜 올라갔다. 그러나 금방 맥이 탁 풀린 듯 스르륵 두 팔이 내려뜨려졌다.

"오, 쉬잔…… 어떻게 그런……!"

부인은 중얼거리며 그동안 있었던 모든 일에 대해 솔직하게 털어놓았다. 어이없는 탈선과 흉악범의 실체, 그로 인한 두려움, 절망, 자신의 고백을 들은 알리스 드멩 양의 헌신적인 우정, 그리고 뤼팽에게 도움을 요청했던 일, 브레송의 마수로부터 부인을 구해내기 위해 절도사건을 꾸며냈던 일까지!

고개를 숙인 앵블발 남작이 비통에 잠긴 목소리로 중얼거렸다.

"오, 쉬잔…… 당신이…… 어찌…… 그런 일을……!"

그날 저녁, 칼레와 도버 사이의 연락선 빌 드 롱드르 호가 잔잔한 수면 위를 미끄러지듯이 나아가고 있었다. 사방은 고요하고 어슴푸레한 어둠에 잠겨 있었다. 하늘의 구름들이 배 위를 지나치는 사이 간간이 별빛이 고개를 내밀곤 했다.

대부분의 승객들은 선실이나 휴게실에 박혀 있었다. 그러나 몇몇 사람들은 갑판 위를 거닐거나 커다란 흔들의자에 두터운 담요를 두르고 앉아 느긋하게 선잠을 즐기고 있었다. 캄캄한 하늘과 바다를 배경삼아 여기저기서 엽궐련 불빛이 반짝거렸다. 가끔 밤바람에 실려온 소곤거림이 엄숙한 정적을 깨뜨리기도 했다.

아까부터 뱃전을 어슬렁거리던 한 승객이 벤치에 드러누워 있는 한 사람 앞에서 발길을 멈추었다. 드러누워 있던 사람이 몸을 조금 뒤척였다.

"나는 당신이 자고 있는 줄 알았습니다…… 알리스 양."

"아니에요. 홈즈 씨, 자고 있지 않아요. 생각을 하고 있었어요."

"무슨 생각을 하셨지요? 묻는 것이 실례가 될까요?"

"앵블발 부인에 대해서 생각하고 있었어요. 무척 슬프겠죠? 인생이 송두리째 망가지고 말았으니……."

"아니오, 그렇지 않습니다."

홈즈가 자신있게 말했다.

"그 부인의 잘못은 용서받을 수 없을 만큼 큰 잘못이 아닙니다. 앵블발 남작은 그 일을 곧 잊어버릴 겁니다. 우리들이 떠나올 때만 해도 벌써 태도가 훨씬 부드러워져 있었으니까요."

"하지만 잊게 되기까지는 시간이 걸릴 거예요…… 그동안 부인은 몹시 괴로울 테구요."

"당신은 부인을 몹시 좋아하신 모양이군요."

"네, 아주 좋아해요. 그래서 두려웠지만 늘 미소지을 수 있었어요. 당신 눈을 피하고 싶었지만 늘 당당하게 당신을 대하고자 노력했어요."

"그럼, 헤어지는 것이 몹시 마음 아프겠군요."

"정말 괴로워요. 나는 부모도 친구도 없거든요…… 그분뿐이었으니까요."

영국인이 슬픈 감정을 억누르며 이렇게 말했다.

"친구는 어디서나 생기기 마련입니다. 내가 장담하지요. 나는 여러 사람과 교제하고 발도 넓습니다…… 당신 자신에 대해 비관할 필요는 없습니다."

"그렇겠지요. 하지만 앵블발 부인처럼 좋은 사람은 다시 만나기 힘들 거예요."

두 사람은 몇 마디 말을 더 나누었다. 그리고 셜록 홈즈는 다시 두세 번 갑판 위를 서성거리다가 결국 친구가 있는 곳으로 갔다.

어느새 구름은 사라졌고 별들이 모습을 드러냈다.

홈즈는 호주머니 속에서 파이프를 꺼내어 담배를 잰 다음 성냥을 계속해서 네 개나 그었다. 하지만 도무지 불이 붙지 않았다. 성냥이 떨어졌기 때문에 홈즈는 자리에서 일어나 조금 앞쪽에 앉아 있는 신사에게 양해를 구했다.

"실례합니다만…… 불을 좀 빌릴 수 있을까요?"

신사는 얼른 성냥갑을 열어 성냥 하나를 그었고, 금방 불꽃이

타올랐다. 불빛 속에서 홈즈는 그가 바로 아르센 뤼팽임을 한눈에 알아보았다.

만일 이 영국인이 잠깐 멈칫하거나 약간 뒤로 물러서는 모습을 보이지 않았더라면 뤼팽은 자기가 이 배에 타고 있다는 사실을 홈즈가 이미 알고 있었다고 생각했을 것이다. 홈즈는 그만큼 침착했으며, 그가 상대에게 손을 내민 태도도 아주 자연스러웠다.
"여전히 무사하군요, 뤼팽 씨."
"브라보!"
홈즈의 침착한 태도에 감탄하며 뤼팽이 외쳤다.
"브라보? ……무슨 뜻이오?"
"왜냐고요? 당신은 내가 세느 강에 빠진 것을 보았소. 그런데 지금, 유령처럼 다시 당신 앞에 이렇게 나타났소. 그런데도 조금도 놀라지 않았소. 당신의 위대한 영국적 자존심에 대해 브라보를 외친 것이오. 되풀이하여 말하지만, 정말 훌륭합니다, 홈즈 씨!"
"그리 훌륭할 것도 없을 것 같소. 배에서 떨어지는 것을 보면서 나는 당신이 일부러 떨어졌다는 것과 포랑팡의 총알이 빗나갔다는 것을 알고 있었으니까요."
"그런데도 내가 어찌되었는지 확인하지 않고 그냥 가버리셨소?"
"당신이 어떻게 될지는 알고 있었소. 5백 명이나 되는 사람들이 1킬로미터에 걸쳐 양쪽 언덕을 지키고 있었으니까요. 당신이 죽음을 면한다 해도 잡히는 것은 사실 시간 문제였소."

"그런데도 보시는 바와 같이 이렇게 무사하오!"

"뤼팽 씨, 이 세상에서 어떤 일을 해도 내가 놀라워하지 않을 사람이 꼭 둘 있소. 하나는 나 자신이고, 또 한 사람은 바로 당신이오."

평화협상이 성립되었다.

홈즈가 아르센 뤼팽과의 대결에서 그를 체포하는 것에는 성공하지 못했다 하더라도, 뤼팽이 도저히 체포할 수 없는 예외적인 적이었다 하더라도, 싸움의 소용돌이 속에서 항상 뤼팽이 우세를 유지했다 하더라도, 홈즈는 그 무서운 집념으로 푸른 다이아몬드를 찾아냈듯이 유대식 램프도 찾아냈다. 일반적인 사람들에게는 사실 이번 사건의 결과는 그다지 화려하게 보이지 않을지도 모른다. 홈즈는 유대식 램프를 발견한 내막에 대해 끝내 침묵을 지켰고, 범인의 이름도 밝히지 않았으므로 대중 쪽에서 보면 밋밋한 사건임이 분명하다. 그러나 인간 대 인간, 아르센 뤼팽 대 셜록 홈즈, 탐정 대 괴도로서 볼 때 공평하게 말해 승자도 패자도 없는 사건이었다. 어느 쪽이나 다 같이 승리를 주장할 수도 있는 것이다.

그리하여 두 사람은 무기를 버리고 서로 상대방의 참다운 가치를 인정하는 정중한 경쟁 상대로서 이야기를 주고받았다.

홈즈의 부탁에 따라 뤼팽은 그의 탈출 이야기를 들려주었다.

"이걸 탈출이라고 할 수 있다면 말이오⋯⋯ 아주 간단했습니다! 유대식 램프를 찾기로 했기 때문에 이미 내 친구들은 근처에 대기 중이었습니다. 나는 뒤집힌 배 밑바닥에 30분쯤 숨어 있었는데, 포랑팡이 부하들과 함께 강기슭을 따라 내 시체를 찾더군요. 그런 나를 모터보트를 탄 내 친구들이 구해준 겁니다. 모터보트를 타고 지나가는데…… 가니마르 경감과 포랑팡이 아우성을 치더군요. 그걸 봤어야 하는데…… 안타깝군요."

"정말 재밌는 얘기로군요! 볼 만했겠어요! ……한데 이번에는 영국에 볼일이 있는 거요?"

"그렇소. 좀 계산할 일이 있어서…… 아 참 깜박 잊었군요. 앵블발 남작은 어떻습니까?"

"당신도 다 알고 있었군요."

"아, 친애하는 홈즈 선생! 내가 이미 경고했지 않소! ……피해가 너무 컸어요. 이러느니 차라리 내게 맡겨두는 편이 훨씬 좋지 않았을까 싶어요. 하루나 이틀의 여유만 있었어도 브레송으로부터 유대식 램프와 골동품을 찾아 내 이름으로 앵블발 부부에게 돌려주었을 것이고, 그럼 그 선량한 부부는 평온하게 여생을 보낼 수 있었을 텐데 말입니다."

홈즈가 쓴웃음을 지었다.

"그런데 내가 끼여들어 엉망이 되었다 이거로군요! 당신이 보호하고 있던 가정에 오히려 불화의 씨만 뿌리고 말입니다."

"그렇지요, 내가 보호하고 있었소! 나라고 하여 도둑질이나 남을 속이는 나쁜 짓만 하는 줄 아셨소?"

"그럼 좋은 일도 한단 말이오?"

"시간이 나면! 그리고 재미있지 않소? 이번 사건에서 내가 착한 사람으로 남을 돕고 당신이 나쁜 사람으로 절망과 눈물을 가져다주었다는 것을 생각하니 기분이 묘하군요."

"눈물을 가져다주었다고요?"

영국인이 반박했다.

"그렇지 않고요? 앵블발 가정은 엉망이 되었고, 알리스 드멩 양은 울고 있지 않습니까?"

"알리스 양을 내버려두면 가니마르가 가만두지 않았을 거요. 결국 앵블발 부인도 무사하지 못했을 거구요."

"그 의견에는 나도 동감이오만…… 선생, 이 모든 게 과연 누구의 잘못이겠습니까?"

그때 그들 앞으로 두 남자가 지나갔다. 홈즈가 목소리를 좀 다르게 하여 뤼팽에게 말했다.

"저 신사들을 알고 있소?"

"선장인 것 같군요."

"또 한 사람은?"

"모르겠소."

"오스틴 질레트 씨요. 영국에서 오스틴 질레트 씨의 지위는 당신 나라의 치안국장 뒤듀 씨의 지위와 같습니다."

"아, 마침 좋은 기회로군요! 나 좀 소개시켜 주시지 않겠습니까? 뒤듀 씨는 나와 친한 친구인데, 이 참에 오스틴 질레트 씨와도 가깝게 지냈으면 좋겠는데……."

순간 지나쳤던 두 신사가 다시 모습을 나타냈다.

홈즈가 자리에서 벌떡 일어나며 물었다.

"믿겠습니다만, 진심으로 하는 말이겠지요, 뤼팽 씨?"

홈즈는 아르센 뤼팽의 손목을 힘주어 우악스럽게 잡았다.

"왜 이렇게 세게 잡는 거요? 이렇게 하지 않아도 순순히 따라갈 텐데 말이오."

실제로 뤼팽은 조금도 저항하지 않고 순순하게 홈즈에게 끌려갔다.

홈즈는 빨리 끝내고 싶은 듯 낮은 목소리로 재촉했다.

"자…… 좀더 빨리 서두릅시다, 좀더 빨리!"

그러나 홈즈는 문득 멈춰 서야 했다. 알리스 드멩 양이 그들을 뒤따라오고 있었다.

"알리스 양, 무슨 일이죠? 굳이 따라오지 않아도 되는데요."

이 말에 대답한 것은 뤼팽이었다.

"홈즈 씨, 이 아가씨는 자기 의사로 따라오는 게 아닙니다. 당신이 나를 붙잡고 있는 것과 마찬가지로 내가 이 숙녀분의 손목을 무례하게 붙잡고 있는 겁니다."

"어째서요?"

"그 이유를 모르겠습니까? 나는 알리스 양도 꼭 소개하고 싶거든요. 유대식 램프 사건에서 그녀가 한 역할은 내 역할만큼이나 중요하지 않았습니까? 아르센 뤼팽의 공범, 브레송의 공범으로서 그녀는 당연히 앵블발 남작 부인의 연애사건을 이야기하지 않으면 안 될 것입니다. 당국에서도 아마 크게 흥미를 느낄 겁니다. 그렇게 되면 이번 사건을 당신 생애 최고의 사건으로 인정받으실 수 있겠군요! 대단한 칭송을 들을 겁니다…… 고결하신 홈즈 씨!"

영국인은 어쩔 수 없다는 듯 뤼팽의 손목을 놓았다. 뤼팽도 그녀의 손목을 놓아주었다.

세 사람은 한동안 아무 말 없이 서로의 얼굴만 마주 바라보았다. 그러다가 홈즈가 먼저 벤치로 돌아가 앉았고, 뤼팽과 여자도 본래의 자리로 돌아갔다.

오랜 침묵이 그들 사이에 흘렀다. 먼저 침묵을 깨뜨린 건 뤼팽이었다.

"홈즈 씨, 아무래도 우리는 친할 수 없는 운명인 것 같소. 우리 사이엔 도랑이 가로막혀 있어요. 손을 내밀어 악수하고 인사를 나누며 잠시 이야기를 나눌 수는 있지만 건널 수 없는 도랑은 존재합니다. 당신은 언제까지나 명탐정 셜록 홈즈이고, 나는 괴도신사 아르센 뤼팽이오. 셜록 홈즈는 탐정으로서의 본능에 의해 적을 잡아 가두려고 하고, 아르센 뤼팽은 늘 자유롭기 위해 탐정이나 경찰의 손을 피하려고 합니다. 때론 보아란 듯이 그들을 조롱하기도 하지요. 사실 이번 사건의 경우 그것이 가능했습니다…… 하하하!"

뤼팽은 웃음을 터뜨렸다. 그의 웃음은 상대방을 비웃는 듯한 느낌이었다.

그러나 뤼팽은 곧 진지한 표정으로 바꿔 여자 쪽을 바라보았다.

"알리스 드멩 양, 나는 어떠한 경우에도 당신을 결코 저버리지 않을 것입니다. 아르센 뤼팽은 사랑하고 존경하는 사람을 절대로 배신하지 않습니다. 당신처럼 용감하고 상냥하고 용기 있는 사람은 나의 사랑과 존경의 대상이 되기에 충분합니다."

뤼팽은 지갑에서 명함을 한 장 꺼내어 그것을 반으로 찢더니 한쪽을 여자에게 건넸다. 그러고는 역시 경의를 표하는 목소리로 이렇게 말했다.

"만일 홈즈 씨의 신세를 지기 어렵게 되면 스트롱버로우 양을 찾아가십시오. 그녀의 주소는 찾기가 아주 쉽습니다. 그리고 반쪽 명함을 건네며 뤼팽의 기념품이라고 전해주세요. 스트롱버로우 양은 언니처럼 당신을 친절하고 따스하게 대해줄 겁니다."

"고맙습니다. 내일 당장 그분을 만나뵙겠어요!"

그제서야 뤼팽은 자신의 의무를 다한 것 같은 말투로 홈즈를 향해 이렇게 말했다.

"홈즈 선생, 그럼 편안한 밤 되시구려! 부두에 닿으려면 아직 한 시간이나 남았으니 나도 그동안 눈이나 좀 붙여야 할 것 같소."

뤼팽은 깍지 낀 손을 베개삼아 훌렁 뒤로 드러누웠다.

구름은 완전히 사라지고 맑은 달빛이 바다 위로 비추었다.

어두운 수평선 저 멀리 해안선이 부옇게 떠올랐다. 승객들이 하나둘씩 갑판으로 올라오기 시작하더니 곧 수많은 사람들로 가득 찼다. 홈즈는 오스틴 질레트 씨가 두 명의 영국 경찰관을 데리고 지나치는 모습을 물끄러미 바라보고 있었다.

아르센 뤼팽은…… 벤치에 누워 깊은 잠에 빠져 있었다.